Teures Schweigen

Daniela Larcher

Kriminalroman

W0298857

8118

Stadtbibliothek Linz
Wissensturm
4041 Linz, Kärntnerstr. 26
Tel. 7070-0

Larche D
8

GD.PP76

C0006579976
Teures Schweigen
Larcher, Daniela

Ausgesondert
Büchereien der Stadt
Linz

FISCHER Taschenbuch

MIX
Papier aus verantwortungsvollen Quellen
FSC www.fsc.org
FSC® C083411

Stadtbibliothek Linz
Wissensturm
4041 Linz, Kärntnerstr. 26
Tel. 7070-0

Erschienen bei FISCHER Taschenbuch
Frankfurt am Main, Januar 2015

© S. Fischer Verlag GmbH, Frankfurt am Main 2015
Satz: Dörlemann Satz, Lemförde
Druck und Bindung: CPI books GmbH, Leck
Printed in Germany
ISBN 978-3-596-19699-9

Teures Schweigen

1

Wien, 10. September 1683

Der süßliche Gestank von Verwesung und der beißende Geruch von Schießpulver hingen in der Luft und schnürten ihm die Kehle zu, während das Getöse der Kugeln, die Anweisungen der Befehlshaber und die Schreie der Verwundeten die Nacht erfüllten. Hörte das denn nie auf? Seit mehr als eineinhalb Monaten hatte es keine Verschnaufpause mehr gegeben. Nicht einen kurzen Moment der Stille. Keinen ruhigen Augenblick, in dem man die Augen schließen und sich der Illusion von Frieden hätte hingeben können.

Es waren eineinhalb Monate voller Lärm, Tod und Angst gewesen. Eineinhalb Monate, in denen über die Zukunft des europäischen Kontinents, das Überleben seiner Völker und das Fortbestehen ihrer Religion gekämpft worden war. Eineinhalb Monate, in denen er sich vom einfachen Bäcker in einen abgeklärten Soldaten verwandelt hatte.

Jakob Unger stand auf der Stadtmauer und ließ seinen Blick über das Lager des türkischen Heers schweifen, das seit nunmehr 45 Tagen die Stadt belagerte, und versuchte, nicht zu verzagen.

Der Feind war übermächtig. Die Anzahl der Lagerfeuer, die rund um Wien brannten, war um eine Vielzahl größer als die der Sterne am Himmel. Es mussten Hunderttausende sein. Und wie viele Verteidiger waren sie noch? Fünf-, vielleicht sechstausend? Und täglich wurden es weniger. Die andauernden Gefechte und die grassierende Ruhr forderten viele Opfer. Kranke und Sterbende lagen auf den Straßen und untergruben mit ihrem Wehklagen die Moral der Bevölkerung.

Kein Wunder, dass der Ruf nach Kapitulation immer lauter wurde. An jeder Straßenecke und in jeder Spelunke wurde darüber geredet, die Waffen niederzulegen und sich zu ergeben. Die Leute hofften, dass die Türken Gnade walten und sie in Richtung Westen abziehen lassen würden, doch er wusste es besser. Es würde keine Gnade geben. Er hatte dem Feind ins Gesicht geschaut und den Hass in dessen Augen gesehen. Die wilde Entschlossenheit zu töten. Den unbändigen Wunsch nach Vernichtung. Eine Kapitulation käme einem Todesurteil gleich.

Noch war der Stadtkommandant, Graf Ernst Rüdiger von Starhemberg, stark und gewillt, die Stadt zu halten – doch es konnte nicht mehr lange dauern, bis feige Zungen, das Wehklagen der Kranken und die hungrigen Gesichter seiner Schutzbefohlenen ihn davon überzeugen würden aufzugeben.

Jakob fuhr mit beiden Händen durch sein dichtes, dunkelbraunes Haar, das seit ein paar Wochen von weißen Strähnen durchzogen wurde, kontrollierte seine Muskete und grübelte. Seine Frau Anna war im achten Monat schwanger. Er würde bald Vater werden und durfte nicht zulassen, dass sie und ihr gemeinsames Kind in die Hände des Feindes fielen. Er musste irgendetwas tun – aber was?

Eine Kanonenkugel schlug nur wenige Meter von ihm entfernt in die Bastei ein und brachte den Boden unter seinen Füßen zum Zittern. »Halt durch, altes Mädchen«, murmelte Jakob, ging in die Hocke und tätschelte die staubigen Mauersteine. Dann blickte er noch einmal auf das übermächtige, türkische Heer und kämpfte gegen die Hoffnungslosigkeit, die in ihm hochstieg.

Hoffnung, das war es, was Wien brauchte. Nach und nach entwickelte sich ein Plan in seinem Kopf. Ihn in die Tat umzusetzen wäre purer Selbstmord – doch war ein Verbleiben in der Stadt ohne zu handeln nicht genau dasselbe? Er dachte an Annas kugelrunden Bauch, in dem sein Erstgeborener heranwuchs, und machte sich auf den Weg zu Starhemberg, um ihm von seinem Entschluss zu berichten.

2

Wien heute

Hundstage. Die heißesten Tage des Jahres verwandelten die Stadt in einen Backofen, der die Wiener seit mittlerweile zehn Tagen in ihrem eigenen Schweiß schmoren ließ. Jene Menschen, die kein Geld oder keine Zeit für einen Urlaub in kühleren Gefilden hatten, flüchteten in schattige Parks und klimatisierte Büros, oder sie ölten sich ein und quetschten sich wie Sardinen in eines der zahlreichen Freibäder.

Genauso wie Hektik oder Hunger war Hitze keines jener Dinge, die unbedingt das Beste in den Wienern zur Geltung brachte: Schwitzflecken, wohin man nur schaute, ungepflegte Füße in offenen Sandalen, gerötete Gesichter und das penetrante Odeur von Achselschweiß dominierten die Stadt.

Dazu kam das Gejammer. Der typische Wiener, der von jeher der Raunzerei sehr zugetan war, fand sich bei diesen Temperaturen wieder voll in seinem Element. Damals, unterm Kaiser, da hätte sich die gelbe Sau, wie die Sonne gerne tituliert wurde, sowas noch nicht getraut. Aber heute, wo die Amis, die Russen, die Deutschen und überhaupt alle anderen das Klima ruinierten, da mussten die armen Wiener das wieder mal ausbaden.

Eine der wenigen, die neben Freibadbetreibern und Eissalonbesitzern nicht über die Hitze jammerte, war Dr. Nina Capelli. Dank ihrer Tätigkeit als Gerichtsmedizinerin verbrachte sie die Tage im gut klimatisierten Obduktionssaal oder der noch besser gekühlten Leichenhalle. Heute trug sie schwarze Jeans und einen beigen Pulli unter ihrem Kittel, und war weit entfernt davon zu schwitzen.

»Was liegt denn heute an?«, fragte sie Jochen Kern, ihren Assistenten, als sie den Obduktionsraum betrat, schob ihre Hornbrille zurecht und band sich das kinnlange, braune Haar zu einem praktischen Pferdeschwanz zusammen. »Sonnenstich oder Kreislaufkollaps?« Sie streifte sich die obligatorischen Gummihandschuhe über und trat an die Bahre, auf der sich, unter einem weißen Leinentuch, der Umriss eines menschlichen Körpers abzeichnete.

»Mal sehen«, gab Kern zur Antwort, nahm sich die Akte des Toten und überflog sie. »Wow«, sagte er dann, hob das Tuch an der Kopfseite hoch und ließ noch einmal ein »Wow« hören.

»Wow«, sagte auch Nina, als sie sich ihren Assistenten genauer anschaute. »Was ist denn mit dir passiert?« Sie zeigte auf sein krebsrotes Gesicht.

»Bitte keinen Vortrag«, bat er. »Ich war im Schafbergbad und hab vergessen, mich einzucremen.«

»Ich hoffe, du hast After-Sun draufgetan. Wenn das anfängt sich zu schälen, siehst du aus wie ein Aussätziger.«

»Ha ha«, raunzte Kern. »Wer den Schaden hat, braucht für den Spott nicht zu sorgen.« Er reichte ihr das Klemmbrett. »Immerhin sieht mein Gesicht besser aus als seins.« Er deutete auf den Leichnam.

Nina warf einen Blick auf die Akte und schaute dann Kern mit einer hochgezogenen Augenbraue an. »Die Tatwaffe war ein Morgenstern? Im Ernst? Also, so was ist mir bisher auch noch nicht untergekommen.« Sie schlug das Tuch zur Seite und begutachtete interessiert den Kopf des Toten, beziehungsweise das, was davon noch übrig war. »Tja«, murmelte sie, »immer wenn man glaubt, man habe schon alles gesehen, erlebt man eine Überraschung.«

Kern hatte in der Zwischenzeit einen Fotoapparat geholt. Er machte ein paar Aufnahmen von der Leiche und fing dann vorsichtig an, die Kleidung des Toten zu entfernen. »Was haben Sie am Wochenende gemacht?«, fragte er seine Chefin, deren Teint so blass wie eh und je war. »Waren Sie gar nicht draußen?«

»Bei der Hitze? Nicht ums Verrecken würde ich da freiwillig rausgehen.« Sie umrundete den Leichnam und begutachtete alle Extremitäten. »Ich war das ganze Wochenende hier und habe die klimatisierten Räume genossen. Klingt vielleicht langweilig, aber wenigstens ist mein Gesicht noch intakt. Was man von euch beiden nicht behaupten kann.«

Kern, der mit seinen 26 Jahren um gut ein Jahrzehnt jünger war als Nina, feierte oft und gerne und ließ hie und da mal durchblicken, dass er ihren ruhigen Lebenswandel recht langweilig fand. »Schon gut. Sie haben ausnahmsweise gewonnen.«

Nina schenkte ihm ein Lächeln. »An die Arbeit.« Sie zog ein kleines Diktiergerät aus der Tasche ihres Kittels, drückte auf ›record‹ und fing an hineinzusprechen: »Männlicher Leichnam. Zwischen 50 und 60 Jahre alt. Abwehrverletzungen an Händen und Unterarmen. Massives Schädeltrauma. Verursacht durch einen Morgenstern.« Sie sah Kern fragend an.

Dieser hob eine Schachtel vom Boden auf und stellte sie vor Nina auf den Tisch. »Den hat die Polizei mitgeliefert. Damit wir einen Abgleich machen können, ob es sich wirklich um die Tatwaffe handelt.« Er öffnete die Schachtel, legte den Deckel zur Seite und betrachtete die mittelalterliche Waffe voller Faszination. Sie bestand aus einem Metallstab, an dessen Ende eine massive Kette angebracht war, an der ein dornenbesetzter Eisenball hing. Kern hielt ihn in die Höhe und ließ ihn vorsichtig hin und her schwingen.

»Vorsicht, du siehst schon lädiert genug aus.« Nina nahm ihm die Waffe aus der Hand und verglich die Eisendornen mit den Spuren an der Leiche. »Ich glaube, wir haben unsere Tatwaffe. Wissen wir schon, wer das Opfer ist, und warum er ausgerechnet mit einem Morgenstern erschlagen wurde?«

Kern blätterte im Polizeibericht. »Es wird angenommen, dass es sich um einen gewissen Balthasar Szepan handelt. 56 Jahre alt. Antiquitätenhändler. Da von seinem Gesicht nicht mehr viel übrig ist, müssen wir nach alten Narben, Tattoos oder anderen Identifikationsmerkmalen suchen.«

Nina nickte und begutachtete den Mund des Toten. »Wenn wir nichts finden, können wir sicher eine Identifikation über die Zähne machen. Die sind noch ziemlich intakt.« Sie ließ sich von Kern ein Skalpell reichen. »Mein lieber Herr Szepan«, sagte sie, als sie zum Y-Schnitt ansetzte. »Dann wollen wir doch mal hoffen, dass wir dazu beitragen können, Ihren Mörder zu finden.«

3

»So ein Dreck aber auch!« Der 59-jährige Antiquitätenhändler Wilfried Uhl saß am Küchentisch, blätterte durch die Abendausgabe des Wiener Anzeigers und schwitzte dabei so sehr, dass das dünne Zeitungspapier an seinen Fingern kleben blieb.

Als ehemaliger Archäologe hatte er bereits in allen Teilen des Erdballs auf Ausgrabungen gearbeitet – unter anderem auch in der syrischen Wüste und im ägyptischen Tal der Könige – doch nirgends war die Hitze so unerträglich gewesen wie hier und jetzt.

Da weder sein Laden noch seine darüberliegende Wohnung über eine Klimaanlage verfügten, hatte er schon seit Tagen nicht mehr ordentlich geschlafen und fühlte sich nur noch wie ein Schatten seiner selbst. Und heute würde es wieder eine dieser ›Tropennächte‹ geben, in der die Temperatur nicht unter 20 Grad fiel.

Er zog sein Unterhemd aus, so dass er nur noch in einer alten, ausgewaschenen Feinrippunterhose dasaß, ignorierte die Kugel, die sich dorthin geschlichen hatte, wo früher mal ein Waschbrett gewesen war, nahm sich wieder seine Zeitung vor und las die typische Sommerloch-Berichterstattung: Ein Kind war beim Baden in der Alten Donau von einem Wels gebissen worden, beim stadtweiten Speiseeis-Vergleich hatte dieselbe Eisdiele wie jedes Jahr gewonnen, und eine alte Dame hatte auf offener Straße einen Hitzekoller erlitten.

»Interessiert kein Schwein«, murmelte er und blätterte nach hinten zum Wetterbericht.

Abrupt hielt er inne und blätterte wieder zurück. Irgendeine der Schlagzeilen hatte seine Aufmerksamkeit erregt. Reisespezial Sibirien, seltenes Fabergé-Ei auf Wiener Luxusmesse, U-Bahn-Ausfall … ah ja, da war sie ja: ›*Brutaler Mord an Antiquitätenhändler*‹. Anscheinend hatte es bei Redaktionsschluss noch nicht viele Informationen gegeben, denn der Text war sehr kurz gehalten: »*Ein barbarischer Mord erschüttert die Bewohner des dritten Bezirks. Heute morgen wurde der 56-jährige Antiquitätenhändler Balthasar Szepan brutal erschlagen in seinem Geschäft aufgefunden. Von den Tätern fehlt bisher jede Spur. Um sachdienliche Hinweise wird gebeten*«. Wie paralysiert starrte er auf den Artikel, der so kurz und knapp über den Tod seines Kollegen berichtete.

Gerade gestern hatte Szepan ihn noch besucht. Er war mit einem mottenzerfressenen Wandteppich bei ihm aufgetaucht und wollte seine Meinung darüber hören. Uhl hatte sich über das komische Anliegen gewundert – es war auf den ersten Blick klar gewesen, dass das Teil keinen Wert hatte. Aber vielleicht hatte Szepan ja auch nur einen Vorwand gebraucht, um unter Leute zu kommen.

Sie hatten den Teppich ins Wohnzimmer gelegt und sich ein kühles Bier aufgemacht. Weil es nicht bei dem einen Bier geblieben war, ging Szepan zu Fuß nach Hause. Er wollte heute wiederkommen, um Auto und Teppich abzuholen. Aber er würde nicht kommen. Heute nicht und auch sonst nie wieder.

Fassungslos legte Uhl die Zeitung beiseite und ging zum Fenster, um durchzulüften. Dabei stach ihm ein schwacher Lichtschein ins Auge, der aus seinem Laden kam. Hatte er etwa vergessen, die Lampe auszumachen? Nein, dafür war der Schein zu schwach, und außerdem bewegte er sich.

Dank des Schlafmangels arbeitete sein Gehirn nicht so effektiv wie sonst, darum brauchte er ein paar Augenblicke, bis ihm einschoss, was hier gerade vor sich ging: Bei ihm wurde eingebrochen.

Der Schreck über diese Erkenntnis drängte alle anderen Ereignisse in den Hintergrund. Er zögerte kurz, nahm das Telefon zur Hand und rief bei der Polizei an, wo ihm versichert wurde, dass so schnell wie möglich eine Streife vorbeikommen würde.

»So schnell wie möglich ist nicht schnell genug«, konstatierte Uhl, der kein großer Freund der Exekutive war. »Ich brauche sofort jemanden. Haben Sie verstanden? Jetzt. In dieser Sekunde.«

»Wir können leider nicht beamen«, antwortete die Frau in der Notrufzentrale. »Wenn wir es könnten, würden wir es tun. Aber bis dahin müssen unsere Leute mit dem Auto fahren, und das kann nun mal ein paar Minuten dauern. Bitte beruhigen Sie sich. Eine Streife wird gleich bei Ihnen sein.«

»Schnarchnasenverein.« Uhl legte auf, beugte sich aus dem Fenster und schaute nach unten, wo mittlerweile kein Licht mehr zu sehen war. Hatte er sich etwa getäuscht?

Er verließ die Wohnung, ging die Stiege hinunter, presste ein Ohr an die Ladentür und lauschte. Nein, er hatte sich nicht getäuscht. Er konnte eindeutig hören, wie jemand darin Sachen herumschob und Dinge auf den Boden warf.

Wo blieb denn nur die Polizei? Uhl hatte eine Zeit lang seine Brötchen als Fälscher verdient und damals eine berufsbedingte Abneigung gegen jegliche Form von Uniformträgern entwickelt. Mittlerweile war er zwar ein gesetzestreuer Bürger, doch die Polizeiaversion war an ihm haften geblieben wie ein klebriges Stück Baumharz. »Kiberertrotteln«, murmelte er. Bis die endlich ihre faulen Hintern hierher bewegen würden, wäre sein ganzer Laden leergeräumt.

Die Geschäfte liefen zur Zeit nicht gut, darum hatte er gespart, wo immer er konnte – unter anderem bei der Alarmanlage und der Versicherung. Keine seiner glorreichsten Ideen. »Alles muss man selber machen. Und dafür zahl ich auch noch Steuern.« Er holte einen Golfschläger aus der Wohnung und schlüpfte in seinen Laden.

Sofort sah er, dass sich hier jemand zu schaffen gemacht hatte: Mehrere Palisander-Armlehnsessel lagen umgekippt am Boden, ein Chippendale-Polsterstuhl war achtlos gegen eine Mahagoni-Sitzbank geschmissen worden, und das Glas einer Jugendstil-Vitrine war gesplittert. Beim Anblick seiner Schätze, die er in monatelanger Arbeit auf Auktionen, Nachlässen und Flohmärkten zusammengetragen hatte, und die nun irgend so ein dahergelaufener Banause schamlos geschändet hatte, stieg unbändige Wut in ihm auf. Das war also der Preis für legale Betätigung: Ärger, Scherereien und Existenzängste.

Sein Herz pumpte pures Adrenalin durch seine Adern, und der Golfschläger, der schwer in seiner Hand lag, verlieh ihm die Extraportion Mut, die er brauchte, um weiter zum Lager zu gehen. Er stellte sich an den Türrahmen und schielte so unauffällig wie möglich in den Raum: Ein Mann machte sich gerade daran, eine Kommode zu verrücken, wobei er äußerst unsanft vorging.

Uhl schaute sich um, bis er sicher war, dass kein zweiter Mann im Laden war und wandte seine Aufmerksamkeit dann wieder dem Einbrecher zu: Der war ganz in Schwarz gekleidet, trug Lederhandschuhe und eine Sturmmaske mit einem dünnen Sehschlitz. ›Was für eine lästige Arbeitskleidung‹, ging es Uhl durch den Kopf. ›Der Kerl muss sich ja den Hintern abschwitzen in dieser Montur.‹ Erst jetzt fiel ihm auf, dass er selbst barfuß und nur mit einer Feinrippunterhose bekleidet war.

Doch sämtliche Gedanken bezüglich seines mehr als legeren Outfits waren sofort vergessen, als der Einbrecher mit beiden Händen an der Kommode zerrte und kurz davor war, sie umzuwerfen.

»Das ist ein Biedermeier-Sekretär, du Wappler!« Uhl trat mit erhobenem Golfschläger auf den Mann zu.

Dessen Augen weiteten sich erschreckt, doch die Schockstarre hielt nicht lange an. In dem Moment, in dem Uhl ausholte, um ihm eins überzubraten, warf er den wertvollen Sekretär zu Boden, so dass dieser genau zwischen ihnen landete. Dann griff er mit einer flinken Bewegung nach hinten, zog eine Pistole aus seiner Hose und richtete sie auf Uhl. »Wo ist der Teppich?«

»Teppich?« Uhl starrte in den Lauf der Pistole und ließ langsam den Golfschläger sinken.

»Ja. Wo ist er?«

Uhl hatte keine Ahnung, wovon der Kerl sprach. »In der Kassa sind ungefähr tausend Euro. Nehmen Sie die.«

»Wo ist der Teppich?«, wiederholte der maskierte Mann.

»Ich handle nicht mit Teppichen. Der einzige Teppich im ganzen Laden ist der, auf dem wir stehen. Und der ist keine hundert Euro wert.«

»Verarschen kann ich mich selber.« Der Mann stieg über den umgekippten Sekretär und stieß Uhl die Waffe in die Brust, so dass dieser nach hinten taumelte und auf den Boden fiel. »Du sagst mir jetzt sofort, wo der Teppich ist, oder ich schieß dir ins Knie.«

Es gab genau zwei Teppiche in seinem Haus. Auf einem davon saß er gerade, und der zweite war das zerfledderte Teil, das Szepan gestern angeschleppt hatte. Der Kerl war doch wohl nicht hinter *dem* her. Oder? »Meinen Sie etwa …«, setzte er gerade an, als von draußen endlich der erlösende Lärm von Polizeisirenen zu hören war.

»Wir sehen uns wieder!«, fluchte der Einbrecher und huschte durch den Hinterausgang nach draußen.

»Herr Uhl?« Es wurde gegen die Tür geklopft.

Uhl quälte sich auf und öffnete. »Na? Nette Anreise gehabt? Am Weg noch ein paar Zwischenstopps gemacht? Bisserl Sightseeing?« Er starrte die beiden Polizisten vorwurfsvoll an.

»Ich bin Inspektor Steiner, und das ist mein Kollege, Inspektor Römer. Wir sind so schnell gekommen wie möglich. Dürfen wir reinkommen?«

Uhl trat einen Schritt zur Seite, und die beiden Polizisten begutachteten mit stoischen Mienen das Chaos. »Haben Sie schon feststellen können, was fehlt?«

»Zum Glück nichts. Der Kerl ist mit leeren Händen verschwunden – was ich definitiv nicht Ihnen zu verdanken habe.« Er gab alles zu Protokoll, was er erlebt hatte, ließ aber den Teil mit dem Teppich aus. Er wollte erst herausfinden, was es damit auf sich hatte, bevor er jemandem davon erzählte.

»Ich wünsche eine geruhsame Nacht«, rief Uhl den beiden Polizisten hinterher, nachdem diese sich verabschiedet hatten. »Nur nicht überarbeiten.« Er lief in seine Wohnung, wo immer noch Szepans Teppich lag, breitete ihn aus und begutachtete ihn genauer: Er war ungefähr einen Meter hoch und fünf Meter breit, bestand aus grobem Leinen und war bunt bestickt. Barock, schätzte Uhl. Frühes 18. Jahrhundert. Und auch jetzt, auf den zweiten Blick, nichts wert: Sein Material war billig und der Erhaltungszustand absolut erbärmlich. Das Leinen war vergilbt, die Farben der Stickereien waren verblasst, und überall hatten Motten und anderes Getier Löcher hineingefressen.

Uhl holte sich ein Bier, genoss ein paar kühle Schlucke und studierte erneut den Teppich. Das Motiv gab auch nicht viel her – typisch barocker Kitsch halt. Ritterspiele, Liebesschwüre, Duelle und Heiratsanträge. Nein, niemand würde wegen dieses hässlichen Fetzens irgendwo einbrechen, geschweige denn jemanden umbringen.

Die aufregenden Ereignisse des Abends, das Bier und nicht zuletzt die unerträgliche Hitze machten Uhl rasch müde. Er schloss die Wohnungstür zweimal ab und klemmte sicherheitshalber auch noch einen Stuhl unter die Klinke.

›Komisch, dieser Teppich‹, sinnierte er, bevor er sich auf den Weg ins Bett machte.

4

Landau, ein kleiner Ort in den Tiroler Alpen, war glücklicherweise so hoch gelegen, dass er bisher von der allgemein grassierenden Hitzewelle verschont geblieben war. Während ganz Österreich über die Tropennächte und Backofenatmosphäre dieses Jahrhundertsommers jammerte, konnte man hier herrlich laue Tage und kühle Nächte erleben.

Derzeit schlummerten die Einwohner der 5000-Seelen-Gemeinde, weit weg von schweißdurchtränkten Laken und schwülen Albträumen, friedlich in ihren Betten und genossen einen erholsamen Schlaf. Alle, bis auf eine.

Valerie Gasser, die Freundin von Chefinspektor Otto Morell, dem obersten Dorfsheriff, starrte entnervt an die Schlafzimmerdecke, während ihr Herzblatt so schlimm schnarchte, dass sie fürchtete, die dumpfen Vibrationen würden jeden Moment die besagte Decke zum Einsturz bringen.

Die Ohropax, die sie sich präventiv in die Ohren geschoben hatte, hatten keine Chance gegen den Staubsauger, der neben ihr dröhnte. Sie steckte den Kopf unters Kissen, doch auch mehrere Schichten aus dichten Daunen konnten dem Lärm nichts entgegensetzen. Valerie zog den Kopf also wieder heraus, rollte sich neben Morell und hielt ihm vorsichtig die Nase zu. Für einen Moment kehrte Ruhe im Morell'schen Schlafzimmer ein, die aber nicht lange anhielt. Einem kurzen Atemaussetzer folgte eine ohrenbetäubende Schnarchattacke, die noch schlimmer war als jene zuvor.

Morell hatte immer schon geschnarcht, bisher im erträglichen Bereich, doch seit einiger Zeit hatte er Probleme mit seinen Nebenhöhlen. Seitdem war das Schnarchen so laut, dass es wahrscheinlich noch bis ins Nachbardorf zu hören war.

»Otto. Kruzifix. Ich muss doch morgen arbeiten«, murmelte Valerie, doch ihr Herzallerliebster war so tief in seinen Träumen versunken, dass er davon nicht aufwachte. Sie hielt sich die Ohren zu, starrte weiter die Decke an und überlegte, auf die Couch zu ziehen, als plötzlich die Melodie von ›Strawberry Fields forever‹ von den Beatles den Raum erfüllte – Morells Handyklingelton. Valerie schaute auf die rotleuchtenden Zahlen des Radioweckers: Es war vier Uhr. Es musste sich um einen Notfall handeln.

›*Let me take you down, 'cause I'm going to Strawberry Fields …*‹ Keine schlechte Idee, schoss es ihr durch den Kopf. Wenn sie sich ins Erdbeerbeet hinterm Haus legte, hätte sie bessere Chancen auf Schlaf als hier im Bett. ›*Nothing is real and nothing to get hung about. Strawberry Fields forever …*‹

Morell quittierte John Lennons Bemühungen, ihn aufzuwecken, mit einem Schnarchen und wälzte seinen massigen Körper, der 1,95 Meter groß und so schwer war, dass er jegliche Personenwaage an ihre Grenzen brachte, zur Seite.

»Herrgott, wie kann man nur so einen festen Schlaf haben?« Valerie fasste Morell an der Schulter und schüttelte ihn. »Telefon.«

»Geh«, stöhnte er und öffnete die Augen einen Spaltbreit.

»Hier.« Sie griff über ihn drüber und reichte ihm das Handy, das auf seinem Nachttischkästchen gelegen hatte.

Morell setzte sich auf, rieb sich den Schlaf aus den Augen und musterte das Display, das den Namen ›Wilfried Uhl‹ anzeigte. Vor zwei Jahren hatte er den verschrobenen Antiquitätenhändler, der von Freunden auch Crazy Willie genannt wurde, im Zuge einer Ermittlung kennengelernt. »Was will denn der um diese Zeit?« Er drückte auf ›Annehmen‹. »Servus«, meldete er sich.

»Wilfried hier. Ich brauche dringend deine Hilfe. Irgendwas ist faul hier in Wien, und auf die Bullen ist kein Verlass.«

»Stopp, stopp, stopp.« Morell schaute auf seine Uhr. »Es ist vier Uhr in der Früh. Können wir das nicht vielleicht morgen besprechen?«

»Ich wurde bedroht, und jetzt werde ich verfolgt. Ein Kollege von mir wurde ermordet, und ich glaube, dass alles mit einem Teppich zu tun hat. Ich brauche deine Hilfe!« Uhl war völlig außer Atem.

»Also, ich verstehe gerade gar nichts. Ein Mord. Ein Teppich. Ein toter Kollege ... Wie hängt das zusammen? Und wo bist du jetzt?«

Er bekam keine Antwort. Stattdessen waren ein erstickter Schrei und ein lautes Rumpeln, gefolgt von einem Knacken, zu hören. Dann war die Leitung tot.

»Hallo?!«, rief Morell ins Telefon. »Wilfried? Bist du noch da?« Er checkte das Display – sein Akku war voll und der Empfang einwandfrei. »Hallo?!«, versuchte er es noch einmal. Wieder ohne Erfolg. Er legte auf und rief zurück. ›Der von Ihnen gewählte Gesprächspartner ist derzeit leider nicht erreichbar‹, informierte ihn eine freundliche Damenstimme.

»Das gefällt mir nicht.« Morell schaute Valerie an. »Irgendwas ist da gerade passiert. Irgendwas Schlimmes.«

Nach kurzer Überlegung wählte er 133, den Polizeinotruf. Während das Handy eine Verbindung herstellte, rief er sich das Standardprozedere für die Entgegennahme eines Notrufs in Erinnerung. Die Beamten in der Zentrale waren angewiesen, die Identität des Anrufers festzustellen und anschließend die vier Ws abzuklären: wo? Was? Wie? Wer?

Schlagartig wurde ihm klar, dass er darauf keine Antworten hatte. Er wusste nicht, wer Uhl verfolgt, was er ihm angetan hatte, und vor allem hatte er keinen blassen Schimmer, wo genau Uhl überhaupt steckte. Wien war groß, und für eine Handy-Ortung lag zu wenig begründeter Verdacht vor.

Auf gut Glück ließ er eine Polizeistreife zu Uhls Wohnung schicken – besser als nichts. Dann legte er sich wieder hin und starrte ins Nichts. ›Ich brauche deine Hilfe‹, hallten die Worte seines Freundes in seinem Ohr.

5

Inspektor Gerald Steiner wurde vom Schrillen des Telefons aus dem Schlaf gerissen. Er hob den Kopf vom Schreibtisch und wischte sich etwas Speichel aus dem Mundwinkel. »Na geh, ich hab gerade so fein geträumt. Von der Tina. Der Kellnerin aus dem Schmauswaberl.«

»Du und deine Träumereien.« Steiners Kollege, Inspektor Stefan Römer, wandte den Blick nicht vom Computerbildschirm, auf dem er gerade eine Runde Solitär spielte. »Die Tina steht nicht auf dich.« Er verschob eine Karte.

»In meinem Traum schon.« Steiner pulte einen Post-it-Zettel von seiner Wange.

Das Telefon läutete weiter.

»Kusch!«, versuchte Steiner, es zum Schweigen zu bringen. Ohne Erfolg. »Können die Leute denn nicht zu einer normalen Zeit anrufen? Es ist Viertel nach vier. Warum schlafen die nicht?«

»Bürozeiten für Kriminelle sollte es geben«, pflichtete Römer bei und hob ab.

»Bitte sag, dass es nur falscher Alarm war«, bat Steiner, nachdem sein Kollege das lästige Telefonat hinter sich gebracht hatte.

»Schön wär's.« Römer gähnte und streckte sich. »Wir müssen noch einmal zu diesem Ungustl fahren. Diesem Uhl.«

»Oh nein. Bitte nicht. Ich will nicht noch einmal seinen unförmigen Körper und seine ausgebeulte Unterhose sehen müssen. Und auf seine Beleidigungen kann ich auch verzichten.«

»Schau'n wir mal. Vielleicht ist ja gar nichts. Irgendein Freund von ihm hat angerufen, weil er sich Sorgen macht.«

Völlig unmotiviert verließen sie die Inspektion und stiegen in den Dienstwagen. »Na super, wir sind wieder mal die einzigen Deppen, die um diese Uhrzeit arbeiten«, sagte Steiner, als sie durch die menschenleeren Straßen fuhren.

»Hätten wir nur was Ordentliches gelernt.« Römer parkte den Wagen vor Uhls Laden und stieg aus. »Politiker, zum Beispiel. Das wär was.«

»Stimmt. Super Gehalt, und mit dem ganzen Schmiergeld, das man dazu kriegt, hätten wir jetzt schon ausgesorgt.« Steiner klopfte an die Tür des Antiquitätenladens. »Herr Uhl?!« Da keine Antwort kam, drückte er auf die Klingel zur Wohnung. Nichts. »Herr Uhl?!«

Römer leuchtete mit seiner Taschenlampe in den Laden. »Totales Chaos. Schaut wild aus.«

»Das ist sicher noch von vorhin. So einen Einbruch räumt man nicht in ein paar Stunden weg.« Steiner ließ seinen Blick über die umgestürzten Möbel wandern. »Ich glaube, wir haben hier einen falschen Alarm. Was meinst du?«

Römer leuchtete die Haustür und die Umgebung ab und nickte. »Schaut so aus. Da war mal wieder jemand paranoid. Gehen wir doch ins Drechsler. Schauen wir mal, ob es schon ein Gulasch gibt.«

6

Morell war so aufgewühlt von dem nächtlichen Anruf, dass er keinen Schlaf fand. Gegen sieben Uhr gab er auf und wurstelte sich völlig zerknautscht aus dem Bett.

»Was ist denn hier los?« Valerie kam wenig später in die Küche gelaufen und riss ein Fenster auf.

»Wie? Was?« Morell, der völlig in Gedanken versunken am Esstisch saß, schreckte auf. »Oh nein. Das Rührei!« Er hastete zum Herd und betrachtete das schwarze Etwas, das ihm aus der Pfanne entgegenstarrte. »Tut mir leid«, sagte er an Valerie gerichtet, die gerade den Dunstabzug einschaltete, in der Hoffnung, den Gestank zu vertreiben.

»Die Sache mit Wilfried scheint dir ja ziemlich zuzusetzen.« Sie schabte die Eibriketts in den Mülleimer. »Das letzte Mal, als dir etwas angebrannt ist, hattest du 40 Grad Fieber.«

Morell, der in der Küche normalerweise so versiert wie ein Vier-Sterne-Koch war, nickte. »Wilfrieds Handy ist immer noch aus. Ich habe gerade mit Wien telefoniert. Die Streife, die in der Nacht bei ihm vorbeigefahren ist, hat nichts Verdächtiges bemerkt.«

Valerie stellte eine frische Pfanne auf den Herd und schlug ein paar Eier hinein. »Fahr doch einfach hin und sieh nach dem Rechten. Ich kenne dich. Du hast sonst keine ruhige Minute mehr.«

Morell zögerte. Der Gedanke, nach Wien zu fahren, war ihm natürlich schon gekommen, aber er wusste erstens gar nicht, wo er ansetzen sollte, und außerdem hasste er das Großstadtgetümmel. Er hatte früher einmal bei der Kriminalpolizei in Wien gearbeitet. Vor ein paar Jahren war dem sensiblen Vegetarier der harte Arbeitsalltag, bei dem sich alles um Mord und Gewalt gedreht hatte, aber zu sehr aufs Gemüt geschlagen. Er hatte seinen dicken Kater Fred eingepackt und war zurück in seinen Heimatort Landau gezogen, wo er sich seither um gestohlene Gartenzwerge und entlaufene Hunde kümmerte. Meist hatten er und sein Assistent, Robert Bender, nicht wirklich viel zu tun, und so hatte er genügend Zeit, sich seinen drei liebsten Hobbys zu widmen: kochen, essen und Pflanzen züchten.

»Du hast recht.« Morell lächelte seine Valerie an. »Und es stört dich sicher nicht, wenn ich für ein paar Tage verreise?« Er nahm ihr die Kelle aus der Hand. In diesem Haushalt war Kochen Männersache.

»Ach was«, winkte sie ab. »Sonst fackelst du mir vor lauter Sorge noch das Haus ab. Außerdem wollte ich eh schon länger mal wieder was mit den Mädels unternehmen, und ich habe ja immer noch Fred, der mir Gesellschaft leistet.«

Bei der Erwähnung seines Namens reckte der dicke Kater seinen getigerten Kopf in die Höhe und stellte die Ohren auf. Als er ahnte, dass kein Essen im Spiel war, gab er ein beleidigtes Grunzen von sich.

Valerie hob ihn auf ihren Schoß und kraulte ihn so lange hinter den Ohren, bis er zu schnurren begann. »Und durchschlafen kann ich dann auch wieder einmal.«

»Heute Nacht schon wieder?«

»Wie ein Sägewerk.«

Morell lief rot an. »Mann, das tut mir leid.« Er massierte seine Nasenwurzel. »Vielleicht finde ich ja in Wien eine Lösung.«

7

»Ich möchte versuchen, eine Botschaft an Herzog Karl zu überbringen.«

Mit diesen Worten hatte Jakob Starhembergs volle Aufmerksamkeit erlangt. Selbst als der Boden durch einen Geschützeinschlag erzitterte, ließ der Kommandant seinen Blick unbeirrt auf dem jungen Bäcker ruhen. »Weißt du denn überhaupt, wovon du da sprichst? Das ist purer Selbstmord.«

»Es nicht zu versuchen auch. Der Herzog muss erfahren, wie schlecht es wirklich um uns steht. Er darf nicht länger warten. Wenn es noch irgendetwas zu retten geben soll, dann muss er sofort angreifen.«

Starhemberg nickte. »Du weißt, was mit den anderen Boten geschehen ist?«

Jakob schloss die Augen. »Ja«, sagte er. Das grausige Bild ihrer abgeschlagenen Köpfe, die vor der Stadtmauer auf lange Stangen aufgespießt waren, hatte sich in sein Gehirn gebrannt. Und nicht nur in seines. Seit Wochen hatte niemand mehr die Mission gewagt, obwohl jedem Freiwilligen eine hohe Belohnung winkte. Doch für kein Geld, keinen Adelstitel und keine Ländereien dieser

Welt wollten die Bewohner Wiens das Schicksal der anderen Boten teilen.

»Hast du Erfahrung mit solchen Missionen?« Starhemberg konnte offensichtlich immer noch nicht glauben, was Jakob vorhatte.

»Nein, aber ich habe eine Frau und bald auch ein Kind. Ich will, dass die beiden eine Chance haben. Die Chance auf ein Leben. Und wenn ich dafür mein eigenes geben muss, dann soll es das wert sein.«

Ein weiterer Einschlag ließ kleine Gesteinsbröckchen auf sie niederprasseln.

»Wie ist dein Name?« Starhemberg warf einen besorgten Blick in Richtung Mauer, die gerade einiges an Substanz eingebüßt hatte.

»Jakob Unger, mein Herr.«

»Nun denn, mutiger Jakob Unger. Gehen wir es an.«

Kurze Zeit später stand Jakob vor dem kleinen Ausfalltor nahe der Schottenbastei. Seit die Stadttore zugemauert worden waren, war dies die einzige Verbindung zur Außenwelt. Ein unscheinbares Tor, mit einem schweren Eisengitter verschlossen und mit Büschen und Gestrüpp zugewuchert. Er trug die Uniform eines toten Janitscharen, einem jener Krieger, die als christliche Knaben ihren Eltern geraubt und muslimisch erzogen worden waren. Dadurch sollte er vom Aussehen her nicht weiter auffallen.

»Dann liegt unser aller Schicksal jetzt in deinen Händen.« Starhemberg übergab Jakob einen versiegelten Brief. »Möge der Herr im Himmel mit dir sein. All unsere Gebete sind es jedenfalls.«

Jakob durchschritt mit pochendem Herzen das Tor, robbte durch den Stadtgraben und schlich in das feindliche Lager. Dort angekommen, vergaß er vor lauter Staunen beinahe, in welcher Gefahr er schwebte: Exotische Düfte kitzelten seine Nase, und bunte Fahnen schimmerten in der Morgensonne, während aus einem Zelt eine sonderbare, wenn auch sehr eingängige Melodie ertönte. »Wie paradiesisch ist bloß das Antlitz der Hölle«, murmelte er.

Er war keine zehn Meter gegangen, da schlüpften zwei türkische Soldaten aus einem Zelt und kamen direkt auf ihn zu. Jakobs Gedanken überschlugen sich, und er versuchte, sich zu beruhigen, indem er leise die Melodie pfiff, die er gerade gehört hatte.

Als die beiden das hörten, lächelten sie und entblößten dabei strahlend weiße Zähne, die einen starken Kontrast zu ihren dunklen, wettergegerbten Gesichtern bildeten. Einer der beiden nickte Jakob sogar zu, als sie an ihm vorbeigingen.

Er atmete auf und rief sich in Erinnerung, was Starhemberg ihm geraten hatte: Er solle unauffällig bleiben, keinem in die Augen schauen und sich im Verborgenen halten. Aber was, wenn es andersrum besser war? Wenn es besser war, sich nicht zu verstecken? Nicht zu huschen? Kein Schatten zu sein?

Er reckte das Kinn in die Höhe und streckte seine Brust nach vorn, in der sein Herz so laut schlug, dass Herzog Karl es bis in sein Lager hören musste. Er schürzte seine Lippen, pfiff die exotische Melodie und setzte einen Fuß vor den anderen.

Schritt für Schritt passierte Jakob bunte Wimpel, kunstvoll gearbeitete Rüstungen und exotische Tiere. Er sah Dinge, so wunderschön und fremd, dass er aus dem Staunen kaum herauskam. Und er passierte natürlich auch Soldaten. Die fremden Krieger, die ihm und seinem Volk schon so viel Schlechtes angetan hatten, und er realisierte, dass es sich bei ihnen auch nur um Menschen und nicht um Bestien handelte. Sie mochten aus anderen Erdteilen kommen, eine andere Sprache sprechen und einen anderen Gott anbeten, doch auch sie waren Söhne, Väter und Brüder. Auch sie verspürten Hunger, Durst und Furcht. Auch sie waren nichts anderes als Spielfiguren in einem Krieg, der sie eigentlich nichts anging. Der auf dem Rücken von vielen zum Nutzen von wenigen geführt wurde.

Je mehr er das realisierte, desto mehr wuchs seine Sicherheit. Er war kein Fremder mehr, der durch die Höhle des Löwen spazierte, sondern er war einer von ihnen.

Pfeifend ging er immer weiter und fing sogar an, dem einen oder anderen Türken, der seinen Weg kreuzte, zuzunicken oder ein angedeutetes Lächeln zu schenken.

Weiter. Immer weiter. Schritt für Schritt. Atemzug für Atemzug. Er schaltete seine Gefühle und sein Gehirn ab und ging vorwärts, so als wäre es das Natürlichste der Welt. Und ohne dass es ihm bewusst war, ohne dass er es bemerkt hatte, stand er plötzlich mittendrin im Wienerwald, wo die Bäume sich sanft im Wind wogten und ihm ins Ohr flüsterten, dass er das Unmögliche möglich gemacht hatte.

8

Nach dem Frühstück rief Morell bei Nina Capelli an. Seit sie vor einigen Jahren gemeinsam eine Mordserie aufgeklärt hatten, waren die beiden befreundet. Er wollte ihre Meinung zu den nächtlichen Geschehnissen hören.

»Es wurde tatsächlich ein Antiquitätenhändler ermordet. Ein gewisser Balthasar Szepan. Dem armen Kerl wurde mit einem Morgenstern der Kopf zu Brei geschlagen.«

Das waren Details, die der zimperliche Morell direkt nach dem Frühstück nicht hören wollte. »Und Wilfried Uhl?«, lenkte er ab.

»In meinen Kühlfächern liegt er jedenfalls nicht.«

Das war schon mal gut. »Dann muss ich wohl nach Wien kommen und vor Ort nach dem Rechten schauen.« Morell packte Fred, der gerade versuchte, sich auf den Tisch zu wuchten, um sich dort die Reste vom Rührei zu krallen, und hievte ihn zurück auf die Bank.

»Super! Wir haben uns eh schon viel zu lange nicht gesehen. Du kannst gerne bei mir wohnen. Leander buddelt irgendwelche Gräber in Schweden aus, da freue ich mich über ein bisschen Gesellschaft.« Ninas Freund, Leander Lorentz, war Archäologe und musste daher berufsbedingt häufig auf Ausgrabungen im Ausland arbeiten.

»Lieber nicht.« Fred startete einen zweiten Versuch. Wenn es um Nahrung ging, entwickelte der ansonsten so träge Kater ungeahnte Energien. »Ich habe zur Zeit ein kleines Schnarchproblem. Außerdem möchte ich dir nicht zur Last fallen. Ich werde mir ein nettes Hotel suchen.«

»Wie du meinst. Das Angebot steht jedenfalls. Soll ich dich vom Bahnhof abholen?«

»Gerne«, sagte Morell. »Ich gebe dir Bescheid, sobald ich etwas Genaueres weiß.« Fred wehrte sich mit allen Kräften dagegen, erneut vom Projekt Rührei abgehalten zu werden, und es kostete Morell viel Mühe, das störrische Tier auf den Boden zu bugsieren. »Wir sehen uns dann in Wien.«

Nachdem er bis zum Mittag noch immer kein Lebenszeichen von Uhl bekommen hatte, packte Morell ein paar Klamotten ein, gab seinem Assistenten Bescheid und setzte sich in den Zug nach Wien.

Zug fahren war noch nie sein Ding gewesen. Kinder, die ohne Luft zu holen, sechs Stunden und mehr durchschrien, Sitznachbarn, die laute Telefongespräche führten, und rücksichtslose Mitreisende, die direkt neben ihm ihre Stinkefüße hochlagerten – er hatte alles schon erlebt.

Heute litt er wieder mal unter den zu schmalen Sitzen, deren Handlehnen ihm links und rechts unangenehm in die Hüften schnitten, und als die Frau neben ihm eine deftige Jause auspackte, die aus Wurst, Wurst und noc hmal Wurst bestand, wusste er, dass die kommenden Stunden sehr lange werden würden.

Er schloss die Augen, versuchte, den Wurstgeruch auszublenden und konzentrierte sich auf das gleichmäßige Rattern der Schienen. Hoffentlich würde sich schnell klären, was mit Uhl passiert war. Wenn es nämlich etwas gab, das er noch viel weniger ausstehen konnte als Wurstgeruch und Zug fahren, dann war das Wien.

Ihn und die österreichische Hauptstadt verband so etwas wie eine Hassliebe, wobei der Hass bei weitem überwog. Morell konnte dieser ewigen Melancholie, dem zelebrierten Grant und der Glorifizierung von Tod und Sterben nichts abgewinnen. Für ihn waren die typischen Wiener alte Dauerraunzer, bekennende Misanthropen und die schlimmsten Fleischfresser von hier bis Texas: Wiener Schnitzel, Tafelspitz, Blunzen, Gulasch, Schweinsbraten, Burenwurst, Käsekrainer (von den Einheimischen liebevoll ›Eitrige‹ genannt), Pferdeleberkäs, Schinkenfleckerl und geröstete Knödel mit Hirn – das waren die Dinge, die die Wiener Speisekarten bevölkerten. Das Outing als Vegetarier hatte Morell schon mehr als einmal eine hochgezogene Augenbraue oder gar eine abfällige Bemerkung von einem Kellner, die sich in Wien ›Herr Ober‹ nennen ließen, eingebracht.

»Wien Westbahnhof«, kündigte eine Frauenstimme vom Band an. Morell verabschiedete sich von der Wurstfrau und stieg aus.

Als hätte Wien nur darauf gewartet, dem untreuen Überläufer eins auszuwischen, blies ihm auf dem Bahnsteig eine Woge heißer, dreckiger Luft ins Gesicht, die nach verbranntem Gummi und Kebab stank. »Hallo Wien«, murmelte er. »Gastfreundlich und charmant wie eh und je.«

Die paar Meter bis zur Schalterhalle reichten aus, um Morell den Schweiß ins Gesicht zu treiben. Er hatte die ganze Zeit angenommen, dass die Medien bezüglich der Hitzewelle heillos übertrieben, um das Sommerloch zu stopfen, doch jetzt wurde ihm klar, dass ihre Berichterstattung sehr realitätsnah war.

»Ich hoffe, du hast eine Klimaanlage im Auto«, sagte er zu Nina, nachdem sie sich begrüßt hatten. »Ich habe in den paar Minuten seit meiner Ankunft bestimmt schon einen Liter ausgeschwitzt.« Er hob so dezent wie möglich seinen Arm und betrachtete voller

Grauen den dunklen Schwitzfleck, der sich unter seiner Achsel gebildet hatte.

»Wir können die Fenster offen lassen«, schlug sie vor. »Dann zieht es ein bisschen herein.«

Morell unterdrückte ein Stöhnen.

»Sollen wir erst ins Hotel, oder willst du gleich irgendwo hin? Ich habe mir heute einen Urlaubstag genommen und bin für alle Schandtaten zu haben.« Nina schlängelte sich durch eine Horde Teenager, die je eine Zigarette in der einen und ein Dosenbier in der anderen Hand hielten.

»Einchecken kann ich später auch noch. Fahren wir doch am besten gleich zu Uhl.« Morell hatte nicht vor, seinen Aufenthalt in Wien unnötig in die Länge zu ziehen. Er würde tun, was zu tun war und sich dann schnellstmöglich wieder zurück ins heilige Land Tirol verziehen.

Uhls Laden, samt seiner darüberliegenden Wohnung, befand sich in der Blutgasse im ersten Wiener Gemeindebezirk. Als sie endlich dort ankamen, war Morells Kleidung völlig durchgeschwitzt, was zum einen an der Hitze, zum anderen aber an Ninas halsbrecherischem Fahrstil lag. Sie war wie ein junger Niki Lauda durch den dichten Verkehr am Gürtel gerast, und Morell hatte sich so verkrampft am Handgriff der Seitentür festgekrallt, dass ihm jetzt die Finger wehtaten.

»Da vorne ist sein Laden.« Er wuchtete sich aus dem Auto und zeigte auf ein kleines Gassenlokal, über dessen Tür in großen goldenen Lettern die Aufschrift ›Wilfried Uhl. Antiquitäten‹ geschrieben stand.

Er eilte voraus und hoffte, dass er keinen Schweißfleck am Rücken oder gar am Hosenboden hatte. »Wehe, wenn Crazy Willie jetzt fröhlich und munter in seinem Laden steht, und die ganze Aufregung umsonst war. Dann setzt's was«, sagte Morell, hoffte aber insgeheim, dass es genau so war.

Ein kurzer Blick auf die Tür zerstörte seine Hoffnungen. Obwohl es helllichter Nachmittag an einem Werktag war, hing ein Schild mit der Aufschrift ›Geschlossen‹ darin.

»Vielleicht ist er ja im Urlaub?«, versuchte sich Nina an einer Erklärung.

Morell schüttelte den Kopf. »Als ich das letzte Mal von ihm gehört habe, hat er darüber gejammert, dass die Geschäfte so schlecht laufen, und dass er sich dieses Jahr keinen Urlaub leisten kann.« Er läutete sowohl bei der Wohnung als auch beim Laden. Keine Reaktion.

»Ich fürchte, du hast recht. Da ist echt etwas passiert.« Nina hatte ihr Gesicht ganz nah an das Schaufenster gebracht und mit ihren Händen links und rechts die Sonne abgeblockt. »Schau nur, da wurde eingebrochen.«

Morell tat es ihr gleich, und der Anblick, der sich ihm bot, war erschreckend. Ein wildes Chaos aus Möbeln und Papieren bedeckte den Boden, so als hätte eine Horde Wildschweine den Laden geentert.

Er kam nicht dazu, sich auszumalen, was da drinnen wohl alles geschehen war, da sein Handy läutete. Die Nummer kannte er nicht, konnte aber an der Vorwahl 01 sehen, dass es sich um ein Wiener Festnetz handeln musste. »Otto Morell.«

»Otto. Hier Willie.« Seine Stimme klang schwach und trocken.

»Willie! Wie geht es dir? Wo bist du? Und was ist überhaupt passiert?«

»Ich bin im Krankenhaus. Ich wurde verfolgt, bin dabei gestürzt, auf den Kopf gefallen und erst vor einer Stunde hier im AKH aufgewacht.«

»Ich stehe gerade vor deinem Laden – bei dir ist eingebrochen worden.«

»Nicht nur im Laden – du solltest mal meine Wohnung sehen. Die haben da drin gewütet wie die Vandalen. Und alles nur wegen diesem Drecksteppich.«

»Weißt du was, ich komme zu dir ins Krankenhaus, dann können wir alles in Ruhe bereden.«

»Perfekt. Ich habe gewusst, dass ich auf dich zählen kann. Gemeinsam werden wir der Sache auf den Grund gehen und diesen Kerlen zeigen, wer hier der Chef ist.« Uhls Stimme hatte schon wieder viel mehr Energie.

»Keine gefährlichen Ermittlungen auf eigene Faust«, stellte Morell klar. »Sobald wir irgendetwas Handfestes haben, übergeben wir an das Kriminalamt.«

Uhl tat das, was er immer tat, wenn er etwas nicht hören wollte. Er ignorierte es. »Willkommen in Wien, alter Freund!«

9

Anna Unger hatte überall nach ihrem Mann gesucht. Er war nicht bei den Truppen an der Stadtmauer, nicht bei den Männern, die neue Palisaden bauten, und auch nicht im Lazarett. Sie hatte sogar die Haufen der Toten durchgesehen, die darauf warteten, in einem anonymen Massengrab unter dem Stephansdom verscharrt zu werden. Keine Spur von ihm.

»Frau Unger?« Johann Favi, ein ehemaliger Stammkunde, kam auf sie zugelaufen. »Was macht Ihr denn hier draußen? Das ist doch kein Ort für eine schwangere Frau.«

»Ich suche nach Jakob. Habt Ihr ihn vielleicht gesehen?«, ignorierte Anna seine Worte.

Der Einschlag einer Kanonenkugel ließ kleine Gesteinssplitter durch die Luft sausen. »Wir können die Stadt nicht mehr lange halten«, sagte Favi mehr zu sich selbst als zu Anna. »Es ist nur noch eine Frage von Stunden, bis die heidnischen Schlächter die Stadt stürmen – und dann gnade uns Gott.« Er rieb seine müden Augen und dabei war sein Gesicht so von Furcht erfüllt, als erwartete er, dass jeden Moment der Leibhaftige selbst über die Mauer steigen würde. »Wenn es so weit ist, dann wartet nicht zu lange.«

»Womit? Womit soll ich nicht warten?«

Er schenkte ihr das gütige Lächeln, mit dem Väter oft ihre Kinder bedachten. »Ich habe Euch immer sehr geschätzt, Frau Unger. Es würde mir das Herz brechen, Euch den Gräueltaten dieser Teufel ausgesetzt zu wissen.« Er griff in die Tasche seiner Uniformjacke und zog einen wunderschön gearbeiteten Dolch heraus. »Nehmt den. Ich habe ihn vor einigen Tagen einem toten Türken abgenommen. Wenn es so weit ist, dann setzt Eurem Leben damit ein Ende. Auch wenn Ihr dafür in die Hölle kommt, so sind die Qualen, die Euch dort erwarten, nichts gegen das, was diese Bestien Euch antun werden.« Er drückte ihr den Dolch in die Hand.

Anna betrachtete ihn mit einer Mischung aus Abscheu und Neugier. Die gebogene Klinge war federleicht und so scharf, dass sie ohne Probleme ein Huhn damit hätte zerteilen können. Der Griff war mit feinen Verzierungen aus Gold übersät, und überall waren kleine, bunte Edelsteine eingelassen, die so sehr funkelten, als hielte sie eine glitzernde Forelle in der Hand. »Das kann ich nicht annehmen«, sagte sie und hielt Favi den Dolch hin, doch er weigerte sich, ihn zurückzunehmen.

»Ich brauche ihn nicht«, sagte er. »Wir können die weltlichen Dinge nicht mit ins Jenseits nehmen. Und dort werden wir wohl alle bald hingehen.« Er zeigte in Richtung Löwelbastei. »Ich werde gebraucht. Geht nach Hause. Wahrscheinlich wartet Jakob dort schon auf Euch. Lebt wohl, und möge Gott mit Euch sein.« Mit diesen Worten lief Favi zur Bastei, ohne sich noch einmal umzudrehen.

»Mit Euch auch. Möge der Herrgott auf Euch aufpassen!«, rief Anna ihm nach und starrte dann auf den Dolch. Die schreckliche Vorstellung, die damit verbunden war, bereitete ihr Übelkeit, darum hätte sie ihn am liebsten in hohem Bogen von sich fortgeschleudert. Andererseits war er viel Geld wert, und das könnten sie nach der Belagerung sicher gut gebrauchen. Also steckte sie

den Dolch ein und tat, was Herr Favi ihr geraten hatte. Sie ging nach Hause.

»Wo seid Ihr gewesen?« Adam Horak, der Nachbar der Ungers, stand vor Annas Haustür und funkelte sie böse an.

Horak war ein echtes Ekel. Ständig hatte er etwas auszusetzen. Zu laute Kinder, zu hohe Brotpreise, ein unfreundlicher Lieferjunge … Rechthaberisch und mit erhobenem Zeigefinger konnte er es nicht lassen, jeden zu kritisieren und zu belehren – natürlich immer unter dem Deckmantel des Wohlwollens, und immer nur auf eines aus: seinen größtmöglichen Vorteil. Dafür war ihm kein Mittel zu schade und keine Strategie zu verwerflich. Verleumdung, Erpressung und, da war sich Anna sicher, sogar vor Mord würde er nicht zurückschrecken, wenn er irgendeinen Nutzen daraus ziehen konnte.

»Was ist?« Anna wollte sich an ihm vorbeidrängen, was aber nicht ging, da sein Bauch mindestens so groß wie der ihre war. Er war der einzige Wiener, den sie kannte, der seit Belagerungsbeginn nicht abgenommen hatte – dieser Drecksack hatte ganz sicher irgendwo noch Lebensmittel gehortet und weigerte sich, diese mit den Kindern, Alten und Kranken zu teilen.

»Der Boden hat vibriert – darum wollte ich zu Euch hinüberkommen, um die Erbsenprobe zu machen. Wie Ihr sicher wisst, ist mein Haus nicht unterkellert.«

Seit einiger Zeit versuchten die Türken, sich wie tödliche kleine Maulwürfe in die Stadt hinein zu graben. Darum hatten die Wiener in ihren Kellern Trommeln aufgestellt, auf denen getrocknete Erbsen lagen. Wann immer diese Erbsen durch die Vibrationen, die durch die Grabungsarbeiten verursacht wurden, zu tanzen begannen, wussten sie, was los war. Dann gruben sie einen Gegentunnel, erschlugen die Mineure und schütteten den feindlichen Tunnel wieder zu.

»Wo wart Ihr denn?« Er stemmte die Hände in die Hüften und reckte das Kinn in die Höhe.

Anna versuchte, sich zu beherrschen. »Das geht Euch nichts an«, sagte sie trotzig, quetschte sich an ihm vorbei, knallte die Eingangstüre zu und lehnte sich gegen die kühle Wand. »Jakob?«, rief sie laut, als sie sich wieder gefangen hatte. »Bist du hier?«

Die einzige Antwort, die sie bekam, war der ferne Donnerhall der türkischen Kanonenkugeln.

10

»Ich mag das AKH nicht«, sagte Morell, als Nina auf den Besucherparkplatz einbog.

»Du magst nichts, das mit Krankheit oder Tod zu tun hat«, entgegnete diese. »Du kriegst doch schon die Krise, wenn du ein Mordopfer beim ›Tatort‹ sehen musst. Mir ist es immer noch ein Rätsel, wie ausgerechnet du bei der Mordkommission hast enden können.«

»Ich war jung und brauchte das Geld«, scherzte er und starrte auf die beiden großen Bettentürme, die jeweils 22 Stockwerke hoch waren und insgesamt mehr als 2200 Betten fassten. »Hier liegen mehr Patienten, als ein durchschnittliches österreichisches Dorf Einwohner hat.«

»Kein Wunder. Ist ja auch das größte Krankenhaus Europas.« Nina hängte sich bei Morell ein und ging mit ihm zum Haupteingang.

Bereits dort überkamen ihn erste Beklemmungserscheinungen, als er die Menschen sah, die mit Morgenmänteln und Pyjamas bekleidet, gierig an ihren Zigaretten saugten. »Als wären sie nicht schon krank genug«, flüsterte er in Ninas Ohr und betrat die Haupthalle.

Sofort stieg ihm der antiseptische Geruch in die Nase, der für Krankenhäuser so typisch war. »Brrr«, schüttelte es ihn.

»Soll ich hier draußen auf dich warten?«, fragte Nina, als sie bei Uhls Zimmer angelangt waren.

»Aber nein. Komm ruhig mit. Willie freut sich sicher über weibliche Gesellschaft.« Er klopfte an und öffnete die Tür.

Uhls Zimmer war ein ganz normales Krankenzimmer. Grauer Laminatboden, graue Wände und mittendrin zwei massive Betten. Eines davon war belegt.

Morell erschrak, als er Uhl sah. Sein Freund war so blass wie die Bettwäsche, in der er lag, sein bleiches Gesicht wurde von einem unregelmäßigen Stoppelbart geziert, und um seinen Kopf war ein dicker Verband gewickelt. »Die haben dir aber ganz schön zugesetzt.« Morell nahm sich einen Stuhl und setzte sich neben Uhl ans Bett.

Der hatte nur Augen für Nina. »Wenn ich geahnt hätte, dass ich so hübschen Besuch kriege, hätte ich mich herausgeputzt.«

»Das ist meine gute Freundin Nina Capelli von der Gerichtsmedizin«, stellte Morell sie vor.

»Halt, halt, halt.« Uhl setzte sich auf. »So schlecht steht es noch lange nicht um mich.« Er zwinkerte Nina zu. »Ich stelle Ihnen meinen Körper aber gern auch lebend zur Verfügung.«

Nina lachte und setzte sich neben Morell. »Kein Bedarf. Aber danke für das Angebot.«

»Also, was ist passiert?«, lenkte Morell das Gespräch zurück auf das eigentliche Thema.

Uhl erzählte von Szepan, dem Teppich und dem Einbruch. »Ich hab keine Ruhe mehr gehabt. Die Sache war mir nicht ganz koscher, darum hab ich den Teppich fortgeschafft. Zur Sicherheit.« Er fasste sich an den Kopf, schob einen Finger seitlich unter den Verband und versuchte, sich zu kratzen. »Bei der Hitze voll eingewickelt zu sein, ist echt eine Plage, das kann ich euch sagen. Man schwitzt wie ein Schwein, und es juckt wie Hölle.«

Nina kramte in ihrer Handtasche und holte einen in Folie verpackten Zahnstocher heraus, den Uhl freudig entgegennahm.

»Und dann?«, drängte Morell, den die Vorstellung, von Krankheit und Tod umgeben zu sein, nach wie vor nervös machte.

»Wo war ich?« Uhl kratzte sich genüsslich mit dem Zahnstocher. »Ach ja. Ich hab also den Teppich weggeschafft, und als ich zurückkomme, krieg ich mit, wie der maskierte Kerl meine Wohnung zerlegt. Weil ich vom letzten Mal wusste, dass der Typ eine Puffn hat, schleich ich mich rückwärts wieder hinaus ins Stiegenhaus, renn nach unten und ruf dich an.«

»Warum ausgerechnet mich? Warum nicht die Polizei hier in Wien?«

»Ach, du weißt ja, was ich von der Kieberei halte. Außerdem – was hätten sie schon groß ausrichten können? Ich weiß ja selber nicht, was es mit dem Teppich auf sich hat, und warum jemand den so unbedingt haben will. Ich wollte brauchbare Hilfe, und da bist nur du mir eingefallen.«

Morell schüttelte den Kopf. Das war klassische Crazy Willie-Logik. »Und dann?«

»Dann steht der Typ plötzlich vor mir und leuchtet mich mit seiner Taschenlampe an. Mir ist das Herz bis in die Socken runtergerutscht, kann ich euch sagen.«

»Und war es wieder derselbe Einbrecher?«

»Da bin ich mir ganz sicher.«

»Und dann hat er Ihnen das angetan?« Nina zeigte auf Uhls Kopf.

»Ähm … nein … das war ich selbst.« Er fasste an den Verband. »Erst war ich wie versteinert, aber dann hab ich mich aus meiner Schockstarre gelöst und bin auf die Straße rausgerannt. Völlig panisch. Dabei bin ich wohl über meine eigenen Füße gestolpert und hab den Asphalt geküsst. Als Nächstes bin ich dann hier drinnen aufgewacht.«

»Und? Wie lautet die Diagnose?«, fragte Nina ganz professionell.

»Gehirnerschütterung. Platzwunde. Und drei Zähne sind locker.«

»Nicht schlecht«, stellte Nina fest. »Das muss ja ein toller Teppich sein.«

»Genau das ist es ja.« Uhl schlug mit der flachen Hand auf die Matratze. »Ich hab mir den Teppich gefühlte eintausend Mal angeschaut. Das Ding ist absolut wertlos.«

»Und jetzt? Was hast du vor?«, fragte Morell.

»Ich hab schon einen Plan.« Uhls Augen glitzerten, und Morell schwante Schlimmes. Willie war berüchtigt für seine wahnwitzigen Ideen.

Uhl fingerte am Kragen seines Krankenhauskittels herum und zog eine dünne Halskette heraus, an der ein Schlüssel baumelte. »Der ist für mein Lager. Ihr holt den Teppich und bringt ihn ins Kunsthistorische Museum – dort gibt es irgendeinen Spinner, der auf barocke Textilien spezialisiert ist. Sein Name ist …« Er fasste sich an den Kopf. »Mist, ich hab's gestern noch recherchiert. Der Unfall hat meinem Schädel doch mehr zugesetzt, als ich dachte.«

»Dann warten wir doch mit der ganzen Sache, bis es dir besser geht. Oder wir sagen gleich der Polizei Bescheid.« Morell hatte die Hoffnung auf eine vernünftige Lösung noch nicht aufgegeben.

»Nein.« Uhl fuchtelte wild mit den Händen herum. »Das ist nicht nötig. Ich hab's gleich.« Er massierte seine Schläfen. »David!«, rief er laut, bevor Morell weiter versuchen konnte, ihn zur Vernunft zu bringen. »David Neumann heißt er. Ihr müsst den Teppich zu ihm bringen. Wenn irgendwer etwas darüber weiß, dann er.« Er verschränkte die Arme und lehnte sich erschöpft in sein Kissen zurück. »Und passt auf – ich fürchte, der Typ, der hinter dem Teppich her ist, ist gefährlich.«

Nina nickte und ließ sich von Uhl die Adresse seines Lagers geben.

Uhl schloss die Augen. »Ich kann euch gar nicht sagen, wie gespannt ich bin«, murmelte er. »Dieser Teppich macht mich noch wahnsinnig.«

»Solange es nur das ist«, sagte Morell und ging gemeinsam mit Nina zur Tür. »Solange er uns keinen schlimmeren Schaden zufügt, soll mir alles recht sein.«

11

Uhls Lager befand sich in der Nähe des Brunnenmarktes, einem multikulturellen Hot Spot in Ottakring, dem sechzehnten Wiener Gemeindebezirk. Hier gab es alles, was das kulinarische Herz begehrte: türkisches Baklava, so süß, dass man allein vom Ansehen schon einen Zuckerschock bekam, Obst und Gemüse frisch vom Feld, duftende Gewürze, saftige Fleischstücke und Fische, die erst seit wenigen Stunden nicht mehr unter den Lebenden weilten.

Morell, dem gutes Essen über alles ging, vergaß für einen Moment die unsägliche Hitze, die drängelnden Menschen und den mysteriösen Teppich. Mit großen Augen bestaunte er die dargebotenen Waren und sog ihren Duft ein. Sofort bildeten sich in seinem Kopf verschiedenste Rezeptideen und Speiseabfolgen: Spinat-Ricotta-Tortellini in Haselnuss-Cognac-Sauce, karamellisierte Karottensuppe, Chicorée-Fenchel-Auflauf, Ingwer-Zitronen-Kuchen …

»Ich glaube, wir müssen da rüber«, riss Nina ihn aus seinen kulinarischen Tagträumen und zeigte auf eine kleine Seitengasse.

»Gleich.« Morell wollte den Markt noch nicht verlassen. »Ich möchte mir nur noch die Gewürze da drüben ansehen.«

»Aber mach schnell. Ich zerrinne. Vergiss nicht, dass ich an diese Temperaturen nicht gewöhnt bin. In der Gerichtsmedizin ist es immer schön kühl.« Sie wischte sich ein paar Schweißtropfen von der Nase und folgte Morell. Während dieser anfing, mit einem Verkäufer über Kardamomsamen zu fachsimpeln, sah Nina sich interessiert um. Wie hielten all die türkischen Frauen, die mit langen Mänteln und Kopftüchern bekleidet hier für die ganze Familie einkauften, diese Hitze nur aus? Sie wollte gerade die Frau, die neben ihr Paprikas begutachtete, danach fragen, als ihr ein Mann ins Auge stach. Sie wusste nicht genau, warum er ihren Blick auf sich gezogen hatte. War es die Tatsache, dass er trotz der Hitze ein langärmliges Shirt trug? Oder weil er Morell so verstohlen von der Seite musterte? Oder war es seine Baseballmütze, die er so tief ins Gesicht gezogen hatte, dass man davon gar nichts mehr sah? Was auch immer es war – der Mann war ihr nicht geheuer. Sie fuhr sich mit der flachen Hand über die Stirn, als könne sie so nicht nur Schweiß, sondern auch den kurzen Anflug von Paranoia wegwischen. »Komm schon, Otto, bevor ich mich in eine Pfütze verwandle«, rief sie Morell zu, dessen Nase in einem Meer aus schwarzem Sesam steckte.

Der Chefinspektor riss sich von dem Stand los, rief dem Verkäufer zu, dass er bald wiederkommen würde und folgte Nina in die kleine Seitengasse.

»Schon viel besser hier«, sagte sie, als sie in den Schatten traten, in den die kleine Gasse von den umstehenden Häusern getaucht wurde. »Da vorne muss es sein.« Sie zeigte auf ein unscheinbares graues Haus und schaute noch einmal zurück, doch von dem Mann mit der Baseballmütze war keine Spur mehr zu sehen. Da hatte sie sich wohl bloß etwas eingebildet. Sie holte Uhls Schlüssel aus ihrer Tasche und sperrte die Tür auf. »Passt.« Sie betrat den kühlen Hausflur und genoss für einen kurzen Moment die angenehme Temperatur.

Morell sondierte in der Zwischenzeit die Lage. »Sieht so aus, als wären die Lagerräume im Keller.«

»Dann los. Ich bin schon gespannt auf diesen Teppich.« Nina eilte die Treppe hinunter und drehte das Licht an. »Komm runter. Hier ist es noch kühler. Herrlich. Fast wie bei der Arbeit.«

Morell stand an der obersten Stufe und zögerte. Er war kein großer Fan von fremden Kellern. »Jaja, ich komm ja. Geh du schon mal vor.« Widerwillig stieg er nach unten. Wo hatte Uhl ihn da nur wieder hineingezogen.

Der Keller war ein langer schmaler Gang mit ausgewaschenem Fliesenboden, auf dessen linker und rechter Seite mehrere Metalltüren eingelassen waren. Sie alle waren mit schweren, eisernen Schlössern gesichert, was Morell an einen geheimen russischen Knast denken ließ.

»Hier hinten«, rief Nina. »Ich hab's gefunden.« Sie winkte ihm aufgeregt zu, nestelte an einem Schloss herum und öffnete die Tür.

»Na servus«, war alles was Morell herausbrachte, als er einen Blick in Uhls Lager warf. Der kleine Raum war bis unter die Decke mit Holzkisten, Pappkartons und Metallfässern vollgestellt. Es gab kein Fenster und somit auch kein Tageslicht. Einzig eine kleine, staubige Glühbirne, die nackt von der Decke baumelte, spendete ein bisschen Licht. Außerdem roch es muffig, nach feuchter Erde und Rattengift. »Lass uns den Teppich finden und wieder abhauen.«

»Bist du denn gar nicht neugierig, was hier drinnen alles lagert?« Nina hob den Deckel einer Kiste hoch und spähte hinein. »Schau mal.« Sie schob eine Schicht Holzwolle zur Seite und gab den Blick auf ein paar geschnitzte afrikanische Masken frei.

Morell, der leicht klaustrophobische Gefühle entwickelte, winkte ab. »Ich will gar nicht wissen, was Crazy Willie hier unten alles bunkert. Lass uns den Teppich holen und verschwinden.« Er warf einen Blick auf den Flur, da er glaubte, ein Geräusch gehört zu haben, doch da war niemand.

»Das muss er sein.« Nina hatte eine Plastikplane in die Höhe gehoben und musterte nun das darunterliegende Stück Stoff. »Sieht ganz unspektakulär aus. Glaubst du wirklich, dass irgendjemand für dieses Ding töten würde?« Sie erinnerte sich an den Klumpen Hackfleisch, der einmal das Gesicht von Balthasar Szepan gewesen war.

»Das wird sich hoffentlich bald herausstellen.« Morell wickelte den Teppich in die Plane und trug ihn hinaus.

»Ich hoffe, der schleppt uns keine Motten an.«

»Ich hoffe, der schleppt uns keinen Ärger an.« Morell war noch immer nicht ganz wohl bei der Sache.

Wenig später standen Morell und Capelli vor dem Kunsthistorischen Museum, und der Chefinspektor ließ für einen kurzen Moment die Umgebung auf sich wirken: Er stand direkt zwischen dem äußeren Burgtor, hinter dem sich der Heldenplatz und die Hofburg befanden, und dem Maria-Theresien-Platz. Letzterer wurde von den beiden Prachtbauten gesäumt, in denen sich das Kunst- und das Naturhistorische Museum befanden. Beide zählten zu den größten und bedeutendsten Museen der Welt, und noch heute konnte man zwischen diesen imposanten Bauwerken einen Hauch vom Glanz und der Glorie der Habsburgermonarchie spüren.

»Ein Traum«, war alles, was Morell herausbrachte, als sie die Eingangshalle betraten, die von kühlem Marmor dominiert wurde. Über ihnen befand sich eine riesige achteckige Kuppel, durch die Tageslicht fiel und den Saal erhellte. »Unglaublich schön.« Er starrte mit offenem Mund auf die Prunktreppe direkt vor ihnen. Sie war aus strahlendweißem Carraramarmor gemacht, und an ihrem oberen Ende thronte links und rechts je ein Löwe mit einem Habsburgerschild.

»Lass uns erst mit diesem Neumann reden. Danach können wir ja eine Runde durch die Gemäldegalerien drehen: Dürer, Caravaggio, Rubens, Vermeer, Tizian … sie sind alle da.«

Morell, der immer noch ganz gefangen von der Eingangshalle war, nickte nur.

»Damit können Sie aber nicht hinein.« Ein Aufseher in einem dunklen Anzug war zu ihnen getreten und zeigte auf den in Plastik gewickelten Teppich unter Morells Arm. »Was auch immer da drin ist – Sie müssen es an der Garderobe abgeben.«

»Ist schon gut«, mischte Nina sich ein. »Wir wollen zu Herrn Neumann. Der will sich das anschauen. Es ist ein barocker Teppich, der ihn sehr interessiert.«

»Haben Sie einen Termin?«

»Aber natürlich«, log Nina und kassierte dafür einen strengen Blick von Morell, der es hasste zu lügen.

»Ach so, das ist natürlich etwas anderes. Sie müssen dafür durch den Angestellteneingang. Der befindet sich seitlich. Fragen Sie einfach nach den Restaurierungsateliers.« Der Aufseher erklärte ihnen den Weg und verabschiedete sich.

»Kann ich Ihnen vielleicht behilflich sein?«, wandte der Aufseher sich kurz darauf an einen grobschlächtigen Mann, der eine dunkelblaue Baseballmütze trug und sich in der Eingangshalle umsah. »Links ist unsere Garderobe, und gleich daneben ist die Anmeldung für die geführten Rundgänge.« Er schaute auf seine Uhr. »Der nächste fängt in fünf Minuten an.«

Der Mann zeigte keine Reaktion.

»Excuse me, Sir, do you need any help? On the left side you find the wardrobe, and over there, you can …«

Der Mann zeigte noch immer keine Reaktion, drehte sich einfach um und verließ das Museum.

»So ein Grantler«, flüsterte der Aufseher einem Kollegen zu. »Die depperten Besucher werden immer schlimmer.«

12

Ein freundlicher Offizier führte Jakob durch das Lager des christlichen Entsatzheers bis hin zu einem besonders prachtvollen Zelt, über dessen Eingang die Insignien des Heiligen Römischen Reiches thronten. Die Zeltplane, die den Eingang verdeckte, wurde zur Seite geschoben und Jakob unter den wachsamen Augen des habsburgischen Doppeladlers ins Innere geführt. Als sich seine Augen an das schummrige Licht gewöhnt hatten, erkannte er zwei hochdekorierte Männer, die beide eine prächtige Uniform trugen.

Der eine war groß, hatte halblanges, dunkelrotes Haar und ein glattrasiertes Gesicht, das mit Pockennarben übersät war, was seiner Attraktivität aber keinen Abbruch tat. Da er eine habsburgische Uniform trug, nahm Jakob an, dass es sich bei ihm um Herzog Karl handelte.

Der Mann neben ihm war kleiner, dafür aber umso breiter, hatte kurzgeschnittenes schwarzes Haar, das von grauen Strähnen durchzogen war, und aufgeweckte braune Augen, die seinem Gesicht etwas Schelmisches verliehen. Besonders auffällig war sein ausgeprägter, buschiger Schnauzbart, der von seiner Ober-

lippe ausgehend, links und rechts an seinem Mund vorbei, bis an die Spitze seines Kinns reichte.

»Erzähl uns von Wien«, sagte der Mann mit dem Schnauzbart in gebrochenem Deutsch und setzte sich auf einen hölzernen Sessel.

»Die Lage in der Stadt ist schlimm. Wir haben nichts mehr zu essen, und außerdem ist die Ruhr ausgebrochen. Es gibt so viele Kranke, Tote und Verwundete, dass mittlerweile sogar die Alten und die Frauen kämpfen müssen. Wir können die Stadt nicht mehr halten.« Jakob griff unter sein Hemd und zog Starhembergs Nachricht heraus.

Herzog Karl nahm sie entgegen, studierte kurz das Siegel und öffnete schließlich den Brief. »Er spricht die Wahrheit«, sagte er laut, nachdem er ihn gelesen hatte und wandte sich an die Wachen. »Worauf wartet ihr?«, schimpfte er. »Lasst diesem tapferen Mann etwas zur Stärkung und saubere Kleidung bringen.« Mit diesen Worten eilte er aus dem Zelt.

»Das war sehr mutig, mein junger Freund«, sagte der Mann mit dem gebrochenen Deutsch. Er klopfte Jakob auf die Schulter, zog einen Ring vom rechten Mittelfinger und überreichte ihn dem jungen Bäcker. »Als Zeichen meiner Wertschätzung.« Er lächelte, wobei seine Augen verschmitzt aufblitzten. »Und nun entschuldige mich bitte. Wir haben einen Krieg zu gewinnen.«

Jakob blieb alleine zurück und betrachtete den wertvollen Ring: Er war aus Gold gemacht und mit einem Wappen verziert, das er nicht kannte.

»Entschuldigt, aber wer war der Herr?«, fragte er einen Diener, der ihm Wein und gebratenes Huhn brachte.

Der Diener schaute ihn an, als wäre er nicht ganz richtig im Kopf. »Das war nicht irgendein Herr. Das war Jan Sobieski, der König von Polen und Großfürst von Litauen. Er und seine Armee werden unser Heer beim Angriff unterstützen.«

In Jakobs Kopf fing alles an, sich zu drehen. Er setzte sich hin, schloss die Augen und dämmerte kurz weg.

Als sich jemand laut neben ihm räusperte, schreckte er hoch und blickte direkt in das pockennarbige Gesicht von Herzog Karl.

»Ich habe mit Sobieski gesprochen«, kam dieser gleich zur Sache. »Wir haben unsere Strategie geändert, so dass wir früher angreifen können. Vielleicht schon morgen. Ich habe Briefe mit Instruktionen für Starhemberg. Traust du dir zu, den Weg durch das feindliche Lager noch einmal zu gehen, um sie ihm zu bringen?«

Jakob nickte. Er hatte nicht eine Sekunde daran gedacht, einfach hier zu bleiben. Er hatte Anna nichts von seinem Plan erzählt und wollte nicht, dass sie sich Sorgen machte. »Aber natürlich.«

Noch viel ruhiger als in der Früh schlenderte Jakob durch das türkische Lager, und wann immer er auf Soldaten traf, sah er ihnen direkt ins Gesicht. So kam er ohne Probleme bis zu den Palisaden, wo er sich seiner türkischen Uniform entledigte und anschließend in seinen Unterkleidern durch den Stadtgraben robbte.

»Wohlan«, rief er. »Ist da wer? Hier ist Jakob Unger.« Starhemberg hatte versprochen, einen Soldaten am Ausfallstor zu postieren, der dafür sorgen sollte, dass Jakob wieder in die Stadt kam.

Das Tor wurde einen Spaltbreit aufgemacht, und zwei blaue Augen sondierten die Lage. Als der Soldat sicher war, dass es sich um keine Falle handelte, öffnete er das Tor ganz und zog Jakob herein. Noch bevor dieser etwas sagen konnte, wurde er so fest umarmt, dass ihm beinahe die Luft wegblieb. »Ein Wunder«, flüsterte der Soldat, bei dem es sich um einen jungen Burschen, fast noch ein Kind, handelte. »Ihr habt es geschafft!«

13

Der Hintereingang des Museums war nicht mehr als eine kleine braune Tür. So unscheinbar, als hätte der Architekt des Gebäudes all seine Kreativität und sein ganzes Budget für die Gestaltung des Haupteingangs aufgebraucht.

»Vorne hui, hinten pfui«, bemerkte Morell und zog damit die Aufmerksamkeit einer jungen Frau auf sich, die im Schatten neben der Tür stand und rauchte. Sie war mit Jeans-Latzhose und einem weißen T-Shirt bekleidet, und sowohl ihre Hände als auch ihre Kleidung waren mit Flecken in allen möglichen Formen und Farben übersät.

»Das hab ich mir früher auch immer gedacht«, sagte sie. »Doch wenn man länger hier arbeitet, lernt man die pompfreie Zone zu schätzen. Der ganze Prunk erschlägt einen doch auf Dauer, und die Touris nerven auch gewaltig.« Sie fuhr mit ihren fleckigen Händen über das raue Holz der Tür. »Im Endeffekt ist dieser Eingang mir der liebere.«

»Wir suchen die Restaurierungswerkstätten«, wechselte Nina das Thema und deutete auf den Teppich unter Morells Arm.

Die Frau sah sich das Paket an. »Aha? Welche genau?« Sie kniff die Augen zusammen und starrte so intensiv auf das Plastik, als versuche sie, mit einem Röntgenblick hindurchzuschauen.

»Wir wollen zu Herrn Neumann.«

Die Frau inhalierte den letzten Zug ihrer Zigarette, warf den Stummel auf den Boden und trat ihn aus. »David ... also Herr Neumann ... ist heute leider nicht hier.«

»Mist«, konnte Nina ihre Enttäuschung nicht verbergen. »Wann kommt er denn wieder?«

Die Frau zuckte mit den Schultern. »Das würden wir alle gerne wissen.« Sie hob den Zigarettenstummel vom Boden auf, steckte ihn in ihre Hosentasche und wollte nach drinnen gehen.

»Warten Sie«, hielt Morell sie auf, in dessen Bauch sich ein unangenehmer Verdacht breit machte. »Was soll das heißen? Sie wissen nicht, wann er wiederkommt?«

»Er ist seit zwei Tagen nicht zur Arbeit erschienen, und wir können ihn nicht erreichen.« Offenbar war es ihr unangenehm, interne Informationen ausgeplaudert zu haben. Sie senkte den Blick zu Boden und startete einen zweiten Versuch, durch die kleine braune Tür zu huschen.

»Können Sie uns dann vielleicht seine Adresse geben? Ich würde gern bei ihm nach dem Rechten sehen.«

Die Frau verengte ihre Augen zu kleinen Schlitzen. »Wer sind Sie gleich noch mal?«, fragte sie.

Morell, der nicht lügen wollte, aber auch keine Ahnung hatte, wie er sein Interesse an David Neumanns Wohlbefinden am besten artikulieren sollte, wurde leicht nervös.

»Polizei«, kam Nina ihm zu Hilfe, und kassierte dafür einen bösen Blick. Was Morell noch mehr hasste als Lügen, war der Missbrauch seines Beamtenstatus. Das hatte ihm nämlich schon mehr als einmal großen Ärger eingebrockt.

Morells Blick hielt Nina nicht davon ab, frei von der Leber weiter zu improvisieren. »Wir ermitteln in einem Fall von Kunstfälschung.«

Die Frau schaute so erschrocken drein wie ein Reh, das sich plötzlich im Scheinwerferlicht eines heranrasenden LKWs wiederfand.

Nina ließ sich davon nicht beirren und machte munter weiter. »Ist das typisch für Herrn Neumann? Dass er unentschuldigt nicht zur Arbeit kommt?«

»Eigentlich gar nicht.« Die Frau kratzte an einem grünen Farbfleck auf ihrer Hand herum. »Aber ich habe den David noch nie wirklich einschätzen können. Er lebt in seinem eigenen, kleinen Mikrokosmos. Barocke Textilien und Live-Rollenspiele sind so ziemlich das Einzige, was ihn interessiert. Sie kennen doch Live-Rollenspiele?«, fragte sie, als sie Morells Miene bemerkte.

»Ähm ... Nein ... Macht man das am Computer?«

Sie musste lachen. »Nein. Dabei gehen Leute in den Wald, verkleiden sich und spielen ›Herr der Ringe‹ und so Zeugs.«

Morell hörte gar nicht richtig zu. Szepan lag in einem von Ninas Kühlfächern, Uhl lag im Krankenhaus, und Neumann war verschwunden. Das konnte kein Zufall sein.

Die junge Frau kratzte so heftig an dem Farbklecks, dass es Morell allein beim Hinschauen schon wehtat. »Der David ... Ein Kunstfälscher ...«, murmelte sie. »Darum war er in den letzten Wochen auch so komisch drauf ...«

»Wie, er war komisch drauf?«, bohrte Nina nach.

»Na ja«, fing sie an. »Der David ist allgemein ein bisschen komisch. In den letzten Wochen war er aber irgendwie noch ...«, sie überlegte, »... noch komischer. Ich kann es nicht besser beschreiben.«

»Versuchen Sie es«, bat Morell.

»Ich will auf keinen Fall, dass er wegen mir Ärger kriegt. Er ist zwar ein bisschen schräg, aber auf keinen Fall ein schlechter Kerl.«

»Schon gut«, beruhigte er sie. »Erzählen Sie einfach.«

»Er wirkte irgendwie nervös. Aufgeregt. Hat viele Überstunden gemacht, obwohl sie gar nicht nötig waren. Und ständig hat er so geheimnisvoll herumgedruckst. Ich bin einmal an ihm vorbeigegangen, da hat er ganz schnell ein Stück Papier weggesteckt. Ich habe angenommen, dass es etwas mit einem Mädel zu tun hat.«

»Wohl eher mit einem Teppich«, warf Nina ein. »Hat er irgendwann mal einen Teppich erwähnt?«

»David? Der redet ständig über Teppiche. Ist ja immerhin sein Fachgebiet. Hat er etwa einen Teppich gefälscht?«

»Er hat gar nichts Illegales gemacht.« Morell wollte nicht, dass dem armen Neumann hier Dinge angehängt wurden, die jeglicher Realität entbehrten. »Wir wollten nur seine Expertenmeinung einholen. Das ist alles.«

»Ach so.« Die Erleichterung war der Frau ins Gesicht geschrieben.

»Es ist sehr dringend. Könnten Sie uns also bitte seine Adresse geben?«, insistierte Nina.

»Natürlich. Einen Moment bitte.« Sie verschwand nach drinnen.

Morell wartete, bis sie außer Hörweite war. »Musstest du dich wirklich als Polizistin ausgeben? Das kann uns in Teufels Küche bringen«, schimpfte er.

»Oder dorthin, wo wir hinwollen. Nämlich zur Lösung des Teppichrätsels«, konterte Nina.

Morell wollte etwas entgegnen, verkniff es sich aber, da die Restauratorin wieder zurückkam.

»Hier«, sie reichte ihm einen Zettel. »Arbeitergasse, im fünften Bezirk. Sagen Sie ihm bitte, er soll sich melden. Wir machen uns Sorgen.«

Morell bedankte sich, klemmte sich den Teppich noch fester unter den Arm und eilte Nina hinterher, die bereits mit großen Schritten in Richtung Auto hastete.

Das Haus, in dem Neumann lebte, war ein heruntergekommener Gemeindebau aus den siebziger Jahren. »Wohnhausanlage der Gemeinde Wien, errichtet in den Jahren 1975 bis 1977 aus den Mitteln der Wohnbausteuer«, las Morell die Inschrift über dem Eingang laut vor und studierte die unzähligen Klingelknöpfe. »Da wohnen aber ganz schön viele Leute.«

»Hoffen wir, dass einer von denen daheim ist und uns reinlässt.« Nina drückte mit der Handfläche auf so viele Klingeln wie möglich.

»Nicht!« Morell versuchte, sie davon abzuhalten, noch mehr Knöpfe zu drücken, indem er sich zwischen sie und die Anlage quetschte. »Das ist unhöflich.«

»Aber effektiv«, sagte Nina zufrieden, als das leise Brummen des Türsummers ertönte. Sie drückte die Eingangstür auf. »Kommst du?«

»Hallo?! Wer ist da?«, dröhnte eine Stimme aus der Gegensprechanlage.

»Es war ein Versehen. Bitte entschuldigen Sie«, rief Morell.

Nina schnappte sich seinen Arm und zog ihn ins Innere des Hauses. »Du bist der anständigste Kerl, den ich kenne, und ich schätze das sehr. Jetzt haben wir aber keine Zeit für Höflichkeiten.« Flink schlängelte sie sich zwischen den Kinderwagen und Fahrrädern durch, die im Erdgeschoss den Weg versperrten, und lief die Stiege hoch.

Morell, der durch seinen dicken Bauch empfindlich behindert wurde, folgte so gut es ihm möglich war. »Halt. Warte. Nicht so schnell.« Er hob ein rotes Kinderfahrrad auf, das er versehentlich umgeschmissen hatte, und lehnte es gegen die Wand.

»Tür Nummer 26. Ich hab die Wohnung«, rief Nina von oben so laut, dass es im Stiegenhaus hallte. »Zweiter Stock.«

Morell war schon wieder peinlich berührt. »Pssst. Ist ja gut, ich bin ja gleich da.« Er starrte die Stiege an, als würde es sich dabei um ein mittelalterliches Folterinstrument handeln, und schritt gemächlich eine Stufe nach der anderen nach oben.

Im zweiten Stock angekommen, wischte er sich den Schweiß aus dem Gesicht und ging zu Nina, die vor einer dunkelbraunen Tür am Ende des Flurs stand.

»Ich hab schon zweimal geläutet, aber keiner macht auf«, sagte sie und klopfte zur Untermauerung ihrer Worte gegen die Tür. »Oh, oh«, war ihr einziger Kommentar, als diese plötzlich nachgab und sich langsam nach innen öffnete.

Ein kurzer Blick reichte Morell aus, um zu erkennen, dass in die Wohnung eingebrochen worden war. Er schob Nina, die neugierig über seine Schulter schaute, nach hinten, und sah sich nach einer Waffe um. Alles, was auf der Etage herumstand, war ein Kinderbuggy. »Warte hier«, flüsterte er, griff sich den Buggy und stieß damit die Tür ganz auf.

»Oh, oh«, wiederholte Nina, als sie das Chaos sah, das sich vor ihnen ausbreitete. Klamotten, Schuhe, Papiere, Bücher und alle möglichen Haushaltsgeräte lagen in einem wilden Durcheinander auf dem Boden verstreut.

Morell legte den Zeigefinger an die Lippen, machte ein paar Schritte in die Wohnung und öffnete vorsichtig die Tür zu seiner Linken, hinter der eine kleine Badezimmer-Küchen-Kombination lag. Eine klassische Wiener Kategorie B-Wohnung, in der es kein eigenes Badezimmer gab, sondern sich in der Küche eine Dusche befand. Mit geübtem Auge sondierte er alle Ecken und jedes mögliche Versteck. »Safe«, sagte er und ging wieder hinaus in den Flur. Die Toilette war schnell überprüft, und auch im Wohn-Schlafzimmer war keine Menschenseele zu sehen.

Den Buggy stets im Anschlag, schaute Morell hinter die bodenlangen Vorhänge, in den Schrank und unters Bett. »Safe«, deklarierte er schließlich erneut und ließ sich auf die Matratze fallen, die der Täter aufgeschlitzt hatte, so dass lauter Schaumstofffetzen herumlagen.

»Da hat wohl jemand nach etwas gesucht.« Nina stellte einen umgekippten Stuhl wieder auf und setzte sich. »Und ich glaube, ich weiß auch wonach. Nach der Ungezieferbrutstätte, die in meinem Kofferraum liegt …«

Sie kamen nicht dazu, sich noch mehr Gedanken zu machen, da

ein lautes Poltern, gefolgt von einem unterdrückten Schmerzensschrei aus dem Vorzimmer zu hören war.

Morell griff nach dem Buggy, sprang auf und lief nach draußen in den Flur. Dort stand eine zierliche Mittzwanzigerin, mit wilden roten Locken, die so klein war, dass sie ihm gerade mal bis zur Brust reichte. Auf dem Arm hielt sie ein Kleinkind, das die roten Locken seiner Mutter geerbt hatte und Morell mit großen blauen Augen anstarrte.

Beim Anblick des riesigen Morell presste die Frau ihr Kind fest an sich und wich zurück. »Tun Sie uns nichts. Bitte.« Ihre Stimme bebte, worauf der Kleine anfing zu schreien. »Ich gehe einfach zurück in meine Wohnung und tue so, als hätte ich nichts gesehen.«

Morell griff in die Innentasche seiner Jacke.

Die Geste ließ die Frau zusammenzucken. »Bitte … Nicht …«

Er hielt ihr seine Dienstmarke vor die Nase. »Keine Sorge«, sagte er. »Ich bin von der Polizei.« Er legte seine Hand auf ihre Schulter und spürte, wie sehr sie zitterte. »Nächstes Mal, wenn Sie zufällig zu einem Tatort kommen, rufen Sie unauffällig die Polizei und verhalten Sie sich ansonsten ganz ruhig. Auf keinen Fall dürfen Sie den Tatort betreten. Das ist viel zu gefährlich«, belehrte er sie.

»Jetzt lass die arme Frau doch kurz mal durchschnaufen.« Nina war neben ihnen aufgetaucht.

Der Frau rannen vor Erleichterung Tränen über die Wangen. »Mein Gott, haben Sie mich erschreckt«, schluchzte sie. »Ich habe die offene Tür gesehen und wollte nach dem Rechten schauen.« Sie betrachtete das Chaos, das sie umgab. »Was ist mit David? Ist ihm was passiert?«

»Wir wissen es nicht«, gab Morell ehrlich zu. »Er scheint verschwunden zu sein. Bitte setzen Sie sich doch kurz.« Er führte sie in den Wohnraum, wo sie sich mit zitternden Knien auf das Bett setzte.

Nina holte ihr ein Glas Wasser, das sie dankbar entgegennahm.

Der Kleine spürte, dass seine Mutter sich wieder beruhigte, und hörte auf zu schreien.

»So, fürs Protokoll. Ich brauche Ihren Namen und muss wissen, in welchem Verhältnis Sie zu Herrn Neumann stehen«, machte Nina einen auf Polizei.

Morell gab es auf, sie im Zaum zu halten und ließ sie machen.

»Annika Reber. Ich bin Davids Nachbarin.«

»Und wann haben Sie Herrn Neumann das letzte Mal gesehen?« Nina hob einen Kugelschreiber und ein Blatt Papier vom Boden auf und machte sich Notizen.

Frau Reber überlegte. »Das war vor drei Tagen. Da haben wir uns in der Früh zufällig auf dem Flur getroffen.«

»Ist Ihnen irgendetwas an ihm aufgefallen? War er irgendwie anders als sonst?«

Reber starrte an die Decke und wickelte eine rote Haarlocke um ihren Finger. Mit der anderen Hand streichelte sie sanft über das Haar ihres Sohnes. »Jetzt, wo Sie es sagen … Er war ziemlich kurz angebunden. Hektisch. Fahrig. Das ist sonst gar nicht seine Art.«

»Und von dem Einbruch haben Sie nichts mitbekommen?«

Reber schüttelte ihre Feuermähne. »Ich arbeite halbtags, und wenn ich daheim bin, hält der Kleine mich auf Trab. Sofern ich mal zum Schlafen komme, könnten Sie das Haus um mich herum abreißen – ich würd's nicht merken.«

»Hat Neumann Ihnen gegenüber einmal etwas von einem Teppich erwähnt?«, mischte Morell sich ein.

Frau Reber lachte. »Aber klar. Teppiche sind sein Job.« Dann wurde sie wieder ernst. »Glauben Sie, ihm ist etwas zugestoßen?«

»Hier in der Wohnung gibt es jedenfalls kein Blut oder Ähnliches, das darauf schließen lässt«, beruhigte Nina sie.

»Wenn David sich bedroht fühlte, wo würde er Ihrer Meinung nach hingehen?« Morell schnitt eine Grimasse, und der Kleine fing an zu kichern.

»Wenn er nicht im Museum ist, dann ist er meistens in Mittelerde.«

»In Mittelerde?«, fragten Nina und Morell unisono.

»Das ist ein Laden, gleich hier um die Ecke. Dort treffen sich die ganzen Rollenspieler und … und …« Sie zuckte mit den Schultern. »Und tun, was auch immer Rollenspieler halt so tun. Ich habe keine Ahnung. Das ist eine ganz eigene Welt.«

»Und diese Mittelerde ist gleich hier um die Ecke?«

»Mhm, zur Haustür raus und gleich rechts. Sie können es nicht übersehen. Da stehen zwei Schaufensterpuppen vor der Tür, die als Ritter verkleidet sind, und im Schaufenster gibt es lebensgroße Monster. Mein kleiner Raffi fürchtet sich total davor. Nicht wahr?« Sie kitzelte ihren Sohn, bis er anfing zu kichern, und drückte ihm dann einen Kuss auf den Scheitel. »Was tun wir, wenn wir bei Mittelerde vorbeigehen müssen?«

Wie auf Kommando hielt er sich seine kleinen Händchen vor die Augen, was alle drei Erwachsenen zum Lachen brachte.

Gemeinsam gingen sie zur Tür.

»Und denken Sie daran. Immer erst die Polizei rufen. Niemals einen ungesicherten Tatort betreten. Man weiß nie, auf wen man da trifft.« Morell strich dem kleinen Raffi über seine wilden Locken.

»In Ordnung.« Frau Reber streckte ihre Hand aus. »Kann ich dann bitte meinen Buggy wiederhaben?«

»Oh … ähm … na klar.« Morell reichte ihn ihr.

»Wie kam der überhaupt in Davids Wohnung?«, fragte sie verunsichert.

»Das ist eine gute Frage«, sagte Nina. »Keine Ahnung, was der Einbrecher damit wollte. Wir kümmern uns später darum. Jetzt haben wir erst mal einen Ausflug nach Mittelerde vor uns.«

»Hey! Sie! Was tun Sie da?« Nina rannte zu ihrem Auto, an dessen Kofferraum sich gerade ein breitschultriger Mann, der eine Baseballmütze trug, zu schaffen machte.

Als er Capelli und Morell sah, die wütend auf ihn zugerast kamen, ließ er vom Kofferraum ab und ergriff die Flucht.

Nina sah ein, dass sie den Mann nicht einholen würden, stoppte vor ihrem Auto und untersuchte das Kofferraumschloss, während Morell, völlig aus der Puste, neben ihr stand und sich die Seite hielt.

»Zumindest wissen wir jetzt sicher, dass jemand hinter genau diesem Teil her ist.« Nina schloss das Auto auf, nahm den Teppich heraus und presste ihn fest an ihre Brust. »Ein Teppich, sie zu knechten, sie alle zu finden, ins Dunkel zu treiben und ewig zu binden«, zitierte sie Tolkien. »Auf nach Mittelerde!«

14

Der Laden war nicht schwer zu finden. Die beiden Ritterfiguren, von denen Frau Reber gesprochen hatte, waren schon von weitem sichtbar, und als sie näher kamen und einen Blick in das Schaufenster warfen, wurde ihnen auch klar, warum der kleine Raffi nicht gerne daran vorbeiging.

»Gruselig, diese … diese … Dinger.« Morell wandte sich von den riesigen, hässlichen, grau-schwarzen Gestalten ab, die ihn aus blutunterlaufenen Augen anstarrten und ihre scharfen Reißzähne bleckten.

»Das sind Orks«, klärte Nina ihn auf. »Aus ›Herr der Ringe‹. Hast du denn die Filme nicht gesehen?«

»So halb«, druckste Morell herum.

»Wie kann man einen Film ›so halb‹ sehen?«

»Ach …« Morell gab nicht gerne zu, dass er mit Tolkiens Klassiker nichts anfangen konnte. »Valerie hat die Filme mal ausgeliehen. Mir persönlich waren sie zu grauslich. Ich habe nebenher Kochzeitschriften gelesen, und außerdem habe ich mich die ganze Zeit gefragt, warum die kleinen Männlein mit ihren kurzen Beinen den ganzen Weg zu diesem Feuerberg gehen müssen, wenn doch ihr Freund, der Zauberer, so große Adler hat, auf denen sie hätten hinfliegen können.«

Nina, die zwar ein ›Herr der Ringe‹-Fan, aber weit davon entfernt war, über detailliertes Insiderwissen zu verfügen, konnte dem nichts entgegensetzen. »Gute Frage. Die da drin haben sicher eine Antwort.«

Die Eingangstür von Mittelerde war wirklich das Tor zu einer fremdartigen Welt: Im etwa 50 Quadratmeter großen Verkaufsraum herrschte eine düstere Stimmung, da die Orks im Schaufenster einen Großteil des natürlichen Tageslichts abblockten. Die kleine Glühbirne, die einsam und allein an der Decke hing, war nicht stark genug, auch die hintersten Winkel des Raums ordentlich auszuleuchten, und so wirkten die mittelalterlichen Kriegerfiguren, die dort herumstanden, lebensechter, als es Morell lieb war.

Er widmete sich deshalb auch lieber den Regalen im vorderen Teil des Ladens und studierte deren Inhalt: Spiele mit klingenden Namen wie ›Twilight Imperium‹, ›Die Werwölfe von Düsterwald‹ oder ›Der Ringkrieg‹ standen neben einer riesigen Auswahl an kleinen Plastikfiguren und allen möglichen Kostümaccessoires: Schwertern, Zauberstäben, Ringen, bunten Glasphiolen, Ketten, Hüten und anderem Kram.

»Sieh mal!« Nina hatte verschiedene Kostüme, die an einer Kleiderstange hingen, durchgeschaut, sich ein knielanges Kettenhemd übergeworfen und einen schwarzen Ritterhelm über den Kopf gestülpt. Das Visier war heruntergeklappt, was ihre Stimme dumpf und blechern klingen ließ. »Ganz schön schwer, das Teil.« Sie machte ein paar unbeholfene Schritte.

»Vorsicht!« Einer der mittelalterlichen Krieger im hinteren Teil des Raums löste sich aus der Szenerie und machte einen Schritt auf sie zu. Morell erschrak so sehr, dass er fast den Teppich fallen ließ, den er unter den Arm geklemmt hatte.

»Wenn der Helm nicht angepasst ist, sieht man nur sehr schlecht.« Der Mann sah wie ein Wikingerkrieger aus vergangener

Zeit aus: Er war groß und breitschultrig, hatte einen leichten Bauchansatz, langes rotblondes Haar, das offen über seine Schultern fiel, und einen Vollbart in derselben Farbe, den er zu einem Zöpfchen geflochten hatte, das nun in einem komischen Winkel von seinem Kinn abstand. Er trug ein schwarzes Heavy Metal T-Shirt und, trotz der Hitze, eine dicke, braune Lederhose. Um seinen Hals baumelte eine silberne Kette mit einem schweren Anhänger in der Form einer zweischneidigen Streitaxt. Er stellte sich vor Nina, nestelte am Visier herum und schob es nach oben. »Besser?«

»Besser.«

»Ihr seid das erste Mal hier«, sagte der Wikinger, und Morell überlegte, ob er das wusste, weil er alle seine Kunden persönlich kannte, oder weil er und Nina so gar nicht in die Umgebung passten.

»Wir suchen …«, setzte Nina an.

»Wart! Sag nichts. Ihr seid sicher wegen des neuen Warhammer Spiels hier.« Er lächelte wissend und spielte an seinem Zopfbart herum.

»Nein.« Nina nahm den Helm ab, unter dem es ganz schön heiß geworden war.

Der Wikinger musterte sie wohlwollend, während sie sich die Haare zurechtstrich. »Dann wegen der neuen Kostüme. Lass mich raten … Du spielst sicher einen Elfencharakter.«

»Schon wieder daneben.«

»Kriegerprinzessin?«

»Wir suchen kein Kostüm. Wir suchen einen Ihrer Kunden«, unterbrach Morell die plumpen Flirtversuche.

»Aha. Und wen?« Der Wikinger zwirbelte wieder an seinem Zopfbart herum und starrte auf das Paket, das Morell unter dem Arm trug.

»David Neumann«, antwortete der.

Der Wikinger war kurz still, und für den Bruchteil einer Sekunde weiteten sich seine Augen.

»Er soll einer Ihrer Stammkunden sein und viel Zeit hier in Mittelerde verbringen«, hakte Morell weiter nach.

»David Neumann. Jaja, den kenne ich. Was ist mit ihm?« Der Wikinger ließ von seinem Zopfbart ab und spielte jetzt mit seinem Anhänger herum.

»Wir müssen mit ihm sprechen. Sie wissen nicht zufällig, wo wir ihn finden können?«

»Ähm … nein … warum sollte ich das wissen?« Er ließ seine Kette los und fing an, einen Stapel Zeitschriften in ein Regal zu schichten.

»Können Sie ihm vielleicht etwas ausrichten, falls er vorbeikommt?«

»Aber klar.« Der Wikinger packte die neueste Ausgabe von ›Die Gefährten‹ in die oberste Reihe. »Kein Problem.« Er ging zur Kasse, holte einen Kugelschreiber und ein Blatt Papier und reichte sie Morell.

Dieser notierte seinen Namen und seine Handynummer darauf, faltete den Zettel zusammen und reichte ihn dem Wikinger. »Sagen Sie Herrn Neumann, dass er sich keine Sorgen machen muss. Wir wollen ihm nichts Böses. Ich bin von der Polizei und habe nur ein paar Fragen.« Zur Bestätigung zeigte Morell ihm seine Marke.

Der Verkäufer nahm sie, hielt sie unter eine Lampe und studierte sie genau. »Alles klar.« Er steckte den Zettel ein, griff sich einen leeren Karton und ging zu einer Tür im hinteren Teil des Raums. »Bin gleich wieder da«, sagte er und verschwand.

»Er hat gelogen«, flüsterte Morell Nina zu. »Das sagt mir mein Bauch …«

»… und dein Bauch irrt sich nie, ich weiß. Ich hab's auch gemerkt«, stimmte sie zu. »Ab dem Moment, als du Neumanns Namen erwähnt hast, war er plötzlich ganz komisch. Außerdem ist es doch nicht normal, dass er uns ganz allein im Laden lässt, oder?« Sie schlich zur Hintertür.

»Was hast du vor?«

»Na was wohl? Wir schauen nach, wohin er gegangen ist.«

Morell hielt sie zurück. »Ich glaube nicht, dass wir ihm einfach so hinterherschleichen sollten. Der Kerl ist ein richtiger Brocken. Hast du seine Oberarme gesehen? Der hängt an den Wochenenden sicher auch im Wald rum und kämpft mit Schwertern und Äxten. Wer weiß, was es hinter dieser Tür so alles an Waffen gibt …«

»Wahrscheinlich so einiges, aber die sind sicher nur aus Gummi oder Schaumstoff.« Nina legte ihre Hand um den Türknauf und drehte ihn langsam.

»Erzähl das dem Herrn Szepan«, hielt Morell sie erneut zurück. »Der Morgenstern, der seinen Schädel zerdeppert hat, war ein echter. Und überhaupt können auch Gummiwaffen ziemlich viel Schaden anrichten. Ich sag nur ›Gummiknüppel‹.«

Nina gab es nur ungern zu, aber Morell hatte recht. »Moment.« Sie ging zu dem Kleiderständer, an dem die mittelalterlichen Kostüme hingen und kam wenige Augenblicke später wieder zurück. »Hier.« Sie hielt Morell einen silbernen Brustpanzer vor die Nase. »XXXL. Der sollte dir passen.«

»Manchmal hast du echt einen Hau«, entgegnete der.

»Die Brustplatte ›Dark Warrior‹ besteht aus 2 mm dickem Stahl und ist innen mit Leder ausgekleidet«, las sie das Etikett vor. »Eine Kugel wird sie nicht abhalten können, aber gegen Hiebe sollte sie schützen.«

Morell schnallte sich mürrisch den Brustpanzer um und nahm dann das Langschwert aus Hartgummi entgegen, das Nina aus einem Regal gefischt hatte.

»Steht dir gut«, sagte sie und nahm sich selbst eine Streitaxt aus demselben Material. »Bereit?«, fragte sie und griff erneut zum Türknauf.

Morell schaute an sich hinunter und dann Nina an. »Ich weiß nicht. Ich finde, wir machen uns grad voll zum Affen.«

»Ah geh, die Rollenspieler-Nerds rennen jedes Wochenende so herum. Also? Bereit?«

»Bleibt mir etwas anderes übrig?«

Nina schüttelte wortlos den Kopf und öffnete die Tür.

Dahinter befand sich ein kleiner Lagerraum, der vollgeräumt mit Kisten war. Die Luft war stickig und so staubig, dass Morell ein Niesen unterdrücken musste. An einer Wand lehnten verschiedene Pappaufsteller, die Elfen, Prinzessinnen und Orks zeigten, daneben standen eine Schatztruhe, Lederrüstungen, mehrere Langbogen und Köcher voller Pfeile. Von dem Wikinger war keine Spur zu sehen.

»Hörst du das?« Nina deutete auf ein riesiges World of Warcraft-Plakat. Dahinter war eindeutig Gemurmel zu hören. Sie trat ganz nah an das Plakat heran und hielt ihr Ohr an den Schritt eines gehörnten Dämons. »Dahinter spricht jemand«, flüsterte sie Morell zu.

Er trat neben sie und tastete vorsichtig die Wand ab, bis er auf eine kleine Vertiefung stieß. Er steckte seinen Zeigefinger hinein, schob das Poster samt der dahinter befindlichen Tür vorsichtig zur Seite und musste ein überraschtes ›Oh‹ unterdrücken, als er das Zimmer sah, das nun vor ihnen lag. Es war klein, fensterlos und wurde von einem großen runden Tisch dominiert, der von zwölf Stühlen umrundet wurde. Darauf lagen zwölf Schwerter, deren Spitzen sich in der Mitte des Tisches trafen. An den Wänden, die aus Steinquadern bestanden, hingen eiserne Vorrichtungen, in denen Fackeln steckten, und dazwischen waren bunte Wimpel zu sehen.

Fast hätte man glauben können, durch ein Zeitloch gefallen und direkt im tiefsten Mittelalter gelandet zu sein, wenn da nicht in der hinteren rechten Ecke eine einfache Matratze und bunte Bettwäsche von IKEA hervorgelugt hätten. Außerdem wurde auf den zweiten Blick sichtbar, dass die Steinquader nur eine Tapete und die Fackeln keine echten, sondern elektrische waren.

»Seid ihr wahnsinnig?« Der Wikinger erhob sich hinter dem Tisch und kam auf Morell und Nina zu. »Ihr dürft hier nicht rein.«

Er streckte die Arme vor und versuchte, die beiden zurück ins Lager zu schieben. »Das ist ein heiliger Raum. Kein Uneingeweihter darf ihn betreten. Also raus hier!« Er stellte sich mitten in die offene Tür, doch er war nicht schnell genug gewesen. Nina hatte im Schein einer Fackel einen Schatten gesehen.

»Herr Neumann? Sind Sie das?«, rief sie. »Wir müssen dringend mit Ihnen reden.«

Aus der Ecke tauchte plötzlich ein junger Mann in engen schwarzen Jeans und einem schwarzen T-Shirt auf. Er hatte langes schwarzes Haar, eine dicke schwarze Brille und einen schwarzen Ziegenbart. »Gehen Sie weg«, sagte er mit zitternder Stimme. »Sagen Sie Ihren Auftraggebern, dass ich nicht weiß, wo der Teppich ist. Ich habe alle Fotos vernichtet und will einfach nur meine Ruhe. Bitte.«

»Wir wollen Ihnen nichts tun.« Morell warf demonstrativ das Schwert, das er trug, zu Boden. »Wir wollen nur wissen, was es mit dem Teppich auf sich hat.«

»Sie sind von der Polizei. Ich habe seine Marke gesehen«, rief der Wikinger Neumann zu und schaute dann auf das Schwert zu seinen Füßen. »Das ist ein echtes König Löwenherz Langschwert. Das kostet 200 Euro«, zischte er Morell zu.

»Die Polizei kann man kaufen, wenn man genug Geld hat«, sagte Neumann. »Und das haben sie.« Ihm stand die Panik ins Gesicht geschrieben. Er presste sich fest gegen die Wand und ging mehrere Schritte nach links, ohne dabei Morell und Nina aus den Augen zu lassen.

»Sei vernünftig, David«, forderte der Wikinger ihn auf. »Die zwei wirken tausendmal vertrauenswürdiger als der andere Kerl. Du kannst nicht dein ganzes Leben lang davonlaufen.«

»Wenn es sein muss schon.« Mit diesen Worten schlüpfte Neumann hinter ein Tuch, das von einem gelb-blauen Wappen geziert wurde, und war verschwunden.

»Halt!« Nina schlüpfte unter der Achsel des Wikingers durch, rannte um die runde Tafel herum und riss das Tuch mit dem Wappen zur Seite. Dahinter befand sich eine Tür, die sperrangelweit offen stand und offensichtlich auf eine kleine Gasse führte. Sie rannte ins Freie und sah gerade noch, wie Neumann links um eine Ecke bog. »Herr Neumann!«, schrie sie. »Warten Sie doch!«

»Kruzifix!« Morell war hinter ihr aufgetaucht.

»Der ist weg. Komm, wir gehen zurück.«

»Von wegen, Sie haben keine Ahnung, wo Neumann steckt!« Morell drehte sich und zeigte mit dem Finger auf den Wikinger, der immer noch im hintersten Raum stand, und setzte sich an die Tafel.

»Das ist Parzivals Platz«, beschwerte sich dieser. »Und das, der von Lancelot«, fügte er hinzu, als Nina sich neben Morell setzte.

»Jetzt sind es unsere. Punkt.« Morell hatte keine Lust auf große Diskussionen. Der Schweiß rann ihm in sämtliche Ritzen seines Körpers, und das ganze Rollenspielerzeugs begann ihn zu nerven. »Ihr Freund ist in Gefahr, und Sie sind mit schuld, wenn ihm was passiert. Also raus mit der Sprache!«

»Können wir das vorne machen? Der Tisch ist geweiht, und für Außenstehende …«

»Hier. Jetzt.« Morell schlug mit der Faust so fest auf den Tisch, dass die Schwerter wackelten.

Der Wikinger sah ein, dass mit Morell nicht zu spaßen war. Er setzte sich und rückte die Schwerter gerade. »Ich weiß nicht viel. David kam gestern in den Laden und hat gefragt, ob er sich für ein paar Tage hier verstecken kann.«

»Weiter. Was ist mit dem Teppich und dem anderen Kerl, von dem Sie vorhin geredet haben?«

»Von einem Teppich weiß ich nichts. Ich weiß nur, dass jemand bei David eingebrochen ist, und dass ein Bekannter von ihm ermordet wurde. Er wollte mir nicht mehr erzählen – er meinte, das sei zu gefährlich.«

»Weiter.« Morell schnallte sich den Brustpanzer ab und stellte ihn unter dem wachsamen Blick des Wikingers neben sich auf den Boden.

»Gestern Abend kam ein großer Kerl hier herein. Er trug eine Baseballmütze und eine Sonnenbrille und hat nach David gefragt. Ich hab ihn abgewimmelt, was gar nicht so leicht war. Und heute sind Sie dann hereingeschneit und haben ihn gesucht.«

»Mit dem kleinen Unterschied, dass ich von der Polizei bin. Sie haben sich strafbar gemacht, als Sie mich angelogen haben.«

»Was hätte ich denn tun sollen?« Er fing wieder an, an seinem Anhänger herumzuspielen. »David ist ein Bruder in Not. Und Sie haben ja gehört, was er gesagt hat. Die Leute, die hinter ihm her sind, haben genug Geld, um die Polizei zu kaufen.«

»Die Polizei ist nicht käuflich.« Morell verschränkte die Arme vor der Brust. »Nicht hier in Österreich.«

Nina und der Wikinger tauschten einen vielsagenden Blick, ließen die Aussage aber unkommentiert im Raum stehen.

»Mehr weiß ich nicht. Ich habe eine Matratze und Bettwäsche organisiert und David mit Essen und Trinken versorgt. Drehen Sie mir da jetzt bitte keinen Strick draus.«

»Wenn er sich meldet, dann überzeugen Sie ihn, dass er mich anruft. Sagen Sie ihm, dass wir ihn beschützen können. Meine Nummer haben Sie ja.« Morell stand auf und ging zurück in den Verkaufsraum. Dort hielt er kurz inne. »Ach ja, was ich noch fragen wollte … Wie ist das bei ›Herr der Ringe‹? Warum müssen die kleinen Männer zu Fuß zu diesem Berg gehen, wenn sie doch auch mit einem Adler hätten fliegen können?«

Der Wikinger sah drein, als hätte Morell ihm gerade einen Fehdehandschuh vor die Füße geknallt. »Unwissende«, murmelte er in seinen Bart. »Immer alles hinterfragen müssen.«

»Gibt es jetzt eine Erklärung dafür oder nicht?«, hakte Morell nach.

»Natürlich gibt es eine Erklärung, aber die würden Sie nicht verstehen.«

»Dann halt nicht.« Morell klemmte sich den Teppich unter den Arm und verließ Mittelerde.

»Das Kettenhemd hat Ihnen super gestanden.« Der Wikinger lehnte sich betont lässig an den Türstock. »Wenn Sie mal Lust haben, als Gast bei einer unserer Zusammenkünfte dabeizusein … Sie wären eine tolle Kriegerprinzessin.« Er drückte Nina eine Visitenkarte in die Hand.

Sie warf einen kurzen Blick darauf. »Danke, Herbert«, sagte sie und folgte Morell zum Auto.

»Die Typen müssen irre sein, wenn sie sich diese Rüstungen freiwillig anziehen. Noch dazu bei diesem Wetter«, sagte Morell, nachdem er und Nina ins Auto gestiegen waren. »Was wollte er noch?«

»Er wollte mich zu seiner Kriegerprinzessin machen.« Nina reichte ihm die Visitenkarte.

»Und? Wie hoch stehen die Chancen, dass du dich nächstes Wochenende mit ihm und seinen Freunden durch die Wälder trollst?«

»Ungefähr so hoch wie die Chance, dass Österreich Fußball-Weltmeister wird«, sagte sie und startete den Wagen.

15

»Jakob!« Anna umarmte ihn so heftig, dass er beinahe umgefallen wäre. »Wo warst du denn nur? Ich habe mir solche Sorgen gemacht.«

Er streichelte sanft über ihren Bauch. »Alles wird wieder gut. Das Entsatzheer steht bereit. In wenigen Tagen sind wir frei.«

»Woher weißt du das?« Die Erkenntnis brach über sie herein wie ein Platzregen im Mai, noch bevor er antworten konnte. »Du bist durch das türkische Lager gegangen?!« Sie wusste nicht, ob sie ihn für seinen Mut küssen oder ihm für seinen Irrsinn eine Ohrfeige verpassen sollte.

Jakob nahm ihre Hände in die seinen. »Ich wollte nicht, dass du dich sorgst. Bitte sei mir nicht böse.« Er zog Sobieskis Ring aus seiner Tasche und steckte ihn ihr an den Finger. »Den habe ich vom König bekommen. Damit werden wir die Bäckerei wieder aufbauen.« Er lächelte bei dem Gedanken. »Ich muss jetzt zu Starhemberg, bin aber bald wieder daheim. Dann erzähle ich dir alles.«

Adam Horak stand am Fenster und beobachtete das Haus der Ungers. Irgendetwas ging da vor sich, und er wollte wissen, was.

Er ging nach unten und überquerte die Straße. »Grüß dich«, sagte er zu dem jungen Soldaten, der vor der Tür wartete.

»Seid gegrüßt.« Der Junge strahlte bis über beide Ohren, was Horak in der Annahme bestätigte, dass hier etwas nicht mit rechten Dingen zuging. In Zeiten wie diesen gab es nämlich nichts zu lachen.

»Du hast aber gute Laune. Warum denn das?«

»Weil wir bald befreit werden. Der Herr Unger hat es geschafft, Botschaften zu übermitteln. Ist das nicht wunderbar?«

Horak nickte und überlegte. Wie hatte dieser ungebildete Bäcker es nur geschafft, durch die feindlichen Reihen zu kommen? Eine Aufgabe, an der Berufssoldaten und erfahrene Spione gescheitert waren. Es gab nur eine Erklärung: Verrat. Verrat an Wien, dem Kaiser und dem Christentum.

Just in diesem Moment ging die Haustür auf, und Jakob Unger trat auf die Straße. »Gott zum Gruß, Herr Horak«, sagte er und lächelte.

Jetzt wagte es dieser verschlagene Türkenfreund auch noch, ihm unverfroren ins Gesicht zu grinsen. Andere kannst du täuschen, Bürschchen, dachte Horak, aber mich nicht. Und in diesem Moment fällte er eine Entscheidung. Er fasste Jakob an der Schulter. »Lasst mich Euch etwas zu trinken anbieten. Ihr seht sehr mitgenommen aus.«

Jakobs Mund war tatsächlich staubtrocken, also folgten er und der junge Soldat in Horaks Haus, wo dieser sie in eine kleine Stube führte und dann verschwand. Als er zurückkam, hielt er einen Tonkrug in den Händen, und auch einen Laib Brot hatte er dabei.

»Bitteschön. Bedient Euch.«

Für die beiden war das Angebotene eine wahre Delikatesse, und sie schlangen das Brot gierig in ihre ausgehungerten Mägen.

»Wir können Starhemberg nicht länger warten lassen«, sagte

Jakob, als sie fertig gegessen hatten, und stand auf, wobei ihm mit einem Mal ganz schwindelig wurde.

»Herr Unger. Was ist denn bloß mit Euch?« Der Junge wollte ihm zu Hilfe eilen, kam aber selbst ins Straucheln. Er stieß den Stuhl um, stolperte und landete auf dem Boden, wo er röchelnd liegen blieb.

Jakob fasste sich an die Kehle, die sich anfühlte, als würde sie von zwei starken Händen zugedrückt werden. »Was ... Was habt Ihr?«, presste er mit letzter Kraft hervor, bevor auch er zu Boden sank.

»Mutterkorn«, sagte Horak trocken. »Ich verwende es, um damit mein Lager frei von Ungeziefer zu halten. Heute habe ich es in das Brot gesteckt, um Euch damit auszumerzen. Verräter.«

Als die beiden tot waren, fing er an, sie zu durchsuchen: Der Junge trug nichts Wertvolles bei sich. Bei Jakob fand er die Nachricht von Herzog Karl. Ehrfürchtig ließ er seine schmutzigen Finger über das dunkelrote Siegel gleiten. Dieser Brief würde ihm endlich all das bringen, worauf er schon so lange wartete: Ruhm und Reichtum.

In Zeiten wie diesen, wo die Menschen auf den Straßen starben und Leichen sich an allen Ecken stapelten, erregte Horak keinerlei Aufmerksamkeit, als er einen Leiterwagen, auf dem zwei Tote lagen, durch die Stadt zog und die Leichen in ein Massengrab kippte.

Anschließend machte er sich auf den Weg zu Starhemberg, der gerade mit seinen Adjutanten in einer provisorischen Kommandozentrale nahe der Burgbastei über einem Befestigungsplan grübelte.

»Ich bringe Nachricht von Herzog Karl«, rief Horak und tat so, als wäre er außer Atem. »Der Befreiungsschlag steht kurz bevor.«

Unter dem stechenden Blick des Stadtkommandanten bekam Horak ein ganz mulmiges Gefühl. Er neigte den Kopf und schaute auf seine Schuhe. »Als Jakob Unger gemerkt hat, wie schwer es ist, durch das türkische Lager zu gehen, ist er umgekehrt und hat mich gebeten, mit ihm zu kommen. Vor dem Krieg, da hatte ich einen Orienthandel. Ich kenne darum die Sitten der Türken.« Er presste seine Hände ganz fest an seine Oberschenkel, damit niemand merkte, wie sehr sie zitterten. »Wir haben es ohne Probleme nach Tulln geschafft. Auf dem Rückweg hatten wir dann weniger Glück, und Jakob …« Horak schlug die Hände vors Gesicht. »Wir wurden entdeckt, und er ist gefallen. Gott sei seiner Seele gnädig.« Er wischte sich eine imaginäre Träne aus dem Augenwinkel und fasste an das hölzerne Kruzifix, das er um den Hals trug. Zum krönenden Abschluss seiner Vorstellung griff er in sein Hemd und zog den Brief von Herzog Karl heraus. Er drehte ihn so, dass das tiefrote Siegel oben lag und überreichte ihn Starhemberg.

»Habt Dank, guter Mann«, sagte der und las das Geschriebene. Mit jeder Zeile hellte sich seine Miene mehr auf. »Es stimmt«, rief er. »Schickt Boten aus. Lasst es alle Wiener wissen.« Dann wandte er sich an einen seiner Adjutanten und zeigte auf Horak. »Sieh zu, dass dieser tapfere Mann seine Belohnung erhält.«

»Habt Ihr es schon gehört, Frau Unger«, rief der kleine Emerich, der Sohn einer Bekannten, Anna zu, die vor dem Haus auf Jakobs Rückkehr wartete. »Wir werden bald befreit werden. Der Herr Horak hat es geschafft, eine Nachricht zu überbringen.«

»Was hast du gesagt?« Anna dachte, sie hätte sich verhört.

»Der Herr Horak hat es geschafft, eine Nachricht zu überbringen. Wir werden bald frei sein«, wiederholte Emerich, wobei ein breites Grinsen sein schmutziges, ausgemergeltes Kindergesicht erhellte. »Schaut nur, da ist er ja!«

Tatsächlich stolzierte Horak gerade mit stolzgeblähter Brust auf sein Haus zu.

Aufgeregt rannte Anna ihm entgegen. »Wo ist Jakob?«, schrie sie so laut, dass sie die Aufmerksamkeit einiger Passanten erregte, die stehen blieben und neugierig gafften.

Horak sah sich nervös um. Anna war die große Schwachstelle in seinem Plan gewesen, um die er sich später hätte kümmern wollen.

»Jakob war es, der die Botschaften überbracht hat. Nicht Ihr! Was habt Ihr ihm angetan?« Ein Blick in sein feistes, rot glänzendes Gesicht war alles, was sie als Antwort brauchte. »Schwein!«, schrie sie.

Mittlerweile war die Anzahl der Schaulustigen angewachsen, und es sammelten sich immer mehr Leute um die beiden Streithähne.

»Ich weiß nicht, was Ihr habt«, versuchte Horak zu improvisieren. »Kommt, wir reden drinnen bei einem Stück Brot über alles.« Er packte Anna am Handgelenk und versuchte, sie nach drinnen zu zerren.

Sie schrie vor Schmerz und Panik laut auf. Er durfte sie nicht in sein Haus kriegen. Wenn er das schaffte, dann war es um sie geschehen, das spürte sie. Mit ihrer freien Hand fasste sie in ihr Kleid und ertastete den Dolch, den sie von Favi bekommen hatte. Sie zog die Waffe aus ihrer Tasche und rammte sie in Horaks Oberarm.

Mit einem lauten Aufschrei ließ dieser sie los, fasste sich an den Arm und sah zu, wie Blut zwischen seinen Fingern hervorquoll.

»Was ist denn hier los?«, fragte ein Mann von der Stadtwache, den anscheinend jemand gerufen hatte.

»Dieser elende Bastard hat meinen Mann ermordet.«

»Sie ist verrückt.« Horak hob seine blutige Hand und zeigte dem Mann die darunterliegende Wunde. »Sie hat versucht, mich zu erstechen.« Er fixierte Anna, und dabei fiel sein Blick auf den glitzernden Dolch, den sie noch immer fest umklammert hielt. Eigentlich hatte er sie als unzurechnungsfähig darstellen wollen. Als arme Irre, der die wochenlange Belagerung den Verstand geraubt hatte. Doch nun fiel ihm etwas Besseres ein. »Sie ist eine Verräterin, und ich habe sie entlarvt«, rief er laut. »Darum wollte sie mich töten.«

Ein lautes Raunen ging durch die Menge.

»Ich habe Nachrichten durch das türkische Lager geschleust. Dort habe ich sie gesehen. Mit meinen eigenen Augen.« Horak ließ ein diabolisches Lächeln über sein Gesicht huschen, als er zum letzten Streich ausholte. »Den Beweis dafür hält sie selbst in der Hand.« Er deutete auf den Dolch. »Woher sonst hat sie so einen wertvollen Gegenstand, wenn nicht vom Feind selbst?«

Der Wachmann nahm der fassungslosen Anna den Dolch aus der Hand und betrachtete ihn genau. »Er ist tatsächlich türkisch und sehr wertvoll noch dazu«, konstatierte er.

»Verdammte Hexe«, schrie jemand. »Hängt sie!« In der Menge fing es an zu brodeln, und als der erste Stein geflogen kam, musste Horak sich sehr anstrengen, das betroffene Gesicht, das er aufgesetzt hatte, beizubehalten. Auf den Pöbel war noch immer Verlass gewesen.

»Der Dolch war ein Geschenk. Herr Favi hat ihn mir gegeben«, beteuerte Anna. »Fragt ihn nur. Er wird es Euch bestätigen.«

»Das habt Ihr Euch ja gut zurechtgelegt«, sagte der Wachmann trocken. »Favi ist heute morgen gefallen.«

16

Obwohl bereits früher Abend war, hatte die Hitze die Stadt noch immer fest im Griff, und Morell fächelte sich mit einem abgelaufenen Parkschein Luft zu. »Auf deiner Kühlerhaube könnte man sicher Spiegeleier braten. Hoffentlich gibt es im Hotel eine Klimaanlage.«

»Apropos. In welchem Hotel steigst du überhaupt ab?«, fragte Nina.

»Es heißt ›Kaiser Franz Josef‹ und ist gleich beim Westbahnhof. Ich hab's im Internet gefunden. Der Preis ist human, und die Fotos haben sehr nett ausgeschaut. Ich habe mal für drei Nächte reserviert.« Länger würde sich sein Aufenthalt hier ja wohl hoffentlich nicht ziehen, dachte Morell und überkreuzte heimlich die Finger.

»Na dann. Auf zum Kaiser,« sagte Nina und drückte aufs Gas.

Die Fahrt wurde durch Staus und schleppenden Verkehr unnötig in die Länge gezogen. Ninas kleiner grüner Ford verwandelte sich in einen fahrbaren Backofen, und bereits nach wenigen Kilometern waren sie und Morell von oben bis unten durchgeschwitzt.

»Was ist los?«, fragte Nina, als Morell sich zum wiederholten Mal umdrehte.

»Ich will sichergehen, dass wir nicht verfolgt werden, aber es ist schwer zu sagen. Es sind einfach viel zu viele Autos unterwegs.«

Ohne Vorwarnung und ohne zu blinken riss Nina das Steuer nach links, nahm einem Mercedes, der sofort laut zu hupen begann, die Vorfahrt, schnitt die Kurve und schoss bei dunkelorange in eine kleine Seitengasse.

Morell war so überrumpelt von diesem Manöver, dass er sich weder irgendwo festkrallen noch laut fluchen konnte. Er saß einfach nur stocksteif auf dem Beifahrersitz und starrte wie ein paralysiertes Kaninchen durch die Windschutzscheibe. »Wenn irgendein Polizist dich gesehen hat, dann kannst du deinem Führerschein auf Wiedersehen sagen. Für immer.«

Nina ignorierte seine Worte und schaute in den Rückspiegel. »Falls uns tatsächlich jemand verfolgt hat, dann haben wir ihn jetzt abgehängt.«

»Endlich«, stöhnte Morell und wuchtete sich aus dem Auto. »Ich bin total fertig. Die elende Hitze und dazu der ganze Stress. Jedes Mal, wenn ich nach Wien komme, erlebe ich an einem Tag so viel Action wie in Landau in einem ganzen Jahr nicht.« Er holte seine Reisetasche aus dem Kofferraum und winkte Nina nach, die sich auf den Weg nach Hause machte.

Das ›Kaiser Franz Josef‹ sah von außen überhaupt nicht wie das Hotel aus, das sich im Internet so heimelig und charmant präsentiert hatte. Erstens war der Eingang direkt am Gürtel und nicht in einer ruhigen Nebenstraße, und zweitens wirkte die Fassade so heruntergekommen wie die eines der typischen Gürtelpuffs.

Leicht irritiert ging Morell durch die schmutzige Schiebetür, die sich nur sehr langsam und mit einem lauten Ächzen in Bewegung setzte, und sah sich um. Entweder war er im falschen Hotel gelandet, oder die Fotos auf der Homepage waren am Computer bearbeitet und aufgehübscht worden: Das, was im Netz so adrett und gemütlich gewirkt hatte, war in echt einfach nur alt und völlig überladen. Es sah so aus, als hätte jemand ein K&K-Museum geplündert und dessen Inventar in eine kleine Rumpelkammer gepfercht. Hier regierten dunkles Holz, ein dicker roter Teppich, ornamentierte Stofftapeten, verschnörkelte Goldapplikationen und, nicht zu vergessen, ein riesiger Kronleuchter, der wie ein Relikt aus vergangener Zeit an der Decke thronte. In einer großen, weitläufigen Halle hätten all diese Dinge wirken und vielleicht sogar etwas monarchistischen Charme versprühen können, doch hier war einfach alles zu viel, zu eng, zu überfrachtet.

Morell versuchte nicht einmal, seine Enttäuschung runterzuschlucken, sondern zog ein langes Gesicht und ging zur Rezeption. Dabei fiel ihm auf, wie staubig alles war. Entweder war die Putzfrau blind oder, was noch wahrscheinlicher war – es gab gar keine. Nicht einmal eine blinde Putzfrau hätte so schludrig sein können. Eine Stauballergie kam hier drinnen einem Todesurteil gleich.

»Habe die Ehre.« Ein kleines Männchen kam aus dem Hinterzimmer geschlurft. Der Rezeptionist passte in das Etablissement wie die sprichwörtliche Faust aufs Auge. Er war mindestens genauso alt und verstaubt wie das Interieur, untersetzt und ging leicht nach vorn gebeugt, was eine gute Sicht auf seine Glatze bot, die er ziemlich aussichtslos unter zwei dürren Haarsträhnen zu verstecken suchte, die er vom linken Ohr ausgehend über die freie Fläche nach rechts gekämmt hatte. Beim zweiten Blick fiel Morell auf, dass es sich eigentlich um drei Camouflage-Haarsträhnen handelte. Die dritte hatte aber wohl keine Lust auf ihren Job und hing nun, mindestens 20 Zentimeter lang, auf die Schulter des Mannes.

»Was kann ich für Sie tun, gnädiger Herr?« Der Rezeptionist schaute auf, und Morell, der das erste Mal direkt in das Gesicht seines Gegenübers sah, schwankte zwischen Befremdung und Erheiterung. Denn der Mann trug eine Brille, deren Gläser so dick waren, dass sie seine Augen auf die doppelte Größe anwachsen ließen.

»Mein Name ist Otto Morell, und ich habe ein Zimmer reserviert.« Wieder einmal verfluchte er sich dafür, dass er so eine ehrliche Haut war. Warum war er nicht einfach umgedreht und in das schicke Hotel vis-à-vis gegangen? Das sah ganz neu, modern und auf jeden Fall staubfrei aus. »Hatschi!«, konnte er ein Niesen nicht unterdrücken.

»G'sundheit!« Der Mann tippte mit gekrümmten, gichtigen Fingern auf einer Computertastatur herum, und Morell wunderte sich, dass solch eine Innovation der modernen Technik Einzug in dieses Hotel gefunden hatte. »Ah, da sind Sie ja. Herr Otto Morell. Ein Einzelzimmer für drei Nächte. Ich hab Ihnen eines unserer schönsten zugeteilt.«

Morell bezweifelte, dass sie die gleiche Auffassung des Begriffs ›schön‹ hatten, aber er war ja von Haus aus Optimist und beschloss darum, sich überraschen zu lassen.

»Jetzt nur noch das hier ausfüllen.« Der Rezeptionist, der laut dem Namensschild, das auf dem Tresen stand, ›Herr H. Karlinger‹ hieß, schob ihm einen Meldezettel und einen Kugelschreiber hin. »Und einen Ausweis müssten S' mir auch noch zeigen, bittschön.«

Morell suchte in seiner Tasche herum, und das erste, das ihm in die Finger kam, war sein Dienstausweis. »Geht der auch?«

Herr Karlinger rückte seine Brille zurecht, nahm den Ausweis und hielt ihn sich so dicht vors Gesicht, dass seine Nasenspitze die Folie berührte. Dann gab er den Ausweis zurück und reichte Morell einen Schlüssel, an dem ein riesiger Anhänger hing, der damals, vorm Krieg, wahrscheinlich einmal golden gewesen war. ›Zimmer 18‹ war undeutlich darauf zu erkennen. »Erster Stock. Frühstück gibt's von sieben bis zehn. Ich wünsche einen schönen Aufenthalt.« Mit diesen Worten schlurfte Herr Karlinger zurück in das Hinterzimmer, aus dem er gekommen war.

Morell suchte vergeblich nach einem Aufzug und schleppte seine Tasche dann über eine schmale Stiege in den ersten Stock. Im Treppenhaus hingen verblichene Fotografien, die Wiener Sehenswürdigkeiten zeigten: den Stephansdom, das Riesenrad, Schloss Schönbrunn, die Hofburg, das Rathaus und die Karlskirche.

Sein Zimmer war das vorletzte auf der linken Seite. Während er aufschloss, holte er tief Luft und öffnete dann die Tür zu jenem Raum, der für die nächsten drei Tage sein Reich sein sollte. »Eines der schönsten«, murmelte er und verdrehte die Augen. Wenn das eines der schönsten Zimmer war, dann wollte er die weniger schönen lieber nicht sehen.

Das Zimmer war genauso düster und überladen wie die Eingangshalle: Das Bett, das aus massivem, dunklem Holz gezimmert war, nahm fast den ganzen Raum ein und war so riesig, dass ohne Probleme eine indische Großfamilie darin Platz gefunden hätte. Darüber hing ein kitschiges Bild, das die Maria Mutter Gottes in einem Strahlenkranz zeigte, und in einem so pompösen Rahmen steckte, dass Harald Glööckler seine helle Freude daran gehabt hätte. Das Fenster, das den Blick auf eine Betonwand freigab, wurde von zwei schweren, orangefarbenen Vorhängen umrahmt, und auf einem kleinen Tisch in einer Ecke stand eine Vase, die drei Plastikrosen enthielt. Zudem gab es noch ein Nachttischkästchen, eine Garderobe und einen Bettvorleger – und das alles auf weniger als fünfzehn Quadratmetern. Die Person, die dieses Zimmer eingerichtet hatte, war sicher gut im Tetris spielen.

Was Morell noch mehr verstörte als die Überfrachtung des Zimmers, war dessen Farbgestaltung. Alles hier drinnen war so ausgeblichen und verblasst, dass er sich fühlte, als hätte er sich in ein altes Foto aus den siebziger Jahren verirrt.

»Na servas«, sagte er und ließ sich auf das Bett fallen, dessen Matratze so sehr nachgab, dass er beinahe in ihr verschwand. Das schrie förmlich nach Rückenschmerzen. Gerade mal ein paar Stunden in Wien und schon vermisste er sein Zuhause.

Er wuchtete sich wieder hoch, was gar nicht so einfach war, und suchte nach seinem Handy. Valeries Stimme zu hören war das beste Mittel gegen Heimweh.

Sein Telefon klingelte genau in dem Moment, als er es in die Hand nahm, und jagte Morell damit einen ziemlichen Schrecken ein. Er hasste es, wenn das passierte.

Ein Blick auf das Display sagte ihm, dass es sich bei dem Anrufer um einen unbekannten Teilnehmer handelte.

»Otto Morell«, meldete er sich.

Am anderen Ende der Leitung waren nur Stille und leises Atmen zu vernehmen.

»Hallo?!« Er wollte schon wieder auflegen, als ein leises Räuspern zu hören war.

»Hier ist David Neumann. Sie wollten mit mir reden.«

Das war aber mal eine Überraschung. »Herr Neumann, wie gut, dass Sie sich melden. Es geht um den Teppich. Ich glaube, Sie wissen, wovon ich spreche. Ich brauche dringend ein paar Informationen darüber.« Er betrachtete den Teppich, der das Hotelzimmer verunstaltete. Oranger Flausch. Eine wahre Brutstätte für Hausstaubmilben. ›Immer Socken anlassen‹, ermahnte er sich.

»Ich habe den Teppich nicht. Habe ihn nie gehabt.« Neumanns Stimme war dünn und leise, fast wie die eines Kindes. »Ich habe auch alle Fotos, die ich davon gemacht habe, gelöscht. Wirklich. Ich schwöre.«

»Ich weiß, dass Sie den Teppich nicht haben.« Morell redete so sanft und sonor wie möglich. »*Ich* habe ihn nämlich. Alles, was ich von Ihnen will, sind ein paar Informationen darüber. Können wir uns vielleicht irgendwo treffen?«

»*Sie* haben den Teppich? Aber wie …?« Neumann schien diese neue Information zu verwirren. »Woher weiß ich, dass das keine Falle ist?«

»Sie müssen mir vertrauen. Ich bin ein Freund von Wilfried Uhl, der wiederum ein guter Freund von Balthasar Szepan ist.«

»Szepan ist tot.«

»Ja, das weiß ich, und ich will herausfinden, wer das war. Bitte helfen Sie mir. Ich kann Ihnen im Gegenzug auch helfen.«

Es folgte eine längere Pause. »Warum wollen Sie mir helfen? Was haben Sie davon?«

›Das ist allerdings eine gute Frage‹, dachte Morell. »Ich bin Polizist. Es ist mein Job«, sagte er. »Außerdem tue ich es für Uhl.«

»In Ordnung«, sagte Neumann nach erneutem Zögern. »Wir können uns treffen. Irgendwo in der Öffentlichkeit, wo viele andere Menschen sind.«

»Schlagen Sie was vor.«

»Am Schottentor. Unten im Jonas Reindl. In einer halben Stunde. Und kommen Sie allein.«

Noch bevor Morell zustimmen konnte, hatte Neumann auch schon aufgelegt.

»Das wird dann wohl nichts mit Duschen.« Morell wusste nicht, ob das in Anbetracht der Sauberkeitsverhältnisse im Hotel mehr Fluch oder Segen war, und schnupperte dann unter seiner Achsel. Wenn Neumann tatsächlich auftauchte, würde er wahrscheinlich sofort Reißaus nehmen, sobald er ihn roch. Er würde sich nicht in den Wind stellen dürfen.

17

Am Schottentor befand sich einer der Hauptverkehrsknotenpunkte Wiens. Zehn Straßenbahn- und zwei Buslinien trafen hier auf eine U-Bahn-Station. Die unterirdische Schleifenanlage samt Einfahrtsschneise, die den Wendepunkt für einige der Straßenbahnen darstellte, erinnerte von oben betrachtet an eine Pfanne – Wienerisch auch Reindl genannt – und wurde in Erinnerung an Franz Jonas, den Bürgermeister, der sie erbauen ließ, als ›Jonas Reindl‹ bezeichnet. Dank der umliegenden Imbissstände und der Unart so manchen Wieners, Leberkässemmeln, Döner, Burger oder ähnliche geruchsintensive Dinge in den öffentlichen Verkehrsmitteln zu essen, sah das Jonas Reindl nicht nur aus, nein, es roch darin auch wie in einer Pfanne.

Morell, dem die Hitze, der Geruch und die vielen Leute so unfassbar auf den Keks gingen, dass er am liebsten seine guten Manieren über Bord geworfen und seinen Unmut durch einen lauten Urschrei kundgetan hätte, fächerte sich mit einer der Gratiszeitungen, die überall auslagen, Luft zu. Wenn dieser Möchtegernritter nicht bald seinen schwarzgewandeten Hintern hierherbewegte, dann würde er sich in den nächsten Zug nach Landau setzen.

»Herr Morell?« In dem ganzen Getümmel hatte er nicht bemerkt, wie Neumann angekommen war. Das unauffällige Anschleichen hatte dieser beim Spielen im Wald wohl ziemlich perfektioniert.

Der Restaurateur hatte immer noch dieselben Klamotten an, wie ein paar Stunden zuvor – alles war schwarz in schwarz gehalten. Zudem trug er um beide Handgelenke dicke Lederarmbänder und silberne Ringe an den Fingern. Warum um alles in der Welt tat man sich bei dieser Hitze sowas an? Im Tageslicht konnte Morell außerdem sehen, dass Neumann viel jünger war, als er gedacht hatte – etwa Ende zwanzig. Seine Haut zeigte noch keine Anzeichen von Falten, dafür hatte er ein paar Aknenarben und – passend zum Outfit – tiefe, dunkle Schatten unter den Augen. Er hatte sich zwei Meter neben Morell gestellt und ließ seinen Blick nervös zwischen ihm und der Rolltreppe, die nach oben führte, hin und her wandern.

Morell zeigte Neumann seine Handflächen und blieb ruhig stehen. »Der bin ich. Du hast nichts zu befürchten. Können wir uns vielleicht irgendwo in Ruhe unterhalten?« Er konnte sehen, wie sehr Neumann mit sich selbst kämpfte. »Dir bleibt nichts anderes übrig, als das Risiko einzugehen. Oder wie lange willst du noch auf der Flucht sein und in irgendwelchen Hinterzimmern schlafen? Du musst doch auch irgendwann wieder zur Arbeit gehen. Hör auf deinen Bauch. Vertrau deinem Instinkt.«

»Sie tragen keine Uniform.«

»Ich bin auch nicht im Dienst. Ich ermittle privat, um einem Freund zu helfen.«

Neumann sah Morell tief in die Augen, als eine Straßenbahn der Linie 38 schräg neben ihm zum Stehen kam. Panisch sondierte er die Menschen, die ausstiegen.

Morell konnte sehen, wie heftig sein Atem ging, und dass Schweißperlen auf seiner Stirn und Oberlippe glitzerten.

Gerade als der 38-er weiterfuhr, kündigte sich der 40-er mit einem lauten Klingeln an. Das schien Neumann den Rest zu geben. »In Ordnung«, sagte er. »Verschwinden wir von hier.«

Morell rief kurz bei Nina an, die immer noch den Teppich hatte, und gab ihr Bescheid, dass David Neumann bei ihm war.

»Na wunderbar, dann wollen wir mal zusammenbringen, was zusammengehört. Kommt doch zu mir«, schlug sie vor.

»Dann bis gleich.«

Es schien fast so, als hätte Neumann in dem Moment, in dem er sich entschlossen hatte, Morell zu vertrauen, seinen kompletten Willen aufgegeben. Zu allem, was Morell sagte und vorschlug, nickte er nur und stimmte leise zu. Wie ein Lemming folgte er ihm zum nächsten Taxistand, setzte sich auf die Rückbank und blieb dort stumm sitzen, bis sie bei Nina angelangt waren. Er folgte Morell in die Wohnung und hockte sich dort wie ein kleines Häschen, das gerade der Schlange in ihren Bau gefolgt war, mit hängenden Schultern und gesenktem Kopf an den Tisch.

Nina reichte ihm ein Glas Wasser. »Bitte.«

Neumann nickte und trank mit zitternden Händen einen Schluck.

»Besser?«, fragte Morell und erhielt ein weiteres stummes Nicken.

Erst als er den Teppich aus seiner Plastikplane befreite und vor Neumann auf den Tisch legte, erwachte dieser wieder zum Leben. Seine Augen weiteten sich, er setzte sich gerade hin, beugte sich vor und strich mit den Fingerspitzen beinahe zärtlich über das Leinen.

»So, jetzt bin ich aber gespannt.« Morell setzte sich neben den jungen Restaurateur. »Was ist daran so wertvoll?«

»Nichts«, sagte Neumann und fing an zu lachen.

»Wie, *nichts?*« Morell hatte schon die Befürchtung, dass der Stress der letzten Tage zu viel für Neumann gewesen war und er nun den Verstand verloren hatte.

»Na, nichts«, entgegnete Neumann. »Der Teppich ist nicht wertvoll. Zumindest nicht im allgemeinen Sinn.«

»In welchem Sinn denn dann?«, fragte Nina, als er nicht weitersprach.

»Sie haben wirklich keine Ahnung, oder?«

»Natürlich nicht. Das sagen wir doch schon die ganze Zeit.« Nina hätte ihn am liebsten an seinen schmalen Schultern gepackt und die Informationen aus ihm herausgeschüttelt.

Neumann war sichtlich erleichtert über diese Erkenntnis. Sein Körper und seine Gesichtszüge entspannten sich, und er wirkte das erste Mal wie ein junger Mann und nicht mehr wie ein gehetztes Tier. »Wollen Sie es wirklich wissen? Es könnte Sie in ziemliche Schwierigkeiten bringen.«

»Ja, jetzt erzähl endlich«, platzte es aus Nina heraus, die es vor lauter Neugier kaum mehr aushielt.

»Sagen Sie aber nachher nicht, ich hätte Sie nicht gewarnt.«

Nina biss sich auf die Unterlippe und sah Neumann eindringlich an.

»Sie wissen ja sicherlich schon, dass barocke Textilien mein Fachgebiet sind«, fing er mit seiner Erzählung an. »Herr Szepan hat mich darum immer angerufen, wenn er eine Expertenmeinung haben wollte.«

»Er hat den Teppich also irgendwo ersteigert, weil er ihn für wertvoll hielt?«, fragte Morell.

Neumann lachte. »Nein, so naiv war Szepan nicht. Irgendeine Frau hat ihren Dachboden entrümpelt, und er hat ihr einen Pauschalpreis für alles zusammen bezahlt. Die anderen Sachen waren ziemliche Glücksgriffe – nur halt der Teppich nicht. Szepan war kurz davor ihn wegzuwerfen, wollte dann aber doch eine zweite Meinung. Meine. Um auf Nummer Sicher zu gehen. Man kann ja nie wissen.«

»Und? Wie lautet die Expertenmeinung?«

»Interessant. Auf jeden Fall Barock. Das sagt mir das Leinen. Aber die Farbgebung, die Sticktechnik, die Maße und die Bildsprache sind ganz untypisch. Sowas ist mir noch nie untergekommen.

Und glauben Sie mir – ich habe schon einige barocke Wandteppiche gesehen.«

»Er ist also ein Unikat und damit doch wertvoll«, sagte Nina.

»Er ist ungewöhnlich und interessant, aber keinen Euro wert«, musste Neumann sie erneut enttäuschen.

»Warum hast du dich dann weiter damit beschäftigt?«

»Weil irgendetwas an dem Teppich komisch war. Ich hatte keine Ahnung, was, und das hat mich gewurmt. Am nächsten Tag bin ich also zurück zu Szepan gegangen und habe das Teil abfotografiert. Daheim habe ich dann die Bilder studiert, und weil ich neben dem Computer ein paar Comics liegen hatte, bin ich draufgekommen.«

In Ninas Küche war es so leise, dass das Brummen einer dicken Fliege, die gerade gegen das Fenster krachte, wahnsinnig laut klang.

»Es ist ein Comic? Sowas wie die Urausgabe von Superman? Oder der barocke Batman?« Nina war etwas enttäuscht von dieser Erklärung.

»Nicht wirklich.« Neumann strich behutsam die Ränder des Teppichs glatt. »Es ist eine Art Geschichte. Erzählt in Bildern. In Österreich gibt es die Schulpflicht erst seit 1774. Davor konnte kaum jemand lesen und schreiben. Was hier vor uns liegt, ist eine Art Brief. Geschrieben von jemandem, der nicht schreiben konnte. Ich tippe auf eine Frau zur Zeit der zweiten Türkenbelagerung. Auf den ersten Blick schaut alles wie ein wildes Durcheinander aus, aber wenn man genauer schaut, kann man verschiedene Szenen erkennen, die in einer Art Chronologie ablaufen.«

»Wow.« Nina beugte sich vor und studierte die Bilder noch einmal. Mit diesem neuen Wissen hatten sie eine ganz andere, viel intensivere Wirkung auf sie. »Eine Nachricht aus der Vergangenheit.«

»Genau. Schauen Sie hier.« Neumann zeigte auf die linke Seite, in der eine Gruppe von Menschen vor einer Mauer stand. »Sehen

Sie sich die Kopfbedeckungen und die Art der Kleidung an. Ich glaube, das sind türkische Krieger. Und hier«, er zeigte auf die nächste Szene. »Das hier könnte einer der Boten sein, die versucht haben, Nachrichten an das Befreiungsheer zu schmuggeln. Die Türken hatten ja ganz Wien umzingelt, und es war sehr schwer, Nachrichten durch ihr Lager zu bringen. Darum gab es hohe Belohnungen für jeden, der es schaffte.« Nun war Neumann voll in seinem Element. Seine Wangen hatten eine gesunde Farbe angenommen, und seine Augen leuchteten.

Sein Enthusiasmus war so ansteckend, dass Morell und Nina wie gebannt an seinen Lippen hingen.

»Und unser Bote hat es geschafft.« Neumann zeigte auf eine Szene, in der der Bote einen Ring und einen Brief überreicht bekam. »Sehen Sie sich den Ring genau an. Die Farben sind zwar schon sehr verblasst, aber es handelt sich dabei mit ziemlicher Sicherheit um das Wappen von König Sobieski, dem Befehlshaber der christlichen Armee.«

»Der Bote geht also wieder zurück ...« Nina zeigte auf die nächste Szene.

»... in die belagerte Stadt«, vervollständigte Neumann den Satz und nickte ihr anerkennend zu. »Wenn man sich mal an die Bildsprache gewöhnt hat, ist es gar nicht mehr so schwer, die Geschichte zu lesen.«

»Das ist natürlich alles spannend, aber wo ist der Bezug zu heute? Warum mordet jemand für diesen Teppich?«, warf Morell ein.

»Dazu müssen Sie sich die vorletzte Szene anschauen.«

Der rechte Teil des Teppichs war in einem erbärmlichen Zustand. Motten hatten sich an dem Gewebe gütlich getan, und der Zahn der Zeit hatte hier besonders stark genagt.

Nina ging so nah an den Teppich heran, dass sie ihn mit der Nase fast berührte. »Er wird ermordet«, rief sie. »Der tapfere Bote wird ermordet.«

»So ist es. Der Bote wird nach seiner Rückkehr in eine Falle gelockt und umgebracht. Genau so interpretiere ich es auch.« Neumann lächelte.

»Und der Mörder kassiert die Belohnung.« Morell kratzte sich am Kinn. »Langsam kriege ich eine Idee, wohin das Ganze führen könnte. Wie sah die Belohnung denn genau aus?«

Neumann nickte Morell zu. »Ich denke, Sie sind auf der richtigen Spur. Am Anfang der Belagerung wurde viel Geld für das Überbringen von Botschaften bezahlt, doch je länger die Belagerung dauerte, desto gefährlicher wurde es. Am Ende war jeder Versuch ein reines Selbstmordkommando, und niemand wollte mehr gehen. Die Lage in der Stadt war irgendwann so verzweifelt, dass auf das Geld noch Ländereien und ein Adelstitel draufgelegt wurden.«

»Und wie viele Boten gab es, die diese Belohnung bekommen haben?«, fragte Nina.

»Tja, das ist es ja eben.« Neumann lehnte sich zurück und machte eine dramatische Pause. »Es gab genau einen. Einen gewissen Adam Horak, später besser bekannt als Freiherr Adam von Horak.«

»Ach du Schande.« Nina hatte die Augen aufgerissen. »Hat der was mit *den* von Horaks zu tun?«

Neumann nickte. »Ganz genau. Er ist ihr Urahn. Der Begründer der Familie und vor allem der Begründer des Familienvermögens.«

»Halt, halt, stopp. Nicht so schnell«, warf Morell ein. »Könnt ihr mich vielleicht kurz aufklären, wer diese von Horaks sind? Ich kenne mich nicht so gut aus mit dem Leben der Reichen und Schönen.«

»Die Horaks sind eine der reichsten Familien von Wien«, erklärte Nina. »Sie haben eine große Villa oben in Sievering, ein Penthouse im Ersten und einen Landsitz im Marchfeld.«

»Aha.« Morell schaute sie mit großen Augen an. »Und darum sollte man sie kennen?«

»Nein, kennen tut man sie, weil Gabriele von Horak eine bekannte Society Lady ist. Schaust du denn nie das ›Seitenblicke‹-Magazin an?«

Morell schüttelte den Kopf.

»Was ist mit ›Exclusiv‹ oder ›Pink‹?«

»Sollte mir das was sagen?«

»Na, wie auch immer«, winkte Nina ab. »Gabriele von Horak ist auf so ziemlich jedem Event zu finden, der irgendwie wichtig ist. Ihr Mann, Claus, kandidiert gerade als Stadtrat, und ihr Sohn Maximilian ist ein erfolgreicher Geschäftsmann.«

»Die haben ihre Finger und ihr Geld überall drin.« Neumann nestelte an seinem T-Shirt herum. »Ich hätte mich nie im Leben mit denen anlegen dürfen. Was habe ich mir nur dabei gedacht?« Er lehnte sich zurück und senkte den Kopf.

»Genau das wollte ich als Nächstes fragen«, sagte Morell. »Woher wissen die Horaks von dem Teppich?«

»Es gibt noch einen Sohn, Alexander. Wir sind miteinander in die Schule gegangen, und er hat mir das Leben zur Hölle gemacht. Es war ein klassischer Fall: Der beliebte Klassenschwarm gegen den pickeligen Außenseiter. Als wäre die Pubertät allein nicht schon schlimm genug gewesen. Der Kerl war echt die Pest. Hat mir die gesamte Schulzeit verdorben. Als ich nun dank des Teppichs draufgekommen bin, dass sein Urahn genauso ein verlogener, hinterhältiger Kerl war wie er selber, konnte ich mich nicht zurückhalten, und habe ihm eine E-Mail geschrieben.« Neumann atmete schwer ein und wieder aus. »Ich Trottel. Ich hätte mir denken können, dass das Ärger gibt. Aber ich war leicht angetrunken und ziemlich kopflos.«

»Die von Horaks wollen also den Teppich haben, um die Familienschande unter den Teppich zu kehren«, fasste Nina zusammen.

»Genau. Und dafür gehen sie über Leichen.«

»Wir müssen die Polizei einschalten«, spielte Morell wieder einmal die Stimme der Vernunft.

»Das geht nicht.« Neumann fuchtelte mit den Armen herum, als wolle er eine Fliege verscheuchen. »Die von Horaks haben Verbindungen bis ganz nach oben. Die sind ganz dick mit dem Polizeipräsidenten. Ich traue da keinem.« Sein Gesicht war so weiß wie ein Stück Mozzarella, so dass seine dunklen Augenränder noch stärker hervorstachen.

»Keine Panik. Ganz ruhig, wir überlegen uns gemeinsam etwas. In Ordnung?«, versuchte Morell, ihn zu beruhigen.

»In Ordnung.« Neumann nickte. »Aber keine Polizei. Also keine offizielle.«

»Seit wann haben wir so einen schlechten Ruf?«, flüsterte Morell Nina zu.

Diese stellte eine Karaffe mit Eistee auf den Tisch. »Schon immer.«

Morell schenkte ihr einen fassungslosen Blick, entschied dann aber, das Thema sein zu lassen. »Warum nehmen die den Teppich überhaupt so ernst?«, fragte er. »Die ganze Geschichte mit dem ermordeten Boten ist ja schön und gut, aber wer kann beweisen, dass es sich hierbei um die Wahrheit handelt. Das Ganze könnte ja auch reine Fiktion sein – wie bei fast allen Comics.«

»Der Ring«, sagte Neumann und zeigte auf das rechte Ende des Teppichs, wo sich die Überreste der letzten Szene befanden. »Leider fehlen hier einige Stücke, aber aus dem, was noch da ist, schließe ich, dass der- oder diejenige, die den Teppich gestickt hat, den Ring an einem geheimen Ort hier in Wien versteckt hat. Sehen Sie nur – das ist das Wiener Wappen.« Er zeigte auf einen Doppeladler, auf dessen Brust sich ein roter Schild mit einem weißen Kreuz befand. Daneben war eine Art Gebäude dargestellt. »Wenn der Ring wirklich dort ist, wäre das der Beweis, dass der Teppich die Wahrheit erzählt und die von Horaks weder ihr Vermögen noch ihre Ländereien oder ihren Adelstitel wirklich verdient haben. Wegnehmen wird man es ihnen zwar nicht, aber ihr Ruf wäre dadurch ziemlich ruiniert.«

»Ist der Ruf erst ruiniert, lebt es sich ganz ungeniert«, zitierte Nina.

»Ist der Ruf erst ruiniert, ist die Familie für immer blamiert«, hielt Neumann dagegen.

»Wie auch immer, ihr zwei Reimer. Ich muss mich hier ausklinken.« Morell stand auf. »Ich habe heute Nacht so gut wie gar nicht geschlafen und bin seit sechs Uhr auf den Beinen. Ich muss jetzt wirklich ins Bett. Treffen wir uns doch einfach morgen in alter Frische.«

Sie verabredeten, dass Neumann bei Nina bleiben und Morell morgen nach dem Frühstück zu ihnen kommen würde.

»Wie sieht es denn eigentlich mit Szepans Leiche aus?«, fragte Morell, als Nina ihn zur Tür brachte. »Hat die Obduktion noch irgendwas ergeben?«

»Leider nicht. Todesursache war ganz klar der Schlag mit dem Morgenstern auf seinen Kopf. Es gab keine Abwehr- oder andere Kampfspuren. Der Schlag muss ihn also unerwartet getroffen haben. Das toxikologische Gutachten war unauffällig. Einzig der Blutalkohol war ziemlich hoch.«

»Kein Wunder. Uhl hat erzählt, dass sie sich als Erfrischung ein paar Bier gegönnt haben. Ich kann mir gut vorstellen, dass die beiden ordentlich getschechert haben.«

»Tut mir leid, dass ich nicht mit mehr aufwarten kann.«

»Schon gut. Wir werden den Mörder auch so finden.«

»Geruhsame Nacht«, wünschte Nina.

»Danke, die werde ich haben.« Da war Morell sich ganz sicher. Kopfzerbrechen bereitete ihm da eher die Nachtruhe der anderen Gäste im Hotel ›Kaiser Franz Josef‹. Hoffentlich würde er sie heute Nacht nicht um den Schlaf schnarchen.

18

Anna wurde bereits am selben Tag dem Richter vorgeführt, und der Prozess dauerte noch kürzer, als sie befürchtet hatte.

Horak, der Mann der Stunde, schwärzte sie an, dass es ärger nicht mehr ging, und ließ seine Aussagen von jenen Schaulustigen bestätigen, die Zeuge ihrer Auseinandersetzung gewesen waren. Zudem hatte er eine Rede über Recht, Moral und Glauben vorbereitet, die er voller Inbrunst vortrug. Als er fertig war, applaudierten die Anwesenden und nickten zustimmend. Das war der Moment, in dem Anna wusste, dass sie verloren war. Ihren Ausführungen wurde kaum mehr Gehör geschenkt. Dazu kam der Dolch, dessen Besitz als eindeutiger Beweis ihrer Schuld angesehen wurde.

Es war früher Abend, als der Richter den Urteilsspruch verkündete: Anna Unger, geborene Lang, sollte wegen Hochverrats am nächsten Tag den Tod durch den Strick finden.

Als sich die schwere Eisentür des Kerkers hinter ihr schloss, ließ sie sich auf die einfache Holzpritsche sinken, die das einzige Inventar in dem kargen Raum darstellte, und versuchte, nicht zu verzweifeln.

Sie tat die ganze Nacht kein Auge zu, und als im Zwielicht der

Morgendämmerung plötzlich Trompeten und aufgeregte Schreie vom Anrücken des Entsatzheers kündeten, war sie so übermüdet, dass es einige Zeit dauerte, bis sie realisierte, was gerade vor sich ging: Die Schlacht um Wien hatte begonnen.

Erst machte ihr Herz vor Freude einen Sprung, doch es folgte sofortige Ernüchterung. Wenn das Entsatzheer erfolgreich war, dann würde zwar die Stadt befreit werden, aber nicht sie. Sie war eine Ausgestoßene. Eine Verurteilte. Eine Hochverräterin. Ganz egal, wie die Schlacht endete – am Abend würde sie tot sein. Sie schloss die Augen und fing an zu weinen. In dieser Position verharrte sie, bis eine gewaltige Erschütterung sie aus ihrer Lethargie riss.

Erschrocken riss Anna die Augen auf und schaute direkt in eine von Sonnenstrahlen durchzogene Staubwolke. Eine türkische Kanonenkugel hatte das Gefängnis getroffen und einen Teil der Wand eingerissen. Sie rappelte sich hoch und starrte auf den Haufen Schutt und Steine, an dessen oberem Ende ein Riesenloch klaffte.

Ohne auch nur einen Augenblick zu zögern, kletterte sie auf allen vieren hinauf, ignorierte die spitzen Steinchen, die sich in ihre Hände und Knie bohrten, und spähte nach draußen. Dort herrschte das blanke Chaos: Menschen rannten wild durcheinander, riefen, schrien und gestikulierten. Verletzte lagen röchelnd und weinend auf dem Boden, und das Kanonenfeuer des türkischen Heers donnerte ohne Unterlass weiter. Niemand beachtete Anna, die sich über die Mauer wuchtete, auf die Straße gleiten ließ und mit gesenktem Kopf in Richtung Stadttor hastete. Jakob hatte vom Himmel aus auf sie aufgepasst und ihr die Flucht ermöglicht.

Ein Jahr später saß Anna im Garten des Klosters St. Peter an der Sperr in Wiener Neustadt, wo sie nach ihrer Flucht aus Wien und einer wochenlangen Odyssee schließlich Zuflucht gefunden hatte. Lächelnd schaute sie ihrem kleinen Sohn zu, den sie nach seinem Vater Jakob genannt hatte, wie er mit seinen dicken Patschhändchen versuchte, einen Schmetterling zu fangen.

Jakob war der Liebling aller Nonnen, was sicherlich auch mit ein Grund gewesen war, weshalb diese ihr erlaubt hatten, für Kost und Logis in der Klosterküche zu arbeiten. Anna hatte diesen Vorschlag gerne angenommen: Jakob und sie waren so fürs Erste versorgt, und hinter den dicken Klostermauern fühlte sie sich vor Horak und seinen Schergen sicher. Ihr Plan war es gewesen, sich zu erholen, etwas Zeit verstreichen zu lassen, und dann ihre Rache vorzubereiten.

Doch dann war alles anders gekommen. Im Frühjahr war sie immer müder und schwächer geworden, hatte keinen Appetit mehr gehabt und war immer mehr abgemagert. Lange Zeit hatte sie sich eingeredet, dass sie einfach nur erschöpft war. Die Flucht und Jakobs Geburt hatten an ihr gezehrt, doch trotz der Kräuter, die die Nonnen ihr verabreicht hatten, war es nicht besser geworden. Und dann war der Husten gekommen. Erst ganz leicht, doch mittlerweile war er so schlimm, dass nach jedem Anfall ihr ganzer Körper schmerzte.

Anna starrte auf ihre Hände, die sie sich bei ihrer letzten Hustenattacke vor den Mund gehalten hatte – sie waren über und über mit Bluttröpfchen übersät. Sie konnte sich nicht mehr der Tatsache verschließen, dass sie an der Schwindsucht litt.

»Wie geht es dir heute, mein Kind?« Oberin Katharina setzte sich neben Anna ins Gras.

»Ich werde sterben«, entgegnete sie ruhig und fühlte eine Mischung aus Schmerz und Erleichterung, die die offen ausgesprochene Wahrheit mit sich brachte.

Das faltendurchzogene Gesicht der Mutter Oberin zeigte keine Regung. Sie nahm Annas Hände in die ihren und betrachtete den kleinen Jakob mit derselben stoischen Ruhe, die sie immer an den Tag legte. »Ich weiß«, sagte sie. »Wir werden uns gut um den kleinen Jakob kümmern. Mach dir deswegen also keine Sorgen.«

Anna nickte. Sie hatte gehofft, dass die Oberin das sagen würde.

»Ich sehe, dass dir noch etwas auf dem Herzen liegt.«

»Ich kann diese Welt nicht verlassen, bevor ich nicht sicher sein kann, dass der Gerechtigkeit Genüge getan wird.«

»Mein Kind, Rache ist der falsche Weg.« Die Mutter Oberin tätschelte Annas Hand. »Sie würde nur noch mehr Leid anrichten. Du musst diesem Horak vergeben. Gehe in dich und halte Zwiesprache mit dem Herrn. Er wird dir den Weg zur Vergebung weisen.« Sie stand auf, strich Jakob übers Haar und ging in die Klosterkapelle.

Niemals, dachte Anna. Niemals würde sie Horak vergeben. Sie würde dafür sorgen, dass er für seine Tat bezahlte. Ihr Blick ruhte auf Jakob, als plötzlich eine Idee in ihr heranwuchs. Sie würde es in diesem Leben nicht mehr schaffen, Rache zu nehmen, doch Jakob könnte es tun. Er würde zu einem starken Mann heranwachsen und den Mörder seines Vaters zur Rechenschaft ziehen. Die Nonnen würden das natürlich nicht unterstützen, also musste sie irgendwie dafür sorgen, dass er die Geschichte erfuhr. Die wahre Geschichte, mit all ihren grausamen Einzelheiten. Er sollte wissen, warum er als arme Waise aufwachsen musste, anstatt als Sohn eines reichen und angesehenen Bäckers. Da sie Analphabetin war, konnte sie ihm keinen Brief schreiben, aber es gab auch andere Mittel und Wege.

Anna hob Jakob vom Boden auf und folgte der Oberin. »Mutter«, sagte sie. »Ich habe eine Bitte. Könnte ich vielleicht ein Stück Leinen und ein paar bunte Fäden bekommen. Ich möchte für meinen Sohn gern einen Teppich sticken. Damit er eine Erinnerung an mich hat.«

Die Mutter Oberin lächelte. »Das ist eine sehr gute Idee«, sagte sie. »Es freut mich zu hören, dass du dich dazu entschieden hast, deine Gedanken auf etwas Schönes zu lenken.«

Anna nickte und schaute in die Flammen der Kerzen, die vor dem Altar flackerten und wilde Schatten an die Wände malten. ›Im ewigen Fegefeuer sollst du schmoren, Adam Horak‹, dachte sie. ›Meine Rache wird dich finden. Wenn nicht in diesem, dann in einem anderen Leben.‹

19

Morell war so fertig von den Strapazen des langen Tages, dass er beinahe im Taxi eingeschlafen wäre.

»Do simma! ›Kaiser Franz Josef‹,« riss der Taxler Morell aus seinem Dämmerzustand.

Dieser war so benommen, dass er ohne zu murren die völlig überzogenen 15 Euro 80 bezahlte und sich sogar noch freundlich verabschiedete. Hatte der Taxler ihn halt übers Ohr gehauen. Ihm war einfach alles wurscht. Wie ferngesteuert durchschritt er die dreckige Schiebetür und ließ sich von dem Gedanken an Dusche und Bett durch den Eingangsbereich leiten.

»Ah, 'tschuldigen S', gnädiger Herr.« Herr Karlinger fuchtelte wild hinter seinem Empfangstresen herum.

Morell, der einfach nur noch seine Ruhe wollte, tat so, als hätte er ihn nicht bemerkt.

»Herr Morell. 'Tschuldigen S'. Auf ein Wort. Bittschön.«

»Na geh«, murmelte dieser leise, drehte dann aber wieder um und ging zur Rezeption. »Was denn?«, rutschte es ihm unfreundlicher raus als beabsichtigt.

»Nun ja, es ist folgendes … ich will Ihnen auf gar keinen Fall zu nahe treten, aber es wär wegen dem Bild.« Herr Karlinger zeigte auf die Wand hinter der Rezeption, an der ein gerahmter Kunstdruck hing, der eine kleine Kapelle zeigte.

»Danke, aber ich brauche kein Souvenir.« Dieses Mal war der ruppige Ton in Morells Stimme durchaus gewollt. Er hasste es, wenn Leute ihm ungefragt etwas andrehen wollten.

»Nein, nein.« Herr Karlinger wedelte mit seinen gichtigen Händen, die an ein haariges Wurzelgemüse erinnerten, in der Luft herum. »Sie sollen S' nicht kaufen. Es ist verschwunden.« Er starrte Morell von unten her mit seinen überdimensionalen Augen an.

Morell war ganz sicher, dass der Herr Karlinger nicht mehr alle Tassen im Schrank hatte. Gut möglich, dass er an einer Form von Altersverwirrtheit litt. Er war sicher schon 80 Jahre alt. Das würde auch einiges in dem Hotel erklären. »Das Bild ist nicht verschwunden«, sagte Morell also ganz langsam, so wie man mit einem kleinen Kind sprach. »Das Bild ist noch da. Schauen Sie nur. Da hängt es ja.« Er zeigte mit dem Finger darauf.

»Aber nein, aber nein.« Herr Karlinger schüttelte so heftig den Kopf, dass sich wieder eine von seinen Überkämmsträhnen löste und auf seine Schulter segelte, wo sie auf dem braunen Hosenträger landete, den er über seinem weißen Hemd trug. »Nicht das. Das andere.«

Morell unterdrückte das heftige Bedürfnis, den Sozialdienst anzurufen. Der alte Herr Karlinger brauchte Hilfe, und *er* brauchte Schlaf. »Ich glaube nicht, dass da ein Bild fehlt«, sagte er so geduldig wie möglich. »Als ich heute eingecheckt habe, war auch nur dieses eine da.«

»Jajaja. Genau. Das war das andere. Und als Sie heute eingecheckt haben, da haben Sie mir Ihren Dienstausweis gezeigt. Darum weiß ich, dass Sie von der Polizei sind. Könnten Sie mir vielleicht helfen, das Bild wiederzufinden? Natürlich nur, wenn's keine Umstände macht. Aber es wär halt sehr wichtig für mich.« Karlingers große Augen sahen Morell flehentlich an.

Morell nickte. »Aber ja. Natürlich«, sagte er und tätschelte Herrn Karlingers Oberarm. »Natürlich werden wir Ihr Bild wiederfinden. Aber nicht mehr heute. Heute habe ich keine Zeit mehr. Morgen dann.« Er dachte natürlich nicht im Traum daran, sich um irgendwelche Bilder zu kümmern, doch er war ziemlich sicher, dass Herr Karlinger sich morgen nicht mehr an dieses Gespräch erinnern würde. Außerdem hätte er gerade jedem alles versprochen, nur um ins Bett zu kommen.

Herr Karlinger strahlte Morell an und entblößte dabei zwei Reihen Zähne, die so gerade und weiß waren, dass sie nur falsch sein konnten. Dann verbeugte er sich leicht, ergriff Morells Hand und schüttelte sie. »Tausend Dank und vergelt's Gott. Bis morgen.«

Die Dusche und das anschließende Zubettgehen waren das Herrlichste, was Morell seit langem erlebt hatte. Es war ihm egal, dass die Matratze so weich war, dass es sich anfühlte, als wolle sie ihn auffressen. Es störte ihn nicht, dass die Mutter Gottes ihn anstarrte, und die Tatsache, dass es im Zimmer so heiß und stickig wie in einem Gewächshaus war, machte ihm ebenfalls nichts aus. Er war eingeschlafen, noch bevor sein Kopf das Kissen berührte, und schlief so tief und fest wie ein Stein.

Als am nächsten Morgen Morells Wecker läutete, fühlte er sich fit und frisch, abgesehen von einem dicken Schweißfleck und einem steifen Nacken, der wohl auf die Matratze zurückzuführen war.

Nach einer ausgiebigen Dusche schlich er vorsichtig die Treppe hinunter und war erleichtert, dass der senile Herr Karlinger weit und breit nicht zu sehen war.

Ein Blick auf die Uhr verriet ihm, dass bis zum Treffen mit Nina und Neumann noch ein bisschen Zeit war, also entschloss er sich, sich das Frühstücksbüffet anzusehen, das er eigentlich mitgebucht hatte. Große Hoffnung, dass die Qualität des Essens im ›Kaiser Franz Josef‹ gut war, hatte er zwar nicht – doch man konnte ja nie wissen. Vielleicht wurde das Büffet ja von einem externen Caterer gestellt? Und auch wenn er keine großen Erwartungen in das Essen hier setzte – sein Magen tat es auf jeden Fall und äußerte das durch lautes Knurren.

Das Frühstückszimmer war, sehr zu Morells Überraschung, ein heller, halbwegs moderner Raum. Es handelte sich um eine Art Wintergarten, der in einen begrünten Innenhof reichte und Platz für rund 15 Tische bot, von denen momentan fünf besetzt waren. Zumindest eine Tasse Tee oder ein Glas Saft könnte er sich hier drinnen schon gönnen.

Gemütlich schlenderte er zu einem Tisch direkt am Fenster und nickte zwei älteren Damen, die ihn neugierig musterten, zu. »Guten Morgen.« Der heutige Tag würde wieder ein Backofentag werden, und er überlegte gerade, wie er den tropischen Temperaturen wohl am besten Herr werden konnte, als er die Blicke der beiden Frauen bemerkte. Sie starrten ihn unverhohlen an und erwiderten weder sein Lächeln noch den Gruß.

»Das muss er sein«, raunte eine der beiden, während ihre Freundin zustimmend nickte. »Wirklich ein Wahnsinn. Als würde man die Wand ansägen.«

Morell lief rot an, legte den Rückwärtsgang ein und versuchte, so unauffällig wie möglich den Speisesaal wieder zu verlassen. Peinlich berührt fasste er sich an die Nase – die Wurzel allen Übels – und hoffte, dass er nicht noch mehr Gäste um den Schlaf gebracht hatte. Mit gesenktem Blick huschte er nach draußen ins Foyer.

»Herr Kommissar!« Aus dem Augenwinkel sah er Herrn Karlinger aus dem Hinterzimmer springen, wo dieser wohl wie eine Spinne auf ihn gelauert hatte. Anscheinend hatte der alte Herr die Bildproblematik nicht vergessen. Wo war denn das Alzheimer, wenn man es mal brauchte? Und außerdem gab es in Österreich keine Kommissare. Hier waren sie Inspektoren.

Morell ließ den Blick auf den Boden geheftet und legte noch einen Zahn zu. Er wollte nur noch raus. Raus aus diesem Kabinett der Peinlichkeit und weg von dem verrückten Rezeptionisten.

»Das ›Kaiser Franz Josef‹ ist wirklich ein Irrenhaus«, sagte Morell und setzte sich an Ninas Küchentisch, wo bereits ein Glas frisch gepresster Orangensaft für ihn bereitstand. »Gibt's vielleicht irgendwas für mich zum Frühstücken?«

»O je. Das tut mir leid.« Nina inspizierte den Inhalt ihres Kühlschranks. »Ich war sicher, dass du im Hotel essen wirst, darum haben David und ich alleine gefrühstückt. Ich habe nur noch Schinken da und eine Scheibe Käse, aber leider kein Brot dazu.«

Der Tag fing ja gut an. Morell verkniff sich ein Raunzen und nickte stumm. »Gehen wir's an«, sagte er. »Was ist der Plan?« Je schneller sie die Sache mit dem Teppich in den Griff bekamen, desto schneller konnte er aus dieser Stadt wieder verschwinden. Wien und er würden in diesem Leben keine Freunde mehr werden.

»Im Prinzip sieht es so aus, dass wir zwei Baustellen haben«, erklärte Nina. »Wir sollten diesen Ring finden – sofern er wirklich existiert und immer noch an diesem Ort ist. Und wir sollten uns diese von Horaks genauer anschauen.«

»Ich kümmer mich um den Ring«, sagte Neumann sofort. »Frau Capelli nimmt mich heute mit in die Gerichtsmedizin. Dort gibt es ein Röntgengerät und verschiedene Chemikalien, mit denen ich versuchen werde, so viel wie möglich von der letzten Szene zu rekonstruieren. Vielleicht erfahren wir ja so, wo wir suchen müssen.«

»Dann bleiben dir die von Horaks«, sagte Nina zu Morell. »Ein Ausflug in das Leben der oberen Zehntausend. Das wird sicher spannend.«

Morell rümpfte die Nase. »Warum müssen mich meine Fälle immer an Orte führen, die ich total ablehne? Bestattungsunternehmen, Skipisten, Metzgereien. Das nächste Mal, wenn irgendwer ermordet wird, dann hoffentlich in einem Haubenlokal.«

Nina hatte in der Zwischenzeit ihren Laptop geholt und entwirrte nun umständlich das Ladekabel. »Die von Horaks stehen so sehr in der Öffentlichkeit, da sollte es kein Problem sein, herauszufinden, wo sie in der nächsten Zeit anzutreffen sind.« Sie klappte den Rechner auf und ging ins Internet.

Morell verschränkte seine Finger und betete, dass es sich um einen Gourmet-Tempel oder zumindest um ein renommiertes Gasthaus handelte.

»Bingo.« Nina schaute ihn an, und als er ihren Blick sah, wusste er, dass es kein Haubenlokal sein würde. »Gabriele von Horak eröffnet heute Mittag ihre neue Edelboutique am Kohlmarkt.«

»Na, bitte ned«, war alles, was Morell dazu einfiel. Ein paar Stunden mit abgetakeltem Adel, aufgebrezelten Neureichen und Möchtegern-Adabeis zu verbringen, die Unsummen an Geld für hässliche Fetzen ausgaben, stellte er sich genauso schlimm vor wie einen Ausflug in eine Großschlachterei. »Gibt es keine andere Gelegenheit?«

»Ich fürchte nicht. Zumindest nicht so schnell.«

Morell erntete einen mitleidigen Blick von Neumann, dem er einen bösen entgegensetzte. Das kleine Pickelgesicht war immerhin der Auslöser dieser elenden Kausalkette gewesen, die ihn am Ende in diese lästige Situation bugsiert hatte. »Ich gehe jetzt erst einmal ins Café Westend«, grantelte er. »Dort gibt's wenigstens ein Frühstück für mich.«

Nach einem ausgiebigen Wiener Frühstück, bestehend aus Croissants, Semmeln, Butter, Marmelade, Honig, Nutella und Käse, war Morells Magen zufriedengestellt, nicht aber der Rest von ihm.

Er bezahlte und spazierte über die Mariahilfer Straße, bis er die nächste Apotheke fand. Vielleicht gab es hier in der Stadt ja ein größeres Sortiment an Antischnarchmitteln als auf dem Land. »Grüß Gott. Ich suche etwas gegen das Schnarchen«, wandte er sich an eine junge Apothekerin.

»Aber natürlich«, lächelte sie und führte ihn zu einem Regal. »Ich kann Ihnen Schnarchpflaster sehr ans Herz legen.« Sie streckte sich und griff nach einer grünen Packung.

»Bemühen Sie sich nicht«, hielt Morell sie zurück. »Die habe ich schon probiert. Die nutzen gar nichts.«

Ihr Lächeln strahlte weiter. »Dann würde ich Ihnen Antischnarchnasenspray empfehlen.«

Morell schüttelte den Kopf. »Das habe ich auch schon probiert.«

»Dann schlage ich vor, Sie probieren es mit einer Nasenklammer, einer Schlafmaske oder einem Schnarchring.«

Er zog eine Augenbraue hoch. »Alles durch. Ohne Erfolg.«

Langsam erstarb ihr Lächeln und wich dezenter Ratlosigkeit. »Dann fällt mir nur noch der Schlafrucksack ein.«

Dieses Mal war es Morell, der lächelte. »Von dem habe ich noch nie gehört«, sagte er. »Immer nur her damit.«

»Sehr gern. Der aufblasbare Schlafsack ist so eine Art Rucksack. Er verhindert, dass Sie sich in der Nacht auf den Rücken drehen. Die Rückenlage ist nämlich die häufigste Schnarchposition.«

Mit seinem neuen Schlafrucksack machte sich Morell zurück ins Hotel.

»Da sind Sie ja. Habe die Ehre.« Herr Karlinger kam hinter dem Tresen hervorgeschlurft. »Heute früh habe ich nach Ihnen gerufen, aber Sie haben mich nicht gehört.«

»Oh. Wirklich? Das tut mir aber leid.« Morell versuchte, überrascht zu wirken. »Ich hatte es sehr eilig. Genau wie jetzt übrigens auch.«

»Ich bräucht nur fünf Minuten Ihrer Zeit. Nur ganz kurz. Sie wissen ja – wegen dem Bild wär's gewesen.«

Morell verdammte sein allzu weiches Herz. »Na gut«, sagte er. »Fünf Minuten.«

Herr Karlinger ließ sein Kukident-Lächeln erstrahlen, lief hinter die Rezeption und nahm das Bild von der Wand. »Schauen S'«, sagte er und hielt es Morell vor die Nase. »Das ist ein billiger Kunstdruck in einem billigen Rahmen.«

Morell, der alles Mögliche war, aber sicher kein Kunstkenner, zuckte mit den Schultern. »Wenn Sie das sagen.«

»Bis gestern war da noch das Original drinnen. Ein echter Antonelli. In einem echten vergoldeten Canaletto-Rahmen. Zusammen mittlerweile sicher zehntausend Euro wert. Ich hab das Bild samt Rahmen damals meiner Frau, der Hertha, zur Hochzeit geschenkt. Weil es doch die Sissi-Kapelle zeigt, in der wir geheiratet haben.« Er nahm die Brille ab, putzte die dicken Gläser mit einem Stofftaschentuch und setzte sie wieder auf. »Damals war das natürlich noch nicht so teuer«, fügte er hinzu. »Da haben wir gerade das Hotel aufgemacht und hatten nicht viel Geld. Umso wertvoller war uns das Bild darum.«

Langsam verstand Morell, worum es hier ging. Der Herr Karlinger war also der Besitzer des Hotels ›Kaiser Franz Josef‹ und weder dement noch dem Hitzekoller nah. »Jemand hat also gestern das teure Bild gegen eine billige Kopie ausgetauscht«, fasste er zusammen und machte sich innerlich eine Notiz: niemals Kunst oder Antiquitäten kaufen. Das Zeug machte nur Ärger.

Herr Karlinger druckste herum. »Um ehrlich zu sein, weiß ich nicht genau, ob es gestern passiert ist. Wissen Sie, ich seh nicht mehr so gut.«

»Ach, was Sie nicht sagen«, konnte Morell sich nicht verkneifen.

Herrn Karlinger war der sarkastische Unterton zum Glück entgangen. »Doch, leider«, sagte er. »Darum kann ich nicht garantieren, dass die Kopie da nicht schon länger gehangen ist. Es ist mir halt erst gestern aufgefallen, weil ich das Bild zum Restaurateur bringen wollte. Wissen S', es war nicht mehr gut beieinander. Die Zeit hat an ihm genauso ihre Spuren hinterlassen, wie an mir und der Hertha. Bald ist unser Hochzeitstag. Platinhochzeit. Da wollt ich es als Überraschung herrichten lassen.«

»Verstehe.« Morell betrachtete die billige Fälschung. »Und warum rufen Sie nicht einfach die Polizei? Ich meine, die offizielle Polizei.«

»Wo denken Sie hin?!« Herr Karlinger hängte das Bild zurück

an die Wand. »Was sollen denn die Gäste denken, wenn plötzlich uniformierte Polizei hier im Hotel herumschnüffelt. Sowas ist ganz schlecht für den Ruf.«

Morell wunderte sich, von welchem Ruf Herr Karlinger da sprach, und warum momentan jeder etwas gegen die Polizei hatte, behielt den Gedanken aber für sich.

»Und außerdem darf die Hertha nichts davon erfahren. Die Hertha hat nämlich ein schwaches Herz und darf sich nicht aufregen. Und glauben Sie mir, sie würde sich aufregen. Sehr sogar. Sie hängt doch so an dem Bild. Die Ermittlung muss also ganz unauffällig passieren, so dass die Hertha nichts davon mitkriegt. Habe die Ehre«, rief er laut, als die beiden Damen, die sich beim Frühstück über die Schnarcherei mokiert hatten, das Foyer betraten.

Als sie weg waren, zwinkerte er Morell zu, was mit seinen Riesenaugen ziemlich grotesk wirkte. »Ich habe den beiden ein anderes Zimmer gegeben. Also keine Sorge«, sagte er.

Morell war es äußerst unangenehm, dass man sich über ihn beschwert und dass der alte Mann seinetwegen Umstände gehabt hatte. »Jaja«, sagte er also. »Wir werden das mit dem Bild schon hinkriegen.« Er bereute die Aussage zwar in dem Moment, als sie ihm über die Lippen gekommen war, aber jetzt war es zu spät. Der Herr Karlinger strahlte so sehr, als hätte er das Christkind persönlich getroffen.

»Ich mach mich schnell frisch und komme dann zu Ihnen runter. Dann bereden wir alles.«

»Die Hertha schnarcht übrigens auch«, rief Herr Karlinger Morell hinterher. »Mich stört das gar nicht. Ich dreh am Abend einfach immer mein Hörgerät ab.«

Morell tätschelte seinen neuen Schlafrucksack und hoffte, dass dies das letzte Mal war, dass er sich über das Thema Schnarchen Gedanken machen musste.

20

»Wen haben Sie uns denn da mitgebracht?« Jochen Kern, dessen sonnenverbranntes Gesicht immer noch als Warnleuchte durchgegangen wäre, deutete auf Neumann, der im Labor der Gerichtsmedizin saß, dort den Teppich unter einer Hochleistungslampe studierte und dabei nervös an seinen Haarspitzen herumkaute.

»Das ist David Neumann. Er muss einen alten Teppich untersuchen und wird dafür einige unserer Geräte benutzen. Sei bitte freundlich zu ihm und unterstütze ihn, wo es nötig ist.«

»Wie Sie meinen.« Kern kratzte an seinem Kinn, wo sich die Haut bereits zu schuppen begann. »Zittert er so sehr, weil es hier drin so kühl ist, weil er sich vor den Leichen fürchtet oder weil er es nicht gewohnt ist, im selben Raum mit einer Frau zu sein?«

»Sei nicht so gemein.« Nina verpasste ihrem Assistenten einen leichten Klaps auf den Oberarm. »Kümmer dich lieber um dein Gesicht. Wenn irgendein Externer dich sieht, könnte es sein, dass er den Seuchenschutz alarmiert. Ich habe dir vorgestern doch gesagt, du sollst dir ein Aftersun zulegen.« Sie ließ Kern stehen und ging zu Neumann. »Und? Schon weitergekommen?«

»Ja«, nickte der. »Schauen Sie.« Er zeigte auf die letzte Szene des

Teppichs. »Ich werde nachher noch das UV-Fluoreszenzverfahren anwenden, aber ich glaube, ich habe schon so gut wie alles rausgeholt, was rauszuholen ist.«

Nina setzte sich neben ihn und tatsächlich – da wo bisher im Schein ihrer 60-Watt-Küchenlampe nur eine Art Gebäude zu sehen war, konnte man jetzt zusätzlich noch ein kleines Kreuz und einen großen Stern erkennen. »Eine Kirche?«

»Genau das denke ich auch.« Neumann war durch Ninas Nähe ganz verunsichert. Schweißperlen bildeten sich auf seiner Oberlippe, und er spielte an einem seiner Lederarmbänder herum. »Der Ring muss in einer Kirche versteckt sein.«

»Aber in welcher?« Nina, die sich ihrer Wirkung auf Neumann durchaus bewusst war, wich keinen Millimeter zurück. Irgendwann musste der Kerl ja lernen, sich in Anwesenheit von Frauen nicht völlig zu verkrampfen. »Es gibt Hunderte von Kirchen in Wien.«

»Zum Glück können wir uns auf den ersten Bezirk konzentrieren.« Es war ihm unangenehm, ihr in die Augen zu schauen, also sprach er nun mehr oder weniger mit dem Linoleum. »Zur Zeit der Türkenbelagerung gab es die Außenbezirke noch nicht, und die Innenbezirke wurden von Graf Starhemberg abgebrannt, damit die Türken darin kein kriegswichtiges Material und keinen Unterschlupf finden konnten. Wer auch immer den Ring versteckt hat, muss ihn innerhalb der Stadtmauer, sprich im heutigen ersten Bezirk, versteckt haben. Ich glaube, wir können auch alle Kirchen weglassen, die weniger als 300 Jahre alt sind.«

Nina ging in Gedanken alle Kirchen durch, die sie im ersten Bezirk kannte. »Da bleiben immer noch mehr als 20 Stück übrig«, stellte sie fest. »Das sind zu viele. Wir brauchen noch mehr Informationen. Auch wenn wir es auf eine Kirche reduzieren könnten, wäre es immer noch so, als würde man eine Nadel im Heuhaufen suchen. So ein kleiner Ring könnte überall sein: unter einer Fliese, in eine Wand eingemauert, in einer Heiligenstatue versteckt, unter einer Dachschindel oder zwischen zwei Kirchenbänken. Von den Friedhöfen, den Katakomben und ähnlichen Dingen will ich gar nicht erst anfangen.«

»Ich weiß.« Neumann spielte nervös mit seinen Haarsträhnen. »Ich werde mal eine Liste aller in Frage kommenden Kirchen zusammenstellen und mir dann Gedanken um den Stern machen.«

»Frau Doktor?« Kern hatte seinen Kopf durch die Tür gesteckt. »Wir haben eine neue Leiche«, rief er. »Schmackofatz. Faulleiche. Seit mehreren Tagen in der Wohnung gelegen. Ich kann sie bis hierher riechen.« Er genoss offensichtlich den Ausdruck, den diese Information auf Neumanns Gesicht zauberte.

»Ist gut, Jochen, ich bin gleich bei dir.« Nina wandte sich wieder an Neumann. »Vielleicht kannst du ja noch irgendetwas aus dem Teppich herauskitzeln. Wenn du etwas brauchst – ich bin gleich nebenan im Obduktionssaal.«

»Ich bleibe lieber hier bei meinem Teppich.« Neumann wartete, bis Nina und Kern die Tür hinter sich schlossen, und atmete dann tief durch.

»Na, wie sieht's aus?« Nina Capelli kam eine Stunde später zurück ins Labor. »Schon mehr herausfinden können?«

Neumann drehte sich dezent von ihr weg, da der Geruch aus dem Obduktionssaal immer noch an ihr haftete. »Gute Neuigkeiten. Ich habe alle möglichen Datenbanken durchforstet. Museen, private Sammler, Auktionshäuser und dergleichen. Nirgends ist ein Ring mit dem Wappen von Sobieski mit unklarer Provenienz gelistet. Wenn es diesen Ring also wirklich gibt, dann ist er immer noch in dieser Kirche und wartet darauf, gefunden zu werden.«

»Fragt sich jetzt halt nur in welcher.«

»Es kommen insgesamt 18 in Frage.« Er wollte sich sein Unwohlsein nicht anmerken lassen und versuchte, tapfer zu sein.

»Das sind zu viele.« Nina fuhr sich mit der Hand durch die Haare und setzte damit eine weitere Wolke Fäulnisgeruch frei.

Neumann presste die Lippen aufeinander, damit Nina nicht sehen konnte, wie sehr er sich ein Würgen verkneifen musste. »Zum Glück habe ich noch ein bisschen an dem Teppich gearbeitet und ein weiteres Fragment freilegen können«, presste er heraus.

Nina begutachtete das ausgefranste, mottenzerfressene Ende noch einmal. »Was ist das hier?« Sie zeigte auf einen kleinen schwarzen Fleck.

»Gute Frage. Keine Ahnung.« Neumann versuchte, so unauffällig wie möglich durch den Mund zu atmen. »Das Gewebe an dieser Stelle war von einer dicken Staubschicht überlagert. Ich habe sie so vorsichtig wie möglich abgetragen, aber das war alles, was ich noch von der ursprünglichen Stickerei habe retten können.«

»Sieht aus wie drei kleine schwarze Würste.«

»Was glauben Sie, was das darstellen soll?«, fragte er.

»Da wir nach einer Kirche suchen, fällt mir spontan nur die Heilige Dreifaltigkeit ein. Der Vater, der Sohn und der Heilige Geist. Die schwarzen Würste könnten Finger darstellen. Schau nur, wie die beiden linken Würstel vom rechten abstehen. Das könnten der Daumen, der Zeige- und der Mittelfinger sein. Der Ring könnte am Fleischmarkt in der Dreifaltigkeitskirche versteckt sein.«

Neumann, der sich mittlerweile wieder berappelt hatte, nickte. »An so was dachte ich auch zuerst. Doch leider ist die Kirche zur Heiligen Dreifaltigkeit erst 1787 gebaut worden.«

»Gibt es vielleicht in irgendeiner der anderen Kirchen eine besondere Dreifaltigkeitsdarstellung? Irgendeine Statue oder ein Gemälde?«

»Sie sind nicht schlecht«, nickte Neumann anerkennend. »Sie denken wie eine waschechte Kunsthistorikerin. Leider muss ich Sie enttäuschen. Es gibt keine Dreifaltigkeitsdarstellungen. Dafür habe ich etwas anderes gefunden.«

»Jetzt mach es nicht so spannend.« Nina fasste in die Tasche ihres Kittels, zog einen Müsliriegel heraus und packte ihn aus.

Beim Anblick von Essen wurde Neumann wieder ganz übel.

»1676 wurde in Wien die Erzbruderschaft der Allerheiligsten Dreifaltigkeit gegründet. Dieser Bruderschaft wurde die schwer heruntergekommene Peterskirche zugeteilt, und sie begannen nach der Türkenbelagerung, sie langsam wieder aufzubauen. Im Zuge einer Renovierung kann man einen Ring sicher gut verstecken.«

»Das macht Sinn. So ein Glück, dass es eine eher kleine Kirche ist und nicht der Stephansdom.« Nina, der aufgefallen war, mit welcher Intensität Neumann ihren Müsliriegel anstarrte, zauberte einen zweiten aus ihrem Kittel. »Auch?«

Er schüttelte den Kopf und unterdrückte ein Würgen. Nie wieder würde er Müsliriegel mit denselben Augen sehen wie bisher.

»Wir sollten uns darin mal umsehen«, schlug Nina vor. »Ich räume nur schnell meine Sachen zusammen, dann können wir auch schon los.« Sie steckte den letzten Bissen des Müsliriegels in den Mund und ging zur Tür.

Neumann hielt wieder die Luft an und betete zur Heiligen Dreifaltigkeit, dass sie sich etwas Frisches anzog, ansonsten würde er die Autofahrt nicht heil überstehen.

21

Morell hatte sich so gut es ging in Schale geworfen. Als er für seinen Wienausflug gepackt hatte, hatte er nicht damit gerechnet, dass er zu einer exklusiven Boutique-Eröffnung gehen müsste. All zu groß war die Auswahl an schicker Kleidung also nicht. Eine dunkle Jeanshose, ein weißes Kurzarmhemd und ein dunkelblaues Sakko – etwas Eleganteres fand sich nicht in seiner Reisetasche.

»Da sind Sie ja.« Herr Karlinger kam aus dem Hinterzimmer geschlurft, sobald Morell das Foyer betrat.

»Gibt's hier drinnen irgendwo eine Kamera?«, fragte Morell und ließ seinen Blick über das Interieur wandern. Genügend Verstecke würde es dafür auf jeden Fall geben.

»Leider nicht«, verneinte Herr Karlinger. »Aber vielleicht sollte ich tatsächlich eine installieren lassen. Die Leute werden immer ungenierter. Fladern alles, was nicht niet- und nagelfest ist. Wenn's hie und da mal ein Handtuch oder ein Besteck mitgehen lassen, ist das nicht so tragisch. Das schreib ich als Schwund ab. Aber das Bild …« Er fasste sich ans Herz. »Dass irgendwer unseren Antonelli genommen hat, das trifft mich wirklich schwer.« Er nahm die Brille ab, und Morell fürchtete schon, dass der alte Mann zu weinen anfing. Sehr zu seiner Erleichterung putzte dieser aber nur seine aschenbecherdicken Brillengläser.

»Haben Sie denn einen Verdacht, wer es gewesen sein könnte?«

Herr Karlinger ging hinter den Empfangstresen, kramte in einer Schublade herum und zog dann ein Blatt Papier heraus, das er langsam mit seinen gichtigen Fingern auseinanderfaltete. »Wer auch immer es war, er muss gewusst haben, dass das Bild etwas wert ist, und wie sehr die Hertha und ich daran hängen. Ich tippe also auf das Personal. Hier, ich habe Ihnen eine Liste zusammengestellt.« Er überreichte Morell den Zettel.

Morell nahm an, dass es sich bei der Schmiererei darauf um zwei Namen handelte. Herr Karlinger hatte wirklich die schlimmste Handschrift, die ihm je untergekommen war. Da hatte er wohl bessere Chancen, die Rezepte, die Dr. Levi, der Landauer Gemeindearzt ausstellte, zu entziffern. Ein zweiter Blick auf das Gekrakel ließ ihn sogar zu dem Schluss kommen, dass er sich mit der Entschlüsselung von Hieroglyphen leichter tun würde. »Ich kann das leider nicht lesen«, sagte er also.

»Ah«, nickte der Herr Karlinger verständnisvoll. »Sie haben Ihre Brille nicht dabei. Kein Problem. Ich les es Ihnen vor.« Er nahm Morell den Zettel wieder aus der Hand. »Der erste ist unser Koch. Mario Rossi. Der jammert immer, dass wir ihm zu wenig zahlen. Außerdem ist er Italiener.«

Morell wartete darauf, dass Herr Karlinger das weiter ausführte, doch da kam nichts. »Italiener?«, fragte er also.

»Ja, Italiener. Sie wissen schon: Mafia, Camorra, Cosa Nostra, Berlusconi. Denen liegt die Kriminalität im Blut. Es ist nur leider heutzutage recht schwer, einen ordentlichen Koch zu finden. Darum mussten wir den Mario nehmen.«

»Und der zweite Name?«

»Jacqueline Milic.« Er sprach den Namen als ›Tschakeline‹ aus. »Sie ist unser Zimmermädchen. Seit die Hertha letztes Jahr den Herzinfarkt hatte, darf sie nicht mehr so viel arbeiten. Darum kommt Jacqueline dreimal die Woche her und hilft aus. Eine furchtbare Person. Gerade mal zwanzig Jahre alt, keine Manieren, keinen Respekt. Mehr Schminke im Gesicht als ein Clown auf einem Kindergeburtstag. Ich hoff immer, dass die Gäste sie nicht sehen. Schaut aus wie eine Bordsteinschwalbe, wenn Sie wissen, was ich mein. Aber wie gesagt – es ist heutzutage fast unmöglich, gutes Personal zu kriegen. Man muss nehmen, was man kriegt.«

»Kommt sonst noch wer in Frage? Irgendjemand von den Lieferanten oder von den Gästen?«

»Nein. Ich bin mir ganz sicher, dass es einer von den beiden war.«

Morell nickte. »Sie müssen wissen, dass ich eigentlich in einem anderen Fall ermittle. Der hat natürlich Priorität. Aber sobald ich ein bisschen Zeit habe, werde ich mit Herrn Rossi und Frau Milic reden. Jetzt muss ich leider zu einer Boutiqueneröffnung.«

»Aha?!« Herr Karlinger schob sich die Brille auf die Nase und musterte Morell von oben bis unten. »Dass Sie ein Modeliebhaber sind, hätt ich jetzt nicht vermutet. Ich wünsche Ihnen viel Vergnügen.«

»Die guten Wünsche kann ich gebrauchen«, brummelte Morell.

Morell war kein großer Fan der Öffis, aber der Verkehr am Gürtel war so stark, dass es wahrscheinlich das Schlaueste war, die U-Bahn zu nehmen. Und vielleicht hatten die Wiener Linien ja in den letzten Jahren einiges zum Besseren verändert.

Fünf Minuten später schlossen sich die Türen des ›Proletenschlauchs‹ hinter ihm, und exakt in diesem Augenblick bereute er seine Entscheidung auch schon wieder. Es war nämlich alles beim Alten geblieben. Die Leute aßen ungeniert die stinkendsten Sachen und stellten ohne Scham diverse Hygienemängel zur Schau. Am Schlimmsten stieß ihm aber die Tatsache auf, dass es hier drinnen keinerlei Intimzone zu geben schien. Die Menschen klebten viel zu nah und eng auf ihm drauf, was zu ständigem Körperkontakt führte.

Als Morell am Stephansplatz ausstieg, war er völlig durchgeschwitzt. Nicht gerade der perfekte Aufzug für eine exklusive Ladeneröffnung. Er wischte sich den Schweiß von der Stirn und lief durch Horden von Touristen über den Graben bis zum Kohlmarkt, der Wiener Luxus-Shoppingmeile.

»Na servus«, war alles, was er hervorbrachte, als er bei der ›Boutique Horak‹ angelangt war. Sie befand sich an einem der teuersten Orte der Stadt, direkt zwischen Chanel und Gucci, und ein einziger Blick durch das große Schaufenster ließ seine Haare zu Berge stehen: Schnickschnack, so weit das Auge reichte, und das Publikum, das sich dazwischen tummelte, war genau jene Sorte Mensch, die er normalerweise mied wie der Teufel das Weihwasser: zu schön, zu reich, zu gut für diese Welt.

»Stehen S' auf der Gästeliste?« Ein breitschultriger Typ in einem schwarzen Anzug stellte sich Morell in den Weg. »Heut ist eine private Feier«, fügte er hinzu, als der nicht sofort antwortete. Sein Tonfall implizierte, dass er davon ausging, dass Morell nicht eingeladen war.

»Ich stehe so ziemlich auf jeder Gästeliste.« Morell hielt ihm seinen Dienstausweis vor die Nase.

Der Typ zögerte kurz, machte dann in Zeitlupe einen Schritt zur Seite und ließ ihn passieren.

Morell betrat die Boutique und fand sich in einer anderen Welt wieder: gestern Mittelerde, heute Silikon-Valley. Wohin er auch blickte, sah er tiefe Dekolletés und hochgeschraubte unechte Brüste. In diesem Raum waren mehr Plastikbälle als in jedem dieser Bällchen-Pools für Kinder, die man oft in Kaufhäusern fand.

Und nicht nur vor falschen Brüsten wimmelte es hier drinnen. Auch die meisten Gesichter sowie Haare und Fingernägel waren von Schönheitschirurgen, Friseuren und Stylisten bearbeitet worden. Ab wie viel Prozent Plastik galt man eigentlich nicht mehr als Mensch, sondern als Hybridwesen?

»Entschuldigung«, sprach er eine brünette Frau an, die direkt neben ihm stand. »Ich suche die von Horaks. Sind die hier irgendwo?«

Die Frau, deren rotes Kleid aus so wenig Stoff bestand, dass Morell sich maximal zwei Topflappen daraus hätte nähen können, verzog keine Miene. Ob es am Botox oder einfach nur daran lag, dass es ihr nichts ausmachte, von ihm angesprochen zu werden, war nicht ersichtlich. »Aber ja. Da drüben stehen sie doch.« Sie zeigte auf eine hochgewachsene Frau mit schulterlangem blondem Haar, die ein knielanges Kleid aus glitzerndem Goldstoff trug und sich wild gestikulierend unterhielt.

Gabriele von Horak war eine der wenigen hier anwesenden Frauen, die entweder mit natürlicher Schönheit oder einem genialen plastischen Chirurgen gesegnet waren. Jedenfalls wunderte es Morell nicht, dass Claus von Horak sich ausgerechnet für sie entschieden hatte. Sie war eine klassische Trophäenfrau. Nicht leicht zu kriegen. Schwer zu halten. Das ultimative Statussymbol.

Der Mann, der neben ihr stand, war dann wohl der Trophäenbesitzer. Mindestens ein Vierteljahrhundert älter als seine Frau, mit Wohlstandsbauch, gescheiteltem grauem Haar und einem tadellos sitzenden Anzug, schaute er gelangweilt Löcher in die Luft.

Morell schlenderte zu den beiden und warf im Vorübergehen einen kurzen Blick auf ein marineblaues Jäckchen mit verspielten Goldknöpfen, das Valerie sicher gut gestanden hätte. Als er aber das Preisschild sah, musste er sich zweimal versichern, dass er richtig gelesen und kein Komma übersehen hatte. Das Ding kostete mehr als alle Sachen in seinem Kleiderschrank zusammen. »Halleluja«, murmelte er, hängte das Jäckchen vorsichtig wieder zurück und machte einen großen Schritt weg von der Kleiderstange. Er durfte auf keinen Fall eines der teuren Teile ruinieren, sonst musste er einen Kredit aufnehmen, um es zu bezahlen.

»Herr von Horak?«, sprach er den älteren Herrn an und zeigte ihm so unauffällig wie möglich seine Marke.

»Ja?« Von Horak schenkte ihm ein professionelles Politikerlächeln: hochgezogene Mundwinkel, aber keinerlei Regung in der Augenpartie.

Hätte man den Mann mit einem einzigen Wort beschreiben müssen, wäre wohl ›makellos‹ das treffendste gewesen. Alles an ihm saß perfekt. Jedes Haar, das blütenweiße Hemd, der maßgeschneiderte Anzug – ja selbst seine dichten Augenbrauen sahen so akkurat aus, als kämen sie frisch vom Friseur.

Morell fühlte sich in seinen verschwitzten H&M-Klamotten plötzlich wie der letzte Sandler. »Es tut mir leid, wenn ich störe, aber ich muss dringend mit Ihnen reden. Es geht um einen alten Teppich. Ich glaube, Sie wissen, was ich meine«, kam er direkt zum Punkt.

Über von Horaks Gesicht legte sich für eine Hundertstelsekunde der Ausdruck von Panik, doch er hatte sich sofort wieder im Griff und setzte ein Pokerface auf. »Eine lästige Geschichte«, sagte er. »Lästig und haltlos.« Dann ließ er seinen Blick durch den Raum wandern und bedeutete Morell, ihm zu folgen.

Sie gingen in den hintersten Teil der Boutique, wo ein Kellner gerade ein Tablett voller Gläser mit Rosé-Champagner befüllte. Von Horak wartete, bis der Mann sich auf seine Runde begab, und wandte sich dann wieder an Morell. »Die ganze Wiener Society-Presse ist heute hier. Das ist ja wohl der unpassendste Zeitpunkt überhaupt.« Das erste Mal an diesem Abend zeigte sein Gesicht so etwas wie Emotionen – und zwar keine guten. »Kommen Sie ein anderes Mal. Dann reden wir unter vier Augen. Und machen Sie gefälligst einen Termin.« Seine Stimme war laut geworden, und er sah sich erschrocken um. Erst als er sicher war, dass niemand seinen Ausbruch bemerkt hatte, sprach er – extraleise – weiter. »Ehrlich gesagt wundert es mich, dass die Polizei sich überhaupt für diesen Fetzen interessiert. Das Ganze ist doch nur das Hirngespinst eines neidischen, kleinen Kunsthistorikers. Dieser elende Kretin, ich werde mir …«

»Ich interessiere mich weniger für den Teppich. Was mich interessiert, ist der Mord an Balthasar Szepan«, unterbrach Morell ihn. Selten war ihm jemand auf Anhieb so unsympathisch gewesen wie dieser aalglatte Kerl. Die Wahl zum Stadtrat würde er sicher gewinnen. In Österreich waren es immer die selbstverliebten, egoistischen Ignoranten, die bei den Wahlen siegten.

»Noch nie gehört. Wer soll das sein?«

»Gewesen sein«, korrigierte Morell. »Szepan war Antiquitätenhändler und im Besitz des Teppichs. Wahrscheinlich wurde er deswegen ermordet.«

Von Horak schenkte sich ein Glas Champagner ein und nahm einen großen Schluck. »Sind Sie sicher? Wegen des Teppichs? Und wo ist der Teppich jetzt?«

Ein Menschenleben war ausgelöscht worden, doch alles, wofür von Horak sich interessierte, war der Verbleib eines alten Stofffetzens. Was für ein kalter Mistkerl. Morell wollte ihm etwas Patziges an den Kopf knallen, kam aber nicht dazu, da Gabriele von Horak auf sie zugeschwebt kam.

»Schaaatz«, flötete sie ihrem Angetrauten zu, während sie Morell einen abschätzigen Blick schenkte. »Wo bist du denn? Alle fragen schon nach dir. Und der Günther will gern ein paar Fotos machen.« Dann wandte sie sich an Morell und zeigte auf ein paar benutzte Champagnergläser, die auf einem Tisch standen. »Ich bezahle Sie hier nicht fürs Rumstehen.«

»Ich bin nicht vom Personal«, klärte Morell sie auf. »Ich bin von der Polizei.« Er freute sich an ihrem erschrockenen Gesicht.

»Entschuldigung.« Sie schenkte Morell ein Politikerlächeln, das sie sich wohl von ihrem Mann abgeschaut hatte, und streckte ihm ihre Hand entgegen. »Das war nicht so gemeint. Es ist nur so, dass ich alle Gäste heute persönlich kenne. Grüß Gott, Herr …«

»Morell. Chefinspektor Otto Morell«, stellte er sich vor.

»Reg dich jetzt bitte nicht auf, Gabi«, funkte von Horak dazwischen. »Er ist wegen des Teppichs hier.«

Als sie das Wort ›Teppich‹ vernahm, wurde ihr sonnengebräunter Teint erst kalkweiß und anschließend knallrot. »Muss das ausgerechnet heute sein?!«, zischte sie so böse, dass es Morell einen kalten Schauder über den Rücken trieb. »Die ganze Wiener Society-Presse ist hier versammelt. Wollen Sie uns extra blamieren?«

Diese beiden würden für den schönen Schein über Leichen gehen, stellte Morell fest.

»Wer schickt Sie? Etwa Alexander, dieser undankbare Kerl?«, redete sie weiter. »Ich frage mich immer noch, was ich falsch gemacht habe.«

›Interessant‹, dachte Morell. Zorn und Rage konnten das hübscheste Gesicht in eine hässliche Fratze verwandeln. »Wer ist Alexander?«

»Unser Sohn«, sagte Claus von Horak kurz und knapp.

»Wie auch immer. Sie müssen jetzt gehen«, konstatierte Gabriele und zeigte auf den Hinterausgang. »Und zwar sofort. Wir können uns keinen Skandal leisten.«

Als wäre das sein Stichwort gewesen, kam ein langer, dünner Kerl angetrabt. Er trug ein rosarotes Poloshirt mit aufgestelltem Kragen, dessen Markenemblem seine halbe Brust bedeckte, während über der anderen Hälfte eine Spiegelreflexkamera baumelte. Er trug einen dünnen Oberlippenbart, der an Errol Flynn erinnerte, und eine dieser übergroßen Omabrillen, die gerade so angesagt waren. »Gabi, wo bleibst du denn? Wir wollten doch noch ein paar Fotos mit der Chantal machen.«

»Ja, ich komme schon.« Gabriele von Horak stellte sich vor Morell und blockierte seine Sicht. »Schau nur, der John ist auch gekommen«, versuchte sie, die Aufmerksamkeit des Errol-Flynn-Verschnitts auf einen etwa 40-jährigen Mann in einem Nadelstreifenanzug zu lenken.

Das billige Ablenkungsmanöver bewirkte genau das Gegenteil von dem, was sie erreichen wollte. »Ich bin der Günther vom IN-Magazin.« Der Typ mit der Kamera ging um Gabriele herum, streckte Morell seine perfekt manikürte Hand hin und musterte ihn interessiert. »Ich bin dort der Society-Chef und mache gerade eine Homestory über die von Horaks. Und Sie sind?«

Die Schwingungen, die von Gabriele von Horak ausgingen, waren so mit Hysterie und Panik aufgeladen, dass Morell gegen den Impuls ankämpfen musste, aus ihrem Explosionsradius zu flüchten. »Ich bin …«

»Das ist Otto Morell«, fiel Claus von Horak ihm ins Wort.

Günther vom IN-Magazin hatte wohl den Riecher, den man als Klatschreporter brauchte. Die Art, wie er erst Morell und dann die von Horaks musterte, legte nahe, dass er eine Story witterte. »Und in welcher Branche sind Sie tätig? Und woher kennen Sie die Familie?«, fragte er so unverblümt, wie es für seinen Berufsstand wohl üblich war.

»Herr Morell ist von der Polizei«, war es erneut Claus von Horak, der das Ruder übernahm. »Und wir kennen ihn vom …«

Morell konnte die Gehirne der von Horaks förmlich rattern hören und war gespannt, was ihnen einfallen würde. In Anbetracht seines Aufzugs würde ihnen Günter Erklärungen wie Golf, Polo, Segeln oder Zigarrenclub wohl nicht abnehmen.

»Schießen«, warf Gabriele von Horak ein. »Claus kennt ihn vom Schießstand.«

»Alles klar.« Diese Erklärung schien Günther zufriedenzustellen. »Ich hoffe, Sie erschießen mich nicht, wenn ich Ihnen die beiden jetzt entführe.« Er lachte laut über seinen lahmen Witz. »Ich werde aber nachher noch auf Sie zurückkommen. Ich hätte da noch ein paar Fragen. Ich plane nämlich einen Polizistenkalender. Die Frauen stehen auf Uniformträger. Und manche Männer auch.« Er zwinkerte.

»So schade, dass der Herr Morell gerade auf dem Sprung ist.« Gabriele von Horak versuchte, Günther von Morell wegzuschieben.

Morell schaute auf seine Uhr. »Ein bisschen Zeit kann ich noch erübrigen«, sagte er gönnerhaft und nahm sich ein Glas Champagner. »Die Party hat ja gerade erst begonnen, da will ich kein Spielverderber sein.«

»Wunderbar.« Günther lächelte zufrieden. »Dann bis später.«

Gabriele von Horak schenkte Morell einen Blick, der ihn wohl zu Stein erstarren lassen sollte. Eine moderne Medusa. Ohne die Schlangen. Dafür mit Strähnchen.

Er wich sicherheitshalber ihrem Blick aus und widmete seine Aufmerksamkeit dem allgemeinen Geschehen: Neben der Eingangstür hatte mittlerweile ein DJ Stellung hinter ein paar Plattentellern bezogen. Er trug ein ärmelfreies Top, Schweißbänder und ein Stirnband, so als wäre es unglaublich anstrengend, in einem klimatisierten Raum ein bisschen Musik zu machen. Anscheinend war es jetzt hip, so auszusehen, als wäre man gerade einer 80er-Jahre-Rollschuhdisco entstiegen. Aber was wusste er schon. Er war schon zufrieden, wenn seine Socken dieselbe Farbe hatten.

»Sie sind wohl nicht oft auf solchen Partys.« Eine attraktive Frau Mitte Vierzig hatte seine Irritation erkannt und sich neben ihn gestellt. Sie trug ein einfaches schwarzes Kleid, das ihrem Alter entsprechend geschnitten war. Zwischen all den aufgemaschelten Paradiesvögeln hätte sie dezent und kultiviert gewirkt – wäre da nicht ihre Frisur gewesen: Sie hatte ihr erdbeerblondes Haar im Stil von Marge Simpson aufgetürmt und dabei so viel Haarspray verbraucht, dass ein großer Teil des Ozonlochs wohl auf ihre Kappe ging.

Morell hoffte insgeheim, dass niemand auf die Idee kam, neben ihr mit offenem Feuer zu hantieren. »Gut beobachtet.« Er war hin und her gerissen, ob er deswegen peinlich berührt oder stolz sein sollte. Er entschied sich für letzteres und nickte. »Nicht ganz meine Szene.«

»Und warum sind Sie dann hier?«

Morell zeigte ihr seine Marke, sagte aber nichts weiter zum Thema Teppich. »Und Sie?«

Die Frau starrte die Marke an und ließ dann ihren Blick durch den Laden wandern, so als wolle sie abchecken, wer hier drinnen wohl Dreck am Stecken hatte.

»Und Sie?«, wiederholte Morell.

»Annemarie Sonntaler.« Sie streckte ihm ihre Hand entgegen.

Morell war nicht sicher, ob er sie schütteln oder küssen sollte, und entschied sich für schütteln, was offenbar die falsche Entscheidung war, denn Frau Sonntaler schenkte ihm einen konsternierten Blick. »Ich bin eine Freundin von Gabi.«

Er überlegte. Konnten Frauen wie Gabi überhaupt richtige Freundinnen haben? Waren andere Frauen nicht eher so eine Art Konkurrenz? Ein Maßstab, den es zu übertreffen galt?

»Außerdem bin ich auch in der Fashion-Branche tätig. Mir gehört die ›Boutique Sonntaler‹«, redete sie weiter.

Das kam dem Ganzen schon näher. »Sie wollen also schauen, was die Konkurrenz macht.«

»Ich will schauen, was meine Freundin auf die Beine gestellt hat.« Sie zwinkerte und hob ihr Glas. »Und ich will Champagner trinken.«

Ein Mann Ende Dreißig versuchte, sich unauffällig an ihnen vorbeizuschlängeln, doch Sonntaler entdeckte ihn und hielt ihn auf.

»Max, mein Lieber«, flötete sie. »Was für eine schicke Party. Und was für ein schicker Laden.«

Max schien ihre Begeisterung nicht zu teilen und gab sich auch keine Mühe, seine schlechte Laune zu verbergen. »Kein Wunder, bei der Masse an Kohle, die Gabi hier reingesteckt hat. Vaters Kohle. Der Laden wird hundertpro wieder ein Minusgeschäft, wie alle anderen von ihren Schnapsideen.« Er kräuselte die Lippen. »Ich weiß nicht, warum er ihr nicht endlich den Hahn abdreht.«

»Annemarie. Wie gut du ausschaust. Wahnsinnskleid.« Günther kam vorbeigerauscht, was Max' Laune noch mehr zu verschlechtern schien. Wortlos drehte er sich um und wandte sich einem Regal voller Taschen zu.

Morell nutzte die Gelegenheit und folgte ihm. »Maximilian von Horak?« Die Ähnlichkeit mit Claus war nicht zu übersehen. Beide besaßen die gleichen markanten Gesichtszüge, hatten das volle Haar auf die gleiche Art und Weise gescheitelt, und ganz offensichtlich besuchten sie den selben Schneider. Einzig das Politikerlächeln hatte Max nicht drauf.

»Ja?« Er musterte Morell von oben bis unten, griff sich eine der Taschen und unterzog sie der gleichen Beschau.

Morell zeigte ihm seine Marke. »Ich habe ein paar Fragen.«

»Aha?!«, gab Max sich unbeeindruckt.

»Hat Ihre Familie Ihnen gegenüber einen Teppich erwähnt? Wissen Sie über die Sache Bescheid?«

Bei dem Wort ›Familie‹ legte sich ein Schatten über Max' Gesicht. »Gabi ist nicht meine Mutter. Meine Mutter ist schon lange tot. Und ja, ich weiß Bescheid. Gabi hat uns deswegen alle wahnsinnig gemacht. Der Ruf der Familie wird zerstört. Die Leute werden sich das Maul zerreißen. Und so weiter.«

»Und Sie? Haben Sie wegen der Sache mit dem Teppich gar keine Bedenken?«

Max hielt ihm die Tasche vor die Nase. Ein Albtraum aus rosa Straußenleder mit silbernen Nieten und schwarzen Quasten. »Wegen sowas habe ich Bedenken. Und haben Sie den Rest gesehen?«

»Ich bin kein Modeexperte«, war alles, was Morell dazu einfiel.

»Gabi leider auch nicht«, entgegnete Max. »Der Laden wird pleitegehen und einen Teil des Familienvermögens mitnehmen. Der Teppich ist also bei Gott nicht meine Hauptsorge.« Er stellte die Tasche zurück und nahm sich einen Gürtel. »Was ist damit?«

»Schlangenleder?«

»Nicht der Gürtel. Der Teppich. Warum kommen Sie extra deswegen her?«

»Weil jemand wegen ihm ermordet worden ist. Ein Antiquitätenhändler namens Balthasar Szepan. Sagt Ihnen der Name was?«

Max von Horak ließ den Gürtel durch seine Finger gleiten und verneinte. »Noch nie gehört. Sicher, dass er wegen des Teppichs umgebracht worden ist?«

»Um das herauszufinden, bin ich hier. Wo waren Sie Dienstagnacht?«

Von Horak drückte Morell den Gürtel in die Hand und griff sich ein Kleid, auf dessen Preisschild ein hoher vierstelliger Betrag stand. »Daheim. Im Bett. Allein. Ich habe einen anstrengenden Job und brauche meinen Schlaf.«

Das Schlangenleder fühlte sich kalt und rau an, und die Tatsache, dass bis vor kurzem noch ein Tier in dieser Hülle gesteckt hatte, ließ Morell ganz unrund werden. Er hängte den Gürtel schnell zurück und wischte sich die Hände an der Hose ab. »Sie haben noch einen Bruder, oder?«

»Halbbruder.« Die Betonung lag auf ›halb‹.

»Ist er heute hier?«

»Alex? Auf einer Party wie dieser?« Max zog eine Augenbraue hoch. »Seien Sie froh, dass nicht. Der hängt sicher mal wieder mit seinen asozialen Freunden herum.«

Morell schaute ihn fragend an.

»Er ist ein Punk. Oder ein Emo. Oder ein Gruftie. Oder was sonst grad modern ist. Hauptsache schmutzig und gegen alles.«

»Gibt es noch andere Geschwister?«

»Nein, Alexander reicht völlig.«

»Da sind Sie ja, Mister November. Ich hab Sie schon überall gesucht.« Noch bevor Morell weiterfragen konnte, stieß Günther zu ihnen, was Max dazu veranlasste, Morell das Kleid in die Hand zu drücken und sich aus dem Staub zu machen.

Günther schaute ihm hinterher und beugte sich dann zu Morell. »Die offen homophoben sind meistens selber schwul«, flüsterte er.

»Susanne. Traumhafte Ohrringe«, winkte er einer älteren Frau so euphorisch zu, dass er Champagner auf das Kleid verschüttete.

Morell starrte auf den Fleck und bekam kaum noch Luft. »Ich muss leider los«, presste er heraus. »Termine.« Er versteckte das verschmutzte Kleid im nächstbesten Regal, hinter ein paar Pullovern.

»Ach nein, wie schade. Jetzt sind wir gar nicht richtig zum Quatschen gekommen. Sehen wir uns morgen bei der Horak'schen Gartenparty?«

Die Vorstellung, noch mehr Zeit mit diesen Menschen verbringen zu müssen, widerstrebte Morell zwar, doch so hätte er die Möglichkeit, den von Horaks noch mehr auf den Zahn zu fühlen. »Ich werde auf einen Sprung vorbeischauen.«

»Dann bis morgen«, winkte Günther, wandte sich ein paar Damen zu und zückte seine Kamera.

»Cheeeseee«, war das Letzte, das Morell hörte, als sich die Ladentür hinter ihm schloss.

22

Anna Unger hatte lange überlegt, wie sie ihrem Sohn Sobieskis Ring übermitteln konnte. Der Ring würde ihm ermöglichen, ein gutes Leben zu führen, und – was noch viel wichtiger war –, er war der Beweis für Horaks Betrug. Jakob brauchte ihn unbedingt, um zu seinem Recht zu kommen. Das Recht auf die Belohnung. Das Recht auf ein Leben in Reichtum und Ansehen. Das Recht auf Rache.

Unglücklicherweise gab es niemanden, dem sie das wertvolle Kleinod anvertrauen konnte, bis Jakob alt genug war. Niemanden. Nicht einmal den Nonnen. Es war denkbar, dass sie den Ring verkauften, um damit Gutes für die Armen zu tun oder um das Kloster zu renovieren. Genau genommen hatten die Schwestern sogar ein Anrecht darauf. Der Ring wäre eine angemessene Bezahlung dafür, dass sie sich in den nächsten Jahren um Jakob kümmerten.

Anna blieb nur eine einzige Möglichkeit: Sie musste den Ring verstecken und seinen Verbleib auf dem Teppich vermerken.

Stundenlang war sie durch das Kloster geschlichen und hatte überlegt, wo sie das kostbare Juwel verbergen könnte. Jede Nische, jede lose Kachel, jeden Erdhaufen im Klostergarten und jede hohle

Heiligenstatue hatte sie in Augenschein genommen, doch alle Möglichkeiten wieder verworfen. Diese Verstecke waren nicht sicher genug. Die Nonnen würden den Ring finden, noch bevor Jakob laufen konnte.

Ihr blieb nichts anderes übrig, als ein Versteck außerhalb der Klostermauern zu suchen.

Nach vielen schlaflosen Nächten fiel es ihr plötzlich ein. Wie ein Blitz aus heiterem Himmel, von der heiligen Maria Mutter Gottes selbst gesandt. Ein gutes Versteck. Ein perfektes Versteck. Um den Ring dort zu deponieren, musste sie nach Wien reisen – in ihrem Zustand und mit ihrer Vorgeschichte weder ein einfaches noch ein ungefährliches Unterfangen, doch sie musste das Risiko auf sich nehmen.

Anna stibitzte eine Nonnentracht aus der Waschküche, zog sie über und begab sich auf eine letzte Reise.

In Wien verlief alles nach Plan. Weder Horak noch einer seiner Schergen querten ihren Weg, und ihr Körper gab noch einmal alle Energie, die sie brauchte, um die Mission zu erfüllen. Die Nonnentracht verschaffte ihr Zugang zu der Kirche, die sie ausgewählt hatte, und in der sie den Ring so versteckte, dass Jakob ihn nicht übersehen konnte, er jedem Uneingeweihten aber nicht weiter auffallen würde.

Zurück im Kloster zündete sie zum Dank eine Kerze an und machte sich daran, den Ort, an dem sich der Ring nun befand, auf dem Teppich zu vermerken. Sie war mittlerweile so schwach, dass sie es kaum schaffte, die letzten Symbole zu vollenden, doch ihr Schutzengel stand ihr zur Seite, und so schaffte sie es mit letzter Kraft, eine Kirche, eine Hand und einen Stern zu sticken. Jakob würde eine solide christliche Erziehung bekommen. Er würde wissen, wo er suchen musste.

»Bitte. Ihr müsst meinem Sohn diesen Teppich geben, sobald er alt genug ist.« Anna sah die Mutter Oberin mit glasigen Augen an und zeigte auf das fertige Werk. »Es ist wichtig, dass er ihn be-

kommt. Es ist die einzige Erinnerung ...« Ihre Worte wurden von einem heftigen Hustenanfall erstickt.

»Natürlich, mein Kind. Ich persönlich werde dafür sorgen. Und nun ruh dich aus.« Oberin Katharina tätschelte Annas Hand, die nur noch aus Haut und Knochen bestand, und strich ihr über die heiße Stirn. Das arme Wesen war völlig im Fieberwahn und hatte gegen Ende nur noch wirre Zeichen auf den Stoff gestickt. »Jakob wird den Teppich bekommen«, sagte sie und öffnete das Fenster, damit eine kühle Brise den Geruch von Tod und Siechtum wegblasen konnte, der sich im Raum breitgemacht hatte. Sie kannte diesen Geruch. Es würde nicht mehr lange dauern.

Die Mutter Oberin sollte recht behalten. Am folgenden Tag, einem schwülen Augustmorgen, tat Anna Unger ihren letzten Atemzug.

Oberin Katharina schlug ein Kreuzzeichen und sprach ein Gebet. Anschließend nahm sie den sonderbaren Teppich und verstaute ihn in einer großen Holztruhe, wo er für die nächsten Jahre verbleiben sollte.

23

Die Peterskirche besaß keinen hohen Turm und verschwand daher zwischen den umliegenden Häusern, so dass der interessierte Wienbesucher sie erst wahrnahm, wenn er direkt vor ihr stand. Dann aber zeigte sich das Barockjuwel in seiner vollen Pracht: Die Kuppel aus patiniertem Kupfer glänzte in der Sonne, die zwei Zwillingstürmchen, die das Bauwerk seitlich einfassten, reckten sich gen Himmel, und das vorgelagerte Eingangsportal hieß die Besucher willkommen.

Nina Capelli war mit David Neumann in ihrem Auto zum Petersplatz gefahren. Selbstverständlich in gewohnt rasantem Tempo, so dass sich der junge Restaurator, ganz im Stil von Morell, krampfhaft an den Türgriff geklammert hatte.

»David? Kommst du?« Nina war schon halb in der Kirche, während Neumann immer noch davor stand und das Portal betrachtete.

»Quaecumque vovi reddam pro salute domino«, las er die Inschrift vor, die in goldenen Lettern in das geschweifte Dach eingelassen war.

»Mein Latein ist ziemlich eingerostet. Bitte sag, dass das so viel heißt wie: ›Der Ring befindet sich unter der dritten Dachschindel von links‹.«

»Was immer ich gelobt habe, will ich dem Herrn für die Rettung erfüllen«, übersetzte Neumann. »Kaiser Leopold hat die Kirche als Votivgabe erbauen lassen, damit Gott die Pestepidemie beendet. Und schauen Sie nur da.« Er zeigte auf drei lebensgroße Bleifiguren, die über dem Portal thronten. »Das ist eine Allegorie für Glaube, Liebe und Hoffnung.«

»Und was hat das mit dem Ring zu tun?«

Neumann schaute verdutzt. »Nichts. Ich dachte nur, es interessiert Sie vielleicht.«

Nina fasste ihn an der Schulter und schob ihn Richtung Eingangstür. »Wir gehen jetzt da hinein und suchen den Ring. Dabei kann ich gut auf kunsthistorische Vorträge verzichten. Bitte konzentrier dich auf das Wesentliche.«

»Ist ja gut«, brummte Neumann und folgte ihr in die Kirche.

»Herr im Himmel.« Nina war von dem Anblick, der sich ihnen bot, völlig überrumpelt.

»Willkommen im Barock«, konnte Neumann sich nicht verkneifen. »Prächtig, nicht?«

»Prächtig ist relativ«, konstatierte Nina. »Mir fällt dazu eher kitschig, überladen und verschwenderisch ein. Mit dem Krempel kann man ein Dritte-Welt-Land ein Jahr lang durchfüttern.«

Tatsächlich war der Hauptraum der kleinen Kirche über und über mit goldenen Engeln, Heiligenstatuen, Wappentafeln, Kruzifixen, Kelchen, Kerzenständern und ähnlichen Dingen vollgestopft.

»Es sieht aus, als wäre hier drin ein Laden für Christbaumschmuck explodiert.« Sie nahm sich eine der Broschüren, die auf einem Tisch neben dem Eingang auflagen, und studierte sie. »Liebe Besucher der Peterskirche! Jedes Jahr muss diese Kirche € 120 000,00 für Restaurierungskredite und Erhaltungsaufwand zahlen. Bitte helfen Sie uns mit Ihrer Spende. Danke!«, las sie laut vor. »Das können die doch nicht ernst meinen. Haben die Bude rammelvoll mit Schätzen und schnorren trotzdem uns arme Schlucker an.«

Sie hatte sich, was die Lautstärke ihrer Worte anging, nicht zurückgehalten und erntete nun pikierte Blicke von anwesenden Gläubigen.

»Pssst.« Neumann bugsierte Nina so dezent wie möglich zur Seite, wo in einer Nische mehrere Votivkerzen brannten.

»Ein Euro?!«, konnte sie sich nicht beherrschen. »Die verlangen einen ganzen Euro, nur damit man eine Billigsdorferkerze anzünden und sich was wünschen kann? Was kommt als Nächstes? Die Wiedereinführung vom Ablasshandel? Luther dreht sich wahrscheinlich grad im Grab um.«

»Wir sind hier, um den Ring zu finden – nicht, um die Finanzierung der Kirche zu kritisieren«, flüsterte Neumann. »Und überhaupt – die Leute schauen schon.«

»Du könntest Ottos Sohn sein«, neckte sie ihn.

»Ich glaube, wir müssen einen Stern finden«, lenkte Neumann ihre Aufmerksamkeit zurück auf das eigentliche Thema. »Die Hand auf dem Teppich hat uns zu der Kirche gebracht, und der Stern wird uns zu dem Ring führen.«

»Klingt so, als wären wir direkt in einem Buch von Dan Brown gelandet.«

»Ich weiß, dass es irre klingt, aber was Besseres fällt mir nicht ein.«

»Gut. Ein Stern also. Am besten wir teilen uns auf. Ich nehme die rechte und du die linke Seite, und wir treffen uns vorne vor dem Hochaltar wieder.« Sie ließ den Blick durch die Kirche schweifen, in der es vor Sternendarstellungen nur so zu wimmeln schien. »Das kann ja heiter werden«, sagte sie, was Neumann jedoch nicht mehr hörte, da er sich schon auf seine Seite verzogen hatte, um mit der Suche zu beginnen.

»Es ergibt keinen Sinn«, brach Nina die Aktion nach einer halben Stunde ab. »Ich sehe überall nur noch Sterne, Strahlenkränze und andere sternförmige Gebilde. Es würde Jahre dauern, die alle zu untersuchen. Ach, was rede ich – Jahrhunderte.«

Neumann wollte dem etwas entgegensetzen, doch ihm fiel nichts ein. Sie hatte recht. Es gab einfach zu viele Sterne in dieser Kirche. Er warf einen Euro in den Opferstock und zündete eine Votivkerze an. »Sicher ist sicher«, entgegnete er Ninas missfälligem Blick. »Sie haben in der letzten halben Stunde so gut wie jeden da oben im Himmel beleidigt. Da ist ein bisschen Schadensbegrenzung vielleicht gar keine so schlechte Idee.«

»Wie Otto«, murmelte Nina. »Genau wie Otto.«

24

Morell war wieder am Hotel ›Kaiser Franz Josef‹ angekommen und betrat den Empfangsraum. Ausnahmsweise wurde er nicht sofort von Herrn Karlinger bestürmt, und konnte in aller Ruhe das Bild begutachten, das der Dieb anstelle des Originals an die Wand gehängt hatte. Stilvoll ging anders: Die kleine Kapelle, die aus reinweißem Stein bestand, befand sich unter einem überladenen Sternenhimmel und wurde vom Mond so angeschienen, dass ein kleiner Strahlenkranz sie umgab. Fehlte nur noch eine Horde kleiner Putten, die mit hohen Kinderstimmen ein Halleluja trällerten.

Nun ja, eigentlich sollte er sich nicht wundern. Es war immerhin die Sissi-Kapelle, und in diesem Land gab es kaum etwas, das mit der verstorbenen Kaiserin zu tun hatte und nicht vor Kitsch triefte. Zumindest passte das Bild vom Stil her ins Hotel, das sicher nicht umsonst den Namen von Sissis Göttergatten trug.

Morell konnte ein Schmunzeln nicht unterdrücken. Die Vorstellung, wie Herr Karlinger und seine Hertha gemeinsam vor dem Fernseher saßen und zur Sissi-Trilogie mit Romy Schneider in ihre Taschentücher schnieften, fand er irgendwie putzig. In Zeiten wie diesen, in denen die Scheidungsrate beinahe 50 Prozent betrug, war es schön zu sehen, dass es auch noch Ehen gab, die hielten – und zwar aufgrund von ehrlicher Zuneigung. Nicht wegen der Kinder, des Geldes, dem schönen Schein oder einfach nur aus Gewohnheit.

Er würde Herrn Karlinger helfen, das Bild wiederzufinden. Einem alten Ehepaar den Hochzeitstag zu retten, war nie verkehrt.

Das Klappern von Töpfen und der angenehme Geruch von Knoblauch, Tomaten und Basilikum bekräftigten Morell in seinem Entschluss. Er liebte alles, was mit kochen und essen zu tun hatte – mal sehen, was dieser Mario Rossi so auf dem Kasten hatte.

Er schnupperte und ließ sich von dem Duft zielsicher bis zu der Tür leiten, auf der in großen schwarzen Buchstaben das Wort ›Küche‹ geschrieben stand. In jeder Hinsicht eines seiner Lieblingswörter. Er klopfte.

»Si!«, war von drinnen zu vernehmen, und Morell öffnete die Tür. Die Küche war ganz nach seinem Geschmack: Klein, aber gut strukturiert, modern, aber trotzdem charmant, sauber, aber nicht steril. Außerdem liebte er den Geruch und die vielen Küchengeräusche, die sich in seinen Ohren zu einer wunderschönen, schmackhaften Symphonie vereinten: Das Zischen von Zwiebeln, die in eine heiße Pfanne geworfen wurden, das Blubbern von kochendem Wasser, das leise Kratzen, das ein Holzlöffel beim Umrühren auf dem Topfboden verursachte, das Brutzeln von Kartoffelscheiben in siedendem Öl … Morell hätte ewig hier stehen und zuhören können.

»Für Gäste leider kein Zutritt«, wurde er aus seiner Trance gerissen.

Herr Rossi war ein südländischer Typ mit dunklen Augen und schwarzem Haar, das – wie es sich gehörte – unter einer weißen Kochmütze verstaut war. Für einen Italiener war er ziemlich großgewachsen, und für einen Koch relativ schlank. Unter seinem T-Shirt ließ sich zwar eine kleine Rundung erahnen – im Vergleich zu Morells Statur war Rossi aber ein magersüchtiger Zahnstocher. Er hatte ein großes Küchenmesser in der Hand, mit dem er gerade ein Stück gut durchzogenen Speck in kleine Würfel zerschnitt.

»Otto Morell«, stellte der Chefinspektor sich vor. »Ich bin zwar Gast hier im Hotel, komme aber aus einem anderen Grund.« Er zeigte Rossi seine Marke.

»Polizia?« Rossis Augen weiteten sich. »Ich habe nichts gemacht. Nichts!« Dabei gestikulierte er, das Messer immer noch in der Hand, so wild herum, dass Morell sicherheitshalber einen großen Schritt nach hinten machte.

»Keine Sorge«, versuchte er, den Koch zu beruhigen. »Ich bin nur hier, weil …«

»Das ist so typisch für die österreichische Polizia«, unterbrach Rossi. »Immer auf die Ausländer. Ist das Auto weg. Wer war's? Der Italiener. Ist das Geld weg. Wer war's? Der Italiener. Wurde der Schmuck geklaut. Der Italiener war's. Wir sind nicht alle von der Mafia. Es gibt auch ehrliche Italiener.«

Morell hörte Rossis Lamento gar nicht zu. Zu sehr war er von dem Inhalt des Topfs fasziniert, der direkt vor dem Koch stand: Eine dunkelrote, sämige Sauce köchelte darin leise blubbernd vor sich hin und verströmte einen würzigen Duft. »Tomatensauce?«

»Si.« Rossi war von der Frage sichtlich überrascht, hörte mit den wilden Gesten auf und musterte den Besucher.

Dieser hielt seine Nase in den Dampf über dem Topf und schnupperte. »Basilikum, schwarzer Pfeffer, Knoblauch, Schalotten, Rotwein«, zählte er auf.

»Stimmt soweit.« Rossi legte das Messer weg, verschränkte die Arme vor der Brust und kniff die Augen zusammen.

»Petersilie und Oregano«, beendete Morell seine Analyse. »Darf ich?« Er zeigte auf einen Löffel und konnte es gar nicht erwarten zu probieren.

»Uno momento. Die Sauce ist noch nicht ganz fertig. Gleich können Sie kosten.« Rossi nahm das Schneidebrett, kippte, noch bevor Morell protestieren konnte, den Speck in die Sauce und rührte um. »So. Jetzt.« Er hielt ihm den Löffel vor die Nase.

»Ich bin leider Vegetarier.«

»Nooo.« Rossi schaute ihn an, als hätte er sich gerade als Außerirdischer geoutet. »Sie sind ein Mann. Sie müssen Fleisch essen.« Er hielt ihm den Löffel ein weiteres Mal hin.

»Leider.« Morell schüttelte den Kopf. »Ich bin hier, weil ein Bild gestohlen wurde«, kam er auf den ursprünglichen Grund seines Besuchs zurück.

»Habe ich es doch gewusst.« Rossi spazierte zu einer Art Vorratsschrank, holte ein ganzes Schweinebein heraus und knallte es vor Morell auf den Tisch. »San-Daniele-Schinken«, sagte er trocken und fing an, hauchdünne Scheiben abzuschneiden. »Aber davon haben Sie ja keine Ahnung.«

Morell ignorierte den Schinken so gut es ging. »Es geht um das Bild von der Sissi-Kapelle, das hinter der Rezeption hängt. Jemand hat es genommen und stattdessen eine billige Fälschung hingehängt.«

Rossi überlegte kurz. »Was? Das hässliche Ding? Warum sollte ich das klauen? Das ist doch nichts wert, und für mich würde ich das nie nehmen. Wir Italiener haben Geschmack. Michelangelo, Caravaggio, Tizian …«, zählte er mit stolzgeschwellter Brust auf. »Dieses hässliche Ding würde ich nicht mal mit meinem Ofenhandschuh anfassen. Signor Karlinger soll froh sein, dass es weg ist. Sowas kann nur ein Österreicher gemalt haben. Kochen könnt ihr ja auch nicht.«

Diese Herausforderung hätte Morell nur zu gerne angenommen, hielt sich aber zurück. »Sie täuschen sich. Das Bild ist sogar ziemlich viel wert.«

Rossi säbelte ungerührt an dem Schinken weiter. Scheibe für Scheibe knallte er auf einen Teller neben sich. »Ich war's jedenfalls nicht. Fragen Sie doch lieber mal Jacqueline. Die hat kein Geld, keinen Geschmack und auch keine Skrupel. Immer wenn sie in die

Küche kommt, beißt sie alles an. Wie eine Ratte.« Er zog die Oberlippe hoch, entblößte seine Zähne und machte eine Kaubewegung.

»Sie haben sich öfter darüber beschwert, dass Sie nicht genug bezahlt bekommen. Vielleicht dachten Sie ja, dass Ihnen ein kleiner Extrabonus zusteht.«

Rossi schaute Morell so bitterböse an, dass dieser schon fürchtete, als nächster in den Suppentopf zu wandern. »Ja, ich werde bezahlt wie der letzte Dreck, und ja, ich schimpfe oft deswegen. Aber ich würde nie stehlen. Wir Italiener haben Ehre. Außerdem hat mir mia nonna vor einem Monat ein bisschen Geld vererbt. Das können Sie gerne nachprüfen.«

Morell kam zu dem Entschluss, dass es wohl das Sinnvollste war, die Befragung hier und jetzt zu beenden. Er wäre gerne noch länger geblieben und hätte Rossi beim Kochen zugeschaut, aber seine Fragen hatten den Stolz des Kochs verletzt, der nun wohl nicht mehr in der Stimmung war, seine Küchengeheimnisse mit ihm zu teilen. »Vielen Dank«, sagte er, warf einen letzten Blick auf die Tomatensauce und ging zur Tür. »Ach ja – und wir Österreicher können doch gut kochen«, konnte er sich nicht verkneifen. »Ich sage nur Reinhard Gerer, Johanna Maier oder Wolfgang Puck.«

»Nie gehört.« Rossi schaute ihn trotzig an und steckte sich eine Scheibe Schinken in den Mund.

»Was ist mit Schnitzel, Apfelstrudel, Kaiserschmarren, Sachertorte oder gefüllter Paprika?«, gab Morell nicht auf. »Davon haben Sie sicher schon gehört. Alles Erfindungen der österreichischen Küche.«

»Ach«, Rossi machte eine abfällige Handbewegung. »Das ist doch alles nichts gegen Lasagne, Carpaccio, Risotto, Piccata Milanese oder Pasta alle Vongole. Keine Chance.«

Morell schnaubte und zog die Tür hinter sich zu. Noch bevor sein Wienaufenthalt zu Ende war, würde er den Italiener zu einem Kochduell herausfordern. Er war ja für gewöhnlich ein gutmütiger Kerl, doch wenn es ums Kochen ging, kannte er kein Pardon.

»Und gefüllte Paprika kommen aus Ungarn«, ertönte Rossis gedämpfte Stimme durch die Tür.

»Na warte«, murmelte Morell und machte sich auf den Weg zurück in sein Zimmer.

Als er in die Lobby kam, standen dort gerade Herr Karlinger und seine Frau Hertha gemeinsam hinter dem Tresen. Herr Karlinger war offensichtlich schwer gestresst, denn er wischte sich mit einem weißen Stofftaschentuch mehrfach über die Glatze. »Ich mach das schon«, sagte er eindringlich. »Geh du ruhig auf einen Kaffee ins Central. Mach dir einen schönen Tag.«

Hertha war, genauso wie ihr Mann, klein und von gedrungener Statur. Sie trug eine große, fliederfarbene Brille, Marke Krankenkassengestell, und ein farblich dazu passendes Kleid. Ihr halblanges Haar war silbergrau, hatte den typischen Blaustich, der bei alten Damen so oft zu sehen war, und wies die eine oder andere schüttere Stelle auf, die sie dadurch zu verstecken suchte, indem sie sich die Haare einfach darüberkämmte. Es stimmte wohl, dass sich Paare nach vielen Ehejahren einander optisch anglichen. »Aber Herbert.« Sie tätschelte seine Hand. »Es war doch ausgemacht, dass ich heute die Rezeption übernehme.«

»Nein, Hetti, du sollst dich doch schonen.« Er schielte auf das Bild, fasste seine Frau an der Schulter und versuchte, sie davon wegzudrehen.

»Dann lass mich wenigstens kurz aufwischen und abstauben.« Sie fuhr mit dem Zeigefinger über den Tresen und schaute ihn anschließend mit einem Ausdruck von Abscheu an. »Wir müssen unbedingt nochmal mit Tschakeline reden. Das Mädel hat keine Ahnung von Sauberkeit.« Sie zauberte einen Staubwedel aus ihrer Schürze.

Morell konnte sehen, wie Herrn Karlingers Blutdruck in unermessliche Höhen schoss. »Grüß Gott«, eilte er ihm zu Hilfe.

»Sie müssen der Herr Morell aus dem schönen Tirol sein«, strahlte Hertha ihn an und entblößte dabei zwei Zahnreihen, die genauso weiß und gerade wie die ihres Mannes waren. Wenn er es nicht besser gewusst hätte, hätte Morell sie für Herrn Karlingers Schwester gehalten.

»Herzlich willkommen in unserem bescheidenen Haus. Ich hoffe, Ihr Zimmer gefällt Ihnen. Wir haben Ihnen eines unserer schönsten gegeben.«

Herr Karlinger hatte die Gelegenheit genutzt und Hertha den Staubwedel aus der Hand genommen. »Ich mach das schon.«

»Aber …«, protestierte sie.

»Ab mit dir ins Central. Der Herr Morell und ich haben so oder so noch was miteinander zu bereden.«

»Ach ja?« Hertha machte keine Anstalten zu gehen.

»Männersachen«, warf Morell ein.

Herrn Karlingers Hirn arbeitete so hektisch, dass man es beinahe hören konnte. Erneut tupfte er sich mit dem Taschentuch über die Glatze und brachte dabei seine Überkämmsträhnen durcheinander. »Wegen dem Schnarchen wär's gewesen.« Die Erleichterung über die gelungene Notlüge stand ihm ins Gesicht geschrieben. »Der Herr Morell hat da ein kleines Problem, und ich hab dir ja schon erzählt, dass es deswegen Beschwerden gab.«

Morell merkte, wie er rot anlief. Das war also der Dank, dass er Herrn Karlinger aus der Bredouille geholfen hatte – der kramte die peinliche Geschichte von heute morgen wieder hervor.

Hertha, der seine Verlegenheit nicht entgangen war, nickte verständnisvoll. »Dann werde ich die Herren mal alleine lassen.«

Herr Karlinger ließ sich erleichtert auf einen Stuhl fallen.

»Er schnarcht auch. Ich schalte abends einfach mein Hörgerät aus«, flüsterte Hertha Morell ins Ohr, als sie an ihm vorbeiging. »Keine Sorge, schlimmer als er können Sie nicht sägen.«

»Vergelt's Gott«, wandte Herr Karlinger sich an Morell, als Hertha außer Hörweite war. »Das war Rettung in letzter Minute. Ich will gar nicht daran denken, was gewesen wäre, wenn sie das

Bild abgestaubt hätte.« Er tupfte sich die Stirn ab und steckte das Taschentuch weg. »Haben Sie schon was herausfinden können?«

»Ich habe gerade mit Ihrem Koch geredet. Ich glaube nicht, dass er es war.«

»Dem Herrgott sei's gedankt.« Herrn Karlingers Gesichtsfarbe normalisierte sich langsam wieder, und er entspannte sich merklich. »Sie können sich ja gar nicht vorstellen, wie schwer es ist, einen guten Koch zu finden.«

»Sie hatten es erwähnt.« Morell musterte Herrn Karlinger, der ziemlich geschlaucht wirkte. Er sollte die Befragung von Jacqueline so bald wie möglich durchführen, bevor das falsche Bild gesundheitliche Schäden bei dem alten Ehepaar verursachte. »Ich sage Ihnen Bescheid, sobald ich was herausgefunden habe.«

25

»Jetzt sei nicht so frustriert«, sagte Nina zu Neumann, dem die Enttäuschung über die misslungene Suchaktion ins Gesicht geschrieben stand. »Was hast du denn erwartet? Dass wir einfach in die Peterskirche spazieren und einen Ring finden, der seit Jahrhunderten dort versteckt ist?«

Er zuckte mit den Schultern. »Ich weiß auch nicht, was ich erwartet habe. Ich glaube, ich hatte einfach nur gehofft, dass die ganze Situation schnell und gut endet. Aber jetzt ist alles so wie vorher. Die von Horaks leben ihr protziges Leben, Szepan ist tot, und ich muss mich verkriechen wie ein Wurm. Hätte ich den Teppich doch bloß nie entdeckt.« Er warf einen Blick auf die Rückbank, wo die Wurzel allen Übels lag.

Nina tätschelte seinen Arm. »Es bringt nichts, über verschüttete Milch zu weinen. Was passiert ist, ist passiert – jetzt müssen wir das Beste daraus machen.«

»Das sagt sich so leicht.« Neumann starrte aus dem Autofenster und betrachtete ein paar Passanten, die an bunten Eiskugeln schleckten. Wie gerne hätte er mit ihnen getauscht. »Sie haben ja gesehen, wie viele Sterne es in der Kirche gibt. Der Ring könnte hinter jedem von ihnen sein. Sofern er überhaupt hinter einem Stern versteckt ist. Sofern er überhaupt in der Peterskirche ist. Sofern es ihn überhaupt gibt.« Er ließ den Kopf in den Nacken fallen und unterdrückte die aufsteigenden Tränen. Er war zwar daran gewöhnt, ein Versager zu sein, aber er würde sich nicht die Blöße geben, vor einer Frau loszuplärren.

»Jetzt komm wieder runter.« Nina bog ohne zu blinken nach links ab und bekam dafür von einem anderen Autofahrer den Stinkefinger präsentiert, den sie geflissentlich ignorierte. »Wir sind völlig unvorbereitet in die Kirche gegangen. Wahrscheinlich müssen wir einfach nur ein bisschen mehr über alles nachdenken. Wer auch immer diesen Teppich bestickt und den Ring versteckt hat, wollte, dass er gefunden wird. Sprich, das Teil wird nicht unerreichbar zehn Meter in der Erde einbetoniert oder irgendwo in der Mitte der Decke eingegossen sein. Es ist sicher so zugänglich, dass man dafür nicht das halbe Gebäude auseinandernehmen muss.«

Neumann nickte. Was Nina sagte, ergab Sinn. »Aber wo? Wo könnte er sein?«

»Tja, das gilt es herauszufinden.« Sie legte eine Vollbremsung hin und manövrierte das Auto so knapp in eine Parklücke, dass Neumann die Augen schloss und auf das hässliche Geräusch von schrammendem Blech wartete – doch nichts passierte. »So, da wären wir. Home sweet home. Jetzt entspannen wir uns mal eine Runde, und dann denken wir weiter nach.«

Als Nina ihre Wohnung betrat, schaute sie auf das Türschloss und runzelte die Stirn. »Komisch, normalerweise drehe ich den Schlüssel beim Absperren zweimal um. Die Hitze hat mir anscheinend das Hirn weichgekocht. Ich hau mich schnell mal unter die Dusche und kühle mir den Schädel ab.«

»Ist gut.« Neumann nickte »Ich setze mich solange in die Küche und schau mir nochmal den Teppich an – zum tausendsten Mal«, fügte er hinzu.

Er zog sich ein frisches T-Shirt an, holte Ninas Laptop aus dem

Arbeitszimmer, setzte sich damit in die Küche und googelte nach dem Begriff ›Sternsymbolik‹.

»In der christlichen Ikonographie deuten Darstellungen von Sternen auf himmlisches Geschehen hin«, las er einen der Treffer laut vor. »Der helle Morgenstern ist das Sinnbild Christi. Bedeutsam ist auch der Stern von Bethlehem, der meist achtstrahlig dargestellt wird. Sterne als Wappenbilder treten in der deutschen Heraldik vorwiegend in Form von Hexagramm-Sternen auf.« Er legte seinen Kopf auf den Tisch und seufzte. Das brachte alles nichts.

Eine Viertelstunde später saß er immer noch so da und wurde erst aus seiner Lethargie gerissen, als Nina in die Küche kam.

»Mann, hab ich Hunger.« Sie strich sich ein paar nasse Haarsträhnen aus dem Gesicht und holte eine Flasche Eistee aus dem Kühlschrank. »Und? Was Schlaues entdeckt?« Sie setzte sich zu Neumann an den Tisch.

»Nicht wirklich. Ich habe nochmal die komplette Bauhistorie der Peterskirche durchgelesen und Sternsymbolik recherchiert. Keine Ahnung, wo der Ring versteckt sein könnte.« Er rieb sich die Schläfen. »Und ohne den Ring sind wir aufgeschmissen. Ohne den Ring können wir die Geschichte nicht beweisen.«

»Kommt Zeit, kommt Rat.« Nina schenkte Eistee ein. »Schlaf einfach mal eine Nacht drüber.«

»Vorsicht. Der Teppich«, sagte Neumann und zeigte auf die Flasche in Ninas Hand.

Sie schaute ihn fragend an.

»Das Kondenswasser. Es tropft genau auf …« Er hielt mitten im Satz inne und starrte auf die leere Stelle neben Nina, an der gerade noch der Teppich gelegen hatte.

»Genau auf was?«

Neumann antwortete nicht, sondern steckte seinen Kopf unter den Tisch. »Wo ist er?«, fragte er, als er wieder auftauchte. »Wo ist der Teppich?«

»*Du* hattest ihn doch.« Nina verstand nicht, was los war. »Ich hab gesehen, wie du ihn aus dem Auto genommen und in die Wohnung getragen hast.«

»Ja, ich weiß. Ich habe ihn dorthin gelegt. Auf die Eckbank. Gleich da, wo Sie sitzen.« Er zeigte auf die leere Stelle.

»Sicher?«

»Ganz sicher.« Neumanns Miene ließ keine Zweifel aufkommen.

Ganz langsam stieg ein schlimmer Verdacht in beiden auf.

»Das Schloss«, flüsterte Nina. »Die Hitze hat doch nicht mein Hirn verschmort.«

Die beiden starrten sich an, und schlagartig wurde ihnen klar, dass jemand den Teppich genommen hatte – und dass dieser jemand möglicherweise noch in der Wohnung war.

In der Küche herrschte absolute Stille. Nur das Ticken der Uhr und das leise Surren des Kühlschranks waren noch zu hören. Weder Nina noch Neumann trauten sich zu atmen.

»Und jetzt?«, formte Neumann mit den Lippen.

Nina stand langsam auf, zog ein großes Messer aus dem Küchenblock, ging auf Zehenspitzen zur Tür, schlug sie mit einem Ruck zu und stellte erleichtert fest, dass niemand dahinter stand. Dann schlich sie hinaus in den Flur.

Neumann, der immer noch wie paralysiert auf die leere Stelle starrte, konnte sich nicht entscheiden, welche Option er für furchterregender hielt: Gemeinsam mit Nina die Wohnung zu durchsuchen oder allein in der Küche zu bleiben. Er atmete tief ein und wieder aus, stützte sich dann an der Tischkante ab und stand mit weichen Knien auf. Dann tat er es Nina gleich und zog ebenfalls ein Messer aus dem Messerblock. »Schei…« Er hatte das Brotmesser erwischt. Das war nicht gerade sehr bedrohlich. Er steckte es zurück und nahm das nächste. Der Wetzstahl. Die anderen Schlitze waren leer.

Er öffnete eine Schublade, fand aber nur Servietten, Geschirrtücher und Zahnstocher. Nächste Schublade. Normales Essbesteck. Irgendwo in dieser Küche musste es doch etwas geben, das sich als Waffe eignete.

Neumann öffnete den Geschirrspüler, in dem tatsächlich die fehlenden Messer lagen. Er entschied sich für ein mittelgroßes Universalmesser, das er kurz in der Hand wiegte. Das würde gehen.

So gerüstet, atmete er noch ein letztes Mal tief durch und drehte sich zur Tür.

»Ich glaube, die Luft ist rein.« Nina spazierte an ihm vorbei, setzte sich an den Küchentisch und trank einen großen Schluck Eistee. Das große Fleischmesser ließ sie zur Sicherheit vor sich liegen. »Wer auch immer hier war, hat sich samt dem Teppich aus dem Staub gemacht. Entweder durch das Klofenster oder zur Vordertür hinaus.«

Neumann, der sich ziemlich lächerlich vorkam, legte das Messer weg. »Er muss den Teppich genommen haben, als Sie unter der Dusche waren und ich mir ein frisches Shirt angezogen habe. Was machen wir denn jetzt?«

»Ich fürchte, wir können nicht viel machen. Wer auch immer hier eingebrochen ist, war ein Profi.« Sie leerte ihr Glas in einem Zug und lehnte sich zurück. Langsam normalisierte sich ihr Herzschlag, und die Anspannung verflog. Dafür wurde sie von einer Welle des Zorns durchspült und schlug mit der Faust so heftig auf den Tisch, dass die Gläser wackelten. »Wenn ich den in die Finger kriege, mache ich Hackfleisch aus ihm.«

26

Morell hatte keine große Lust, im ›Kaiser Franz Josef‹ herumzusitzen, da ihn Hotels, ganz gleich wie viele Sterne sie auch haben mochten, stets ein bisschen deprimierten. Die anonyme Sterilität und die Austauschbarkeit der Bewohner überzogen seine Psyche mit einem grauen Film, der weder mit Luxus noch mit Design oder tollem Service wegzukriegen war. Daher beschloss er, rauszugehen und sich die Beine zu vertreten.

Obwohl es bereits später Nachmittag war und die Sonne nicht mehr ihre volle Strahlkraft besaß, war es drückend heiß.

Morell spazierte über die nahegelegene Neubaugasse, die auch als ›Straße der Spezialisten‹ beworben wurde, konnte sich aber nicht an den schön gestalteten Schaufenstern erfreuen, da er kurz vorm Dahinschmelzen war. Der menschliche Körper bestand zu circa 60 Prozent aus Wasser – wie viel davon konnte man ausschwitzen, bevor man sich in ein Stück Dörrobst verwandelte?

Er wollte es lieber nicht durch einen Selbstversuch herausfinden und flüchtete in den nächstbesten Laden, der damit warb, über klimatisierte Räume zu verfügen: Starbucks.

In Landau gab es keine Starbucks-Filiale oder irgendetwas Vergleichbares, und so fühlte Morell sich wie in einem fremden Land, als er all die Namen auf der Anzeigentafel las: Skinny Vanilla Latte, White Caffè Mocha, Java Chip Frappuccino, Strawberries & Crème Americano …

»Gibt's hier auch ganz normalen Kaffee?«, fragte er das Mädel hinter dem Tresen.

»Aber klar doch. Welchen Blend hätten Sie denn gern? Und wollen Sie ihn hot oder geeist, und lieber Tall, Grande oder Venti?«

Er sah sie mit großen Augen an und wurde vom Läuten seines Handys davor gerettet, sich noch mehr unbekannte Wörter um die Ohren schmeißen zu lassen.

»Hey Nina, ich steh grad bei Starbucks und versteh nur Bahnhof. Ist das jetzt modern, dem Kaffee …«

»Der Teppich ist weg«, unterbrach sie ihn.

»Was?« Sofort war das kryptische Kaffee-Kauderwelsch vergessen. »Wie? Wo? Wann?«

»Direkt aus meiner Wohnung hat man ihn geklaut. Während David und ich da waren.«

»Um Gottes willen. Ist euch was passiert?«

»Nein, wir haben von dem Einbruch gar nichts mitbekommen.« Sie erzählte ihm von den Symbolen, der Suchaktion in der Peterskirche und dem Verschwinden des Teppichs.

Als sie das Gespräch beendeten, war Morell jeglicher Gusto auf Kaffee vergangen. Wer auch immer hinter dem Einbruch steckte, hatte es in weniger als 24 Stunden geschafft, herauszufinden, wer Nina war und wo sie wohnte. Dann hatte er den Teppich aus der Wohnung geholt, ohne dabei irgendwelche Geräusche zu machen, das Türschloss zu beschädigen oder Spuren zu hinterlassen. Derjenige musste ein absoluter Profi sein.

Morell schluckte und ließ die Erkenntnis kurz sacken. Plötzlich sah er die Situation in einem ganz anderen Licht: An der Sache mit dem Teppich war doch mehr dran. Was, wenn Neumann gar nicht sooo paranoid war? Was, wenn tatsächlich jemand von der Polizei dahintersteckte? Das würde erklären, wie der Kerl so schnell an Ninas Daten gekommen war. Der Gedanke erschreckte ihn, und so verbannte er ihn in die hinterste Ecke seines Gehirns, gleich neben die Erinnerungen an Mord-Tatorte und Schlachthaus-Dokus.

Die Hitze und die schlechte Nachricht hatten Morell geschlaucht, und obwohl es noch nicht wirklich spät war, beschloss er, schlafen zu gehen. Er spazierte durch die menschenleeren Straßen zurück ins Hotel und zog den Schnarchrucksack an, der sich wie ein fetter Buckel an seinen Rücken haftete, und legte sich ins Bett. So musste sich Quasimodo gefühlt haben. Er rollte sich von der rechten auf die linke Seite und starrte die Plastikblumen an. Es würde eine lange und sehr unbequeme Nacht werden.

27

Wiener Neustadt, 12. April 1803

Jakob Unger saß alleine in der kleinen Schuhmacherwerkstatt und versuchte, die Stille, die seit Meister Bernhardts Tod eingezogen war, durch ein Lied zu vertreiben: »Erschienen ist der herrlich Tag, dran jeder sich erfreuen mag; Christ unser Herr, heut triumphiert, all seine Feind gefangen führt. Halleluja!«, stimmte er das erstbeste Lied an, das ihm in den Sinn kam. Die Nonnen, bei denen er aufgewachsen war, hatten es jeden Morgen gesungen und damit den Tag begrüßt.

Als der letzte Ton verklungen war, brach die Stille erneut über ihn herein und spülte eine tiefe Trauer in sein Herz – der alte Bernhardt war mehr als nur sein Meister, er war wie ein Vater für ihn gewesen.

Seinen richtigen Vater hatte Jakob nie gekannt. Auch seine Mutter nicht – sie war gestorben, als er noch ganz klein war. Alles was er über sie wusste, waren die Dinge, die die Nonnen ihm erzählt hatten: Dass sie eine schöne Frau gewesen war, mit sandfarbenem Haar und Augen so blau wie der Mantel der heiligen Maria.

Die Nonnen waren gut zu ihm gewesen. Zumeist ernst und streng, doch sie hatten dafür gesorgt, dass er immer einen vollen Bauch und ein warmes Bett gehabt hatte.

Dann, vor etwas mehr als zehn Jahren, hatte Bernhardt ihn zu sich genommen. Der alte Schuhmachermeister war verwitwet und kinderlos und hatte dringend jemanden gebraucht, der ihm zur Hand ging.

Nun war es Jakobs Werkstatt. Bernhardt hatte sie ihm vermacht, und es war jetzt an ihm, sie weiterzuführen. Um das tun zu können, musste er aber die Stille und die Traurigkeit daraus vertreiben.

Er holte den Wandteppich, den seine Mutter ihm hinterlassen hatte, und hängte ihn auf. Die Stickereien würden ihn aufmuntern. Als Kind hatte er unzählige Male über das raue Leinen gestrichen, die bunten Fäden bewundert und Oberin Katharina gebeten, ihm die Geschichte, die darauf festgehalten war, zu erzählen.

»Es geht um einen echten Helden«, hatte sie ihm mit ihrer tiefen Stimme erklärt. »Um einen Märtyrer. Den heiligen Jakobus, von dem du deinen Namen hast.«

Jakob hatte jedes Mal wie gebannt an ihren Lippen gehangen, obwohl er die Geschichte bereits in- und auswendig kannte.

»Er war einer der Apostel von Jesus Christus, unserem Herrn. Weißt du, was das Wort Apostel bedeutet?«, hatte sie ihn dann stets gefragt, woraufhin Jakob heftig genickt und ganz rote Wangen bekommen hatte.

»Bote«, hatte er laut gerufen. »Es bedeutet Bote.«

»Ganz genau. Der heilige Jakobus war ein Bote. Er hat das Wort unseres Herrn verbreitet und wurde darum von den Ungläubigen getötet.« Die Mutter Oberin hatte ihm über den Kopf gestrichen. »Du bist ein wahrlich guter Schüler.«

»Und die Symbole am Ende?«

»Die, mein kleiner Jakob, hat deine Mutter nur für dich gestickt. Hier, siehst du die Kirche?«

»Sie soll mich daran erinnern, am Sonntag in die Kirche zu gehen, nach den Geboten des Herrn zu leben und ein gläubiger Christ zu sein.«

»Ganz genau. Und die Hand bedeutet, dass deine Mutter immer ihre schützende Hand über dich halten wird …«

»… und im Himmel über mich wacht.« Jakob zeigte auf das letzte Symbol, einen Stern, und lächelte selig.

Auch Oberin Katharina hatte stets gelächelt: Sie liebte es, den Jungen glücklich zu sehen, und außerdem war sie stolz darauf, solch eine schöne Erzählung aus der rachsüchtigen Geschichte auf dem Teppich gemacht zu haben.

»Erschienen ist der herrlich Tag, dran jeder sich erfreuen mag …«, stimmte er erneut an, und diesmal konnte er die Worte spüren. Es war tatsächlich ein herrlicher Tag. Er war sein eigener Herr, besaß eine Schuhmacherwerkstatt, und Meister Bernhardt würde nun, gemeinsam mit seiner Mutter, über ihn wachen.

Er betrachtete den Teppich, rief sich die Legende vom heiligen Jakobus in Erinnerung und fing mit leichtem Herzen an, Leder zuzuschneiden.

28

Als Morell am nächsten Morgen beim Frühstück erschien, hatte er furchtbar miese Laune. Dank des Schnarchbuckels war es tatsächlich eine sehr lange und unbequeme Nacht gewesen, und er war nicht nur müde, sondern auch völlig verspannt – an Stellen, von denen er bisher nicht mal geahnt hatte, dass sie existierten.

Das nächtliche Elend hatte ein jähes Ende gefunden, als gegen sieben Uhr ein völlig aufgekratzter Wilfried Uhl angerufen und ihn über den Stand der Ermittlungen ausgequetscht hatte. Morell, noch völlig neben sich stehend, hatte ihm alles erzählt und anschließend seine ganze Kraft und Überredungskunst einsetzen müssen, um seinen alten Freund wieder in die Schranken zu weisen – wäre es nach Crazy Willie gegangen, hätten sie sich sofort auf einen Kreuzzug begeben, um den verlorenen Teppich wiederzuerobern.

Doch nicht nur körperliche Beschwerden und der Anruf von Uhl hatten ihm den Schlaf geraubt, auch seine Psyche war nicht ganz unschuldig an seinem Zustand. Er machte sich noch immer große Sorgen wegen des gestrigen Einbruchs.

Am besten er stärkte sich erst mal mit einem reichhaltigen Frühstück und sah dann weiter. Heute würde er keine bösen Blicke und gemeinen Kommentare einfahren – immerhin waren die Damen ja in ein anderes Zimmer umgesiedelt worden, und überhaupt hatte er mangels Schlaf ganz sicher ohnehin nicht geschnarcht.

Was das Essen betraf, kannte er ja jetzt die Küche und wusste, dass sie sauber und hygienisch war und professionell geführt wurde. Mal sehen, was Rossi an Leckereien gezaubert hatte.

Morell nahm sich einen Teller und ging zum Büfett. Die erste Überraschung erlebte er beim Brot, als er feststellen musste, dass kleine Speckstückchen hineingebacken worden waren. Die Croissants waren mit Schinken gefüllt, und dort wo normalerweise Marmelade und Honig zu finden waren, standen heute Streichwurst und gebratener Speck. Es folgten zwei Platten mit Aufschnitt, geräucherter Gänsebrust, Wurstsalat, Sülze, Fleischbällchen und Rostbratwürstchen. Dazu gab es alle möglichen Saucen und Dips.

Er ging das Büfett zweimal auf und wieder ab, konnte aber außer der Garnitur, die aus Petersilie und ein paar Salatblättern bestand, nichts Vegetarisches entdecken. Das Frühstück war eine reine Fleischorgie.

Genervt holte er sich eine Tasse Tee und ein Glas mit Orangensaft. Die waren ja hoffentlich fleischlos.

Als er sich hinsetzte, ging die Tür zur Küche auf und Rossi grinste ihn breit an. Das war also die Rache des Kochs für die Verdächtigung gewesen. »Na warte«, murmelte Morell. Es stand 1:0 für Rossi, aber er würde schon noch ausgleichen.

Er nahm einen Schluck Tee und schloss die Augen. Schlimmer als dieser Tag begonnen hatte, konnte es kaum weitergehen, dachte er, sprach den Gedanken aber nicht laut aus – schon zu oft war er eines Besseren belehrt worden.

Nach dem flüssigen Frühstück machte Morell einen Abstecher ins Café Korb, einen traditionsreichen Kaffeehaus in der Wiener Innenstadt, wo er eine Kleinigkeit aß und sich anschließend bei einem nahen Herrenausstatter einen neuen Sommeranzug aus blauem Leinen kaufte. Topmodern und sehr elegant – wie ihm der Verkäufer versicherte. Das Geld reute ihn zwar, doch er hatte keine Lust, auf der von Horak'schen Gartenparty wieder dumm angesehen oder gar mit einem Kellner verwechselt zu werden.

Er gönnte sich noch ein kurzes Mittagsschläfchen ohne den Buckelrucksack und schnarchte nach Herzenslust. Um diese Zeit waren die meisten Hotelgäste unterwegs und würden sich nicht daran stören.

29

Als Morell nachmittags beim Grundstück der von Horaks eintraf, fühlte er sich schon besser. Er war ausgeruht, und der neue Anzug verlieh ihm zusätzliches Selbstbewusstsein.

Mit erhobenem Haupt stolzierte er die Auffahrt hinauf, doch er kassierte bereits jetzt die ersten skeptischen Blicke – wie es aussah, war er der einzige Gast, der mit den öffentlichen Verkehrsmitteln angereist war, während der Rest der Festgesellschaft mit Taxis oder in den eigenen Luxuslimousinen angekarrt wurde.

Frisch wie schockgefrorenes Tiefkühlgemüse stiegen sie aus ihren klimatisierten Autos, während Morell verschwitzt und zerknittert war. Leinen war wohl keine so gute Idee gewesen – doch wie hätte der Verkäufer auch ahnen können, dass er damit eine weite, ungekühlte Reise hinein in die hügeligen Ausläufer des neunzehnten Bezirks unternehmen würde.

»Moment.« Der Muskelprotz, der bereits bei der gestrigen Boutiqueneröffnung über rein oder nicht rein entschieden hatte, baute sich vor Morell auf. »Stehen Sie auf der Liste?« Er rückte seine schwarze Krawatte zurecht, verschränkte die Arme und starrte ihn über den Rand seiner Ray-Ban-Sonnenbrille an.

Morell suchte nach seinem Dienstausweis und musste feststellen, dass dieser im anderen Sakko steckte. »Das Pärchen, das gerade reingegangen ist, haben Sie auch nicht gefragt«, argumentierte er. »Außerdem war ich gestern schon bei der Boutiquen-eröffnung. Können Sie sich nicht an mich erinnern?« Jetzt wo er sich extra einen neuen Anzug gekauft hatte und den weiten Weg gelaufen war, wollte er auch auf das Fest gehen.

Der Zerberus musterte Morell mit einem abschätzigen Blick. »Gestern war gestern, und heute ist heute. Wenn Sie nicht auf der Liste stehen, müssen Sie wieder gehen.«

»Was ist denn hier los?« Günther vom IN-Magazin, der gerade aus einem Mercedes-Taxi gestiegen war, stellte sich neben Morell. Er trug wieder seine übergroße Omabrille und ein Poloshirt mit aufgestelltem Kragen – dieses Mal war es mintgrün.

»Er steht nicht auf der Liste«, sagte der Türsteher.

»Ach, Harry.« Günther verdrehte die Augen und deutete auf das Headset, das im Ohr des Mannes steckte. »Du schaust aus wie frisch vom FBI. Hast du wieder zu viele Agentenfilme angeschaut?« Bevor Harry antworten konnte, zeigte er auf Morell. »Der Herr gehört zu mir.«

Harry nahm seine Sonnenbrille ab und bedachte Günther mit einem Blick, als wäre dieser eine seuchenerregende Bazille.

Der war solche Blicke wohl gewohnt, denn er ging völlig unbeeindruckt an Harry vorbei und zuckte mit keiner Wimper, als dieser sich ihm so knapp in den Weg stellte, dass ihre Oberarme sich berührten. »Kommen Sie!«, sagte er zu Morell, der sich dezent im Hintergrund gehalten hatte. »Ich brauche dringend einen Drink. Außerdem riecht es hier komisch.« Er schaute Harry an.

»Pass nur auf, du Homo«, murmelte der. »Wenn ich dich in einer dunklen Gasse erwische, dann spielt's Granada.«

»Einfach ignorieren«, sagte Günther, als er Morells schockierten Blick bemerkte. »Harry ist Claus' private Bulldogge. Und Sie wissen ja, was man über bellende Hunde sagt.«

Morell antwortete nicht. Pures Staunen hatte den Ärger über Harrys unhöfliches Verhalten verdrängt, als er einen ersten Eindruck vom Anwesen der von Horaks erhaschte. Der Anblick war fulminant, und er fühlte sich in eine Hollywood-Kulisse versetzt: Die weißgetünchte Villa, mit ihren vielen Erkern und Türmchen, war so riesig, dass man fast schon von einem Schloss sprechen konnte. Sie war von einem weitläufigen Park umgeben, der so groß war, dass man sein Ende nur erahnen konnte.

Rechts neben dem Anwesen stand ein überdimensionales weißes Zelt. Es war nach vorne hin offen, und drinnen befand sich ein Dutzend langer Tafeln, deren weiße Tischtücher so sehr strahlten, dass Morell unvermittelt an eine Waschmittelwerbung denken musste. Er pfiff durch die Zähne. »Wow.«

»Ach«, winkte Günther ab. »Wussten Sie, dass Beyoncés Villa sieben Badezimmer, ein Privatkino und einen eigenen Tennisplatz hat? Kanye hat eine eigene Bowlingbahn, und Justin einen Helikopter-Landeplatz.«

Morell, der keine Ahnung hatte, wer diese Leute waren, verneinte. »Meine Freundin und ich wohnen in einem alten Bauernhaus. Das hat 130 Quadratmeter, und wir brauchen gerade mal die Hälfte davon.« Er ließ seinen Blick über das von Horak'sche Schloss wandern und versuchte abzuschätzen, wieviele Quadratmeter das wohl umfasste. Es mussten Tausende sein. Und irgendwo da drinnen war wahrscheinlich der Teppich.

»Hallihallo.« Günther hatte in der Schar der illustren Gäste ein bekanntes Gesicht entdeckt. »Ameeelia.« Er winkte einer Frau undefinierbaren Alters zu, die einen solariumgebräunten Kerl in einem Tweed-Outfit in der Mangel hatte. »Gräfin Amelia von Hochleiten. Ein to-ta-les Miststück«, klärte er Morell auf und warf sich ins Getümmel.

Morell, der sich angesichts der Schönen und Reichen, die weder zu schwitzen noch sonst irgendwie unter der Hitze zu leiden schienen, unbehaglich fühlte, folgte ihm. Doch da er nicht wendig und geübt darin war, sich zwischen Menschen durchzuschlängeln, verlor er den Reporter bereits auf den ersten Metern aus den Augen.

Der Anblick eines Kellners, der ein riesiges Tablett voller Blätterteigtaschen geschickt durch die Menge balancierte, ließ seine Laune wieder steigen.

»Was ist denn da drin?«, fragte er den Kellner.

Der junge Mann hielt ihm das Tablett vor die Nase. »Ricotta, Petersilie und Hackfleisch.«

Morell, der schon hatte zugreifen wollen, zog seine Hand wieder zurück. »Danke«, sagte er, »aber ich esse kein Fleisch.« Er griff sich ein Glas Champagner und wartete auf vegetarische Häppchen, von denen aber keine Spur zu sehen war.

Dafür erschienen Claus und Gabi auf der Bildfläche, und ihre perfekten Gastgebermienen verdunkelten sich bei seinem Anblick.

»Ich kann mich nicht daran erinnern, Ihren Namen auf die Gästeliste geschrieben zu haben«, sagte Claus trocken. »Sie als Polizist sollten den Begriff ›Hausfriedensbruch‹ doch kennen.« Er wandte sich an seine Frau. »Ich muss ein ernstes Wörtchen mit Harry reden. So ein Fehler darf einfach nicht passieren.«

Morell hatte zwar damit gerechnet, von den von Horaks als Persona non grata behandelt zu werden, jedoch nicht geahnt, dass es so unangenehm werden würde. »Ein, zwei kleine Fragen, dann bin ich auch schon wieder weg.«

»Warum können Sie nicht einfach einen Termin machen? So wie normale Leute?«, fragte Gabi.

»Sagen Sie mir einfach, wo Sie in der Nacht von Dienstag auf Mittwoch waren, dann sind Sie mich auch schon wieder los.«

»Ach so ist das.« Claus sah sich um, um sicherzustellen, dass niemand die Unterhaltung mithörte. »Erst tauchen Sie unangemeldet hier auf, und dann beschuldigen Sie uns auch noch. Das ist unerhört. Ich werde mich beim Polizeipräsidenten über Sie beschweren.«

Morell hoffte, dass der Polizeipräsident etwas Besseres zu tun hatte, als sich um eine Lappalie wie diese zu scheren. »Können Sie jetzt bitte meine Frage beantworten?«, versuchte er es erneut.

»Wir waren zu Hause«, sagte Gabi.

»Allein?«

»Nein. Miteinander.«

»Gibt es irgendjemanden, der das bestätigen kann?«, fragte Morell, da Ehepartner keine glaubwürdigen Zeugen abgaben.

»Jetzt sind wir also nicht nur Mörder, sondern auch noch Lügner. Das wird ja immer besser.« Claus hatte seinen Tonfall nicht mehr unter Kontrolle und zog neugierige Blicke auf sich. Er packte Morell am Arm und bugsierte ihn aus dem Zelt, während Gabi ein Lächeln aufsetzte und sich um die Gaffer kümmerte. The show must go on.

»Wenn Sie mich und meine Frau noch einmal belästigen, dann werde ich mich persönlich darum kümmern, dass Ihre Karriere zu Ende ist.« Claus war hochrot angelaufen. »Gehen Sie freiwillig, oder muss ich meinen Security-Chef rufen?« Damit war dann wohl FBI-Möchtegern Harry gemeint.

»Ich bin schon weg.«

»Gut.« Mehr sagte Claus nicht, sondern drehte sich wortlos um, strich sein Sakko zurecht und ging zurück in das Zelt.

Morell, der zu gerne noch ein paar vegetarische Häppchen gegessen und ein Glas Champagner getrunken hätte, machte sich auf den Weg Richtung Ausgang.

»Wollen Sie schon gehen?« Annemarie Sonntaler, deren Haar wieder zu einem kunstvollen Turm auftoupiert war, trug ein knielanges flaschengrünes Sommerkleid, das das Rot ihrer Haare zum Leuchten brachte. Sie hielt ein Glas Champagner in der rechten und eine lange, dünne Zigarette in der linken Hand. »Rauchen wird da drinnen nicht gern gesehen«, sagte sie und zog an ihrer Zigarette.

»Polizisten auch nicht.« Morell zwinkerte und deutete in Richtung Ausgang. »Ich werde mich darum langsam auf den Heimweg machen.«

»Ach kommen Sie. Ein Gläschen ist doch sicher noch drin.«

»Lieber nicht. Ich will keinen Ärger.«

»Dann trinken wir halt heimlich eins.« Sonntaler warf die Zigarette ins Gras. »Bin gleich wieder da.« Sie stöckelte auf mindestens zehn Zentimeter hohen Bleistiftabsätzen über den Rasen, und Morell fragte sich, wie sie es schaffte, dabei weder einzusinken noch zu stolpern.

Er stellte sich in den dünnen Streifen Schatten, den das Zelt warf, und wartete.

»Verdammt nochmal, Alex ... Das ist wieder mal typisch ... Aber was wundere ich mich, auf dich war noch nie Verlass...« Die Stimme kam Morell bekannt vor.

Vorsichtig schlich er an der Zeltwand entlang und spähte um die Ecke. Dort stand Maximilian von Horak, der sich mit der einen Hand das Handy ans Ohr hielt und mit der anderen durch seine Haare fuhr. »Ich kann nicht so lange warten ...«, zischte er ins Telefon. »Sieh zu, dass du die Sache erledigst!« Er schaute nach links und rechts, woraufhin Morell schnell seinen Kopf zurückzog.

Er wartete einige Augenblicke und spähte erneut um die Ecke, doch Maximilian war verschwunden. Worauf konnte Max nicht so lange warten? Doch wohl nicht auf den Teppich?

Morell stellte sich zurück in den Schatten. Wo blieb denn bloß Frau Sonntaler? Als sie fünf Minuten später immer noch nicht zurück war, ging er zum Zelteingang und schielte nach drinnen. Von Claus und Gabi war glücklicherweise keine Spur zu sehen, von Sonntaler leider auch nicht. Sollte er einfach gehen, ohne sich zu verabschieden? Seine überarbeiteten Schweißdrüsen sagten ja, seine gute Erziehung hielt dagegen.

Während er noch die Gäste sondierte, kam ein Kellner in seine Richtung spaziert, auf dessen Tablett ein Crostini lag, das mit Avocado und Ziegenkäse belegt war. »Halleluja«, entfuhr es Morell. Er würde doch noch einen Snack bekommen, bevor er das Feld räumen musste.

Als das Tablett endlich in Reichweite war, griff er mit wässrigem Mund danach, aber ein anderer Gast war schneller.

»Ups«, grinste der Mann, der ihm das letzte Crostini vor der Nase weggeschnappt hatte. »Da war wohl jemand nicht schnell genug.«

Morell musste zweimal hinsehen, um zu realisieren, dass es sich bei dem Mann um niemand anderen als Wilfried Uhl höchstpersönlich handelte.

Crazy Willie war wie verwandelt: Der dicke Verband war verschwunden, er trug einen feinen Anzug und eine edle Krawatte, hatte sich glattrasiert und eine Brille aufgesetzt, die ihm einen intellektuellen Anstrich verpasste. »Was stehst du denn hier am Rand des Geschehens herum? Wie bestellt und nicht abgeholt«, fragte er.

»Willie? Um Gottes Willen, was machst du hier?«, zischte Morell und starrte voller Verlangen auf das Crostini in dessen Hand.

»Du weißt genau, was ich hier mache. Ich will meinen Teppich zurück.«

»Du sollst dich nicht in meine Ermittlungen einmischen. Das bringt nur Ärger. Wie bist du überhaupt hier reingekommen?«

Uhl steckte sich das Häppchen in den Mund und drehte sich einmal um die eigene Achse. »Mit meinem Aussehen stehen mir alle Türen offen.«

»Du hast hier nichts verloren. Geh wieder heim. Ich ruf dich an, sobald es was Neues gibt.«

»Ist gut, dann mach ich mich mal auf den Weg.« Uhl grinste und verließ das Zelt.

Morell schaute ihm hinterher. Das war einfach gewesen. Zu einfach. Crazy Willie würde sich nie im Leben so vernünftig verhalten. Der führte doch irgendwas im Schilde.

Seine Befürchtung bewahrheitete sich, als Uhl nicht in Richtung Ausgangstor, sondern schnurstracks in Richtung Villa spazierte und diese ungeniert betrat. Er musste ihn stoppen. Einmal losgelassen war Uhl eine unaufhaltbare Naturkatastrophe.

Morell prüfte, ob Gabi und Claus außer Sichtweite waren, und hastete seinem Freund hinterher.

»Willie!«, rief er leise, als er die Villa betrat. Die Empfangshalle war so groß, dass selbst das geflüsterte Wort von den Wänden zurückgeworfen wurde und laut bis in die letzte Ecke hallte. Peinlich berührt schaute er sich um.

Er fühlte sich in eine kleinere Version der Eingangshalle des Kunsthistorischen Museums versetzt. Wobei bei Ausmaßen wie diesen, das Wort ›klein‹ völlig unangebracht war – wahrscheinlich hätte sein ganzes Haus in diesem Entree Platz gefunden.

Der Boden war aus weißem Marmor, Säulen trugen die gewölbte Decke, und links und rechts wanden sich zwei große Stiegen nach oben und endeten in einer Galerie. Die Stufen wurden von riesigen Gemälden begleitet: »Gustav von Horak, 1810«, las Morell die Beschriftung eines Bildes, das einen hageren, grimmig dreinblickenden Mann mit einer langen Nase zeigte, dessen stahlgraue Augen einem direkt ins Gesicht schauten.

Morell empfand das als unangenehm und wandte seinen Blick einem anderen Gemälde zu, einem riesigen Porträt, das mindestens zwei mal vier Meter groß war, und in der Mitte der Galerie, zwischen den beiden Treppen prangte. Es zeigte einen beleibten Mann mit Doppelkinn und dickem Schnauzbart, der eine weiße Lockenperücke trug und den Betrachter selbstgefällig anblickte. »Adam von Horak, Retter Wiens, 1688«, stand darunter geschrieben. Morell, der die wahre Geschichte hinter der Befreiung Wiens kannte, knurrte und unterdrückte einen bösen Kommentar.

»Geschmack kann man halt nicht kaufen.« Uhl war hinter einer Säule hervorgetreten und deutete auf eine Sitzgruppe. »Siehst du den Stuhl da drüben? Das ist ein Louis Phillipe. Und die Couch daneben ist Art déco. Und das alles auf einem Gabbeh-Teppich. Das tut in den Augen weh. Die brauchen mal eine anständige Beratung.«

Morell packte Uhl am Oberarm und schob ihn zur Tür. »Niemand will sich von einem Einbrecher beraten lassen.«

Uhl schüttelte Morells Hand ab. »Ich breche nicht ein. Ich hole nur das zurück, was mir gehört.«

»Der Teppich gehört dir gar nicht. Er gehört Szepans Erben. Komm jetzt. Die Villa ist riesig. Du weißt ja gar nicht, wo du suchen sollst.«

Uhl zeigte sich unbeeindruckt. Er schaute sich ungeniert um und taxierte die Türen, die weiter ins Haus hineinführten.

»Kann ich Ihnen helfen?« Am oberen Ende der Stiege war ein älterer Mann aufgetaucht. Er war mittelgroß, hatte volles weißes Haar und trug eine dunkelgrüne Strickjacke, unter der sich ein Wohlstandsbauch abzeichnete. Sein markantestes Merkmal war aber sein beachtlicher Schnauzbart, dessen Enden hochgezwirbelt waren.

Morell fühlte sich wie ein Schuljunge, der beim Schummeln ertappt worden war. Sein Gesicht wurde ganz heiß, und er schaute sich hilfesuchend zu Uhl um, doch der hatte sich heimlich, still und leise aus dem Staub gemacht.

»Ich …«, stammelte Morell. Nach dem Vorfall mit Claus vorhin konnte er sich keinen weiteren Ärger leisten.

»Ich kenne Sie nicht.« Der Mann trat einen Schritt nach vorn ins Licht. Erst jetzt sah Morell die Pistole in seiner Hand, die direkt auf ihn gerichtet war.

»Nicht schießen.« Instinktiv hob er die Hände. »Ich bin von der Polizei.«

Der Alte kniff die Augen zusammen und stieg ein paar Stufen nach unten. Er musterte Morell, der noch immer mit erhobenen Händen dastand, und zog dann eine seiner buschigen Augenbrauen hoch. »Wer hat was angestellt?«

»Um das herauszufinden bin ich hier. Könnten Sie vielleicht die Pistole runternehmen?«

Der Alte ließ seinen Arm sinken. Die Pistole blieb aber, sehr zu Morells Unbehagen, entsichert. »Haben Sie einen Durchsuchungsbeschluss?«

»Ich hatte gehofft, dass wir die Sache unkompliziert lösen können. Mein Name ist Chefinspektor Otto Morell«, stellte er sich vor.

»Unkompliziert ist gut. Ich bin Heinrich von Horak. Mir gehört dieses Haus, in dem Sie unbefugt herumschnüffeln.«

Das musste Claus' Vater sein. »Können wir uns vielleicht irgendwo in Ruhe unterhalten?«, versuchte Morell, von seinem illegalen Eindringen abzulenken. Langsam aber sicher bewegte er sich, was die von Horaks betraf, auf sehr dünnem Eis.

»Von mir aus. Kommen Sie.« Heinrich von Horak drehte sich um und ging wieder die Stiege hoch.

Morell folgte dem Hausherrn nach oben, wo er ihm durch einen langen Flur hinterhertrottete und sich mit dem Gedanken tröstete, dass er den Tiefpunkt des heutigen Tages wohl erreicht hatte. Diese Vorstellung schien ihm realistisch, bis zu dem Moment, als Heinrich stehen blieb und eine Tür öffnete.

30

Wiener Neustadt, 21. Dezember 1780

Es war kalt in der Werkstatt, und Schuhmachermeister Casimir Unger hämmerte noch heftiger als sonst auf ein Stück Leder ein, das vor ihm auf der Werkbank lag.

Jakob Unger, sein Großvater, hatte das Geschäft von seinem Meister geerbt, Casimirs Vater hatte es übernommen, und nun war es an ihm, es weiterzuführen. Eines Tages würde er es seinem Sohn vererben, doch bis dahin würde noch viel Wasser die Donau hinunterfließen.

»Eile hat noch niemanden reich gemacht.« Seine Frau Regina trat in den Raum und legte ihm eine Hand auf die Schulter.

»Reich womöglich nicht, aber warm wird einem davon.« Er ließ sich durch ihre Anwesenheit nicht beirren und hämmerte ohne Unterlass weiter. »Das Brennholz ist ausgegangen, und bevor Herr Bucher seine Schuhe nicht bezahlt, ist kein Geld für neues da.«

Regina setzte sich neben ihn. »Und wann wird er bezahlen?«

»Nächste Woche. Vielleicht übernächste. Auf jeden Fall aber

noch in diesem Jahr.« Er hielt kurz inne und tätschelte ihre Hand. »Mach dir keine Sorgen. Wir kommen schon über die Runden.«

Regina nickte und lächelte gequält.

»Was ist denn?«, fragte Casimir. »Bucher hat bisher immer noch bezahlt, und ich bin zuversichtlich, dass er es auch dieses Mal tun wird.«

»Ach«, seufzte sie. »Es ist nur wegen Weihnachten. Ich hatte gehofft, dass wir dieses Jahr endlich einen Braten auf den Tisch kriegen. Ein richtiges Weihnachtsessen halt. Wir haben uns das ganze Jahr über so sehr zurückgenommen. Aber wenn es sich nicht ausgeht, dann geht es sich halt nicht aus.« Sie stand auf und machte sich daran, die Werkstatt wieder zu verlassen. »Ich frage die Nachbarn, ob sie uns Brennholz leihen können. Hier drinnen frieren dir ja sonst die Finger ab, und ohne Finger kannst du keine Schuhe mehr machen.«

»Warte«, hielt Casimir sie zurück. Er legte den Hammer zur Seite, stand auf und nahm seine Frau in den Arm. »Du hast recht«, sagte er. »Wir haben ein hartes Jahr hinter uns. Wir haben uns ein richtiges Weihnachtsessen verdient. Lass uns den Teppich verkaufen.«

Sie sah ihn mit großen Augen an. »Den Teppich, den deine Urgroßmutter gestickt hat? Aber du hängst doch so an ihm. Er ist doch ein Familienerbstück.«

»Das ist die Werkstatt auch. Und all meine Werkzeuge. Und das Haus. Der Teppich hält uns nicht warm, und er stillt nicht unseren Hunger.«

»Ganz sicher?« Regina schaute ihm tief in die Augen.

Casimir lächelte. Dieses Weihnachten würde ein schönes Fest werden. Sie würden gut essen, an einem warmen Kamin sitzen und vielleicht sogar ein Glas Wein trinken. »Ganz sicher!«

31

Uhl war hinter eine Säule geschlüpft, als er im oberen Stock Schritte gehört hatte. Dort war er verborgen geblieben, bis der alte Mann samt Morell wieder verschwunden war.

Nun schien die Luft rein zu sein. Die anderen Bewohner und das Personal waren draußen auf der Gartenparty und er konnte sich daher in Ruhe auf die Suche nach dem Teppich machen.

Er zog ein paar Lederhandschuhe über, die er extra mitgebracht hatte, und betrat den langen Flur, der links von der Eingangshalle wegführte. Auf beiden Seiten gingen Türen ab, und er öffnete vorsichtig die erste zu seiner Rechten: Dahinter befand sich eine kleine Bibliothek, über deren offenem Kamin zwei gekreuzte Schwerter hingen.

Uhl warf einen kurzen Blick darauf, sah sich in dem Raum um – kein Teppich – und ging zurück in den Flur. Vorsichtig arbeitete er sich Tür für Tür und Zimmer für Zimmer vor. Bei den meisten Räumen handelte es sich um Gästezimmer, Gästebäder, oder sie standen einfach leer. Einige von ihnen waren teuer eingerichtet und mit erlesenen Antiquitäten geschmückt, doch in keinem befand sich sein Objekt der Begierde.

Am Ende teilte sich der Flur, und auf beiden Seiten war eine weitere Vielzahl von Türen zu sehen. Uhl seufzte und warf einen Blick auf seine Armbanduhr: Allein für diesen kurzen Abschnitt hatte er fast zwanzig Minuten gebraucht, und das Haus war riesig.

Ihm kam kurz der Gedanke aufzugeben, doch er verwarf ihn augenblicklich wieder. Hier ging es ums Prinzip. Niemand beraubte ihn, Wilfried Emil Uhl. Außerdem wollte er wissen, wer Szepan erschlagen hatte – auch wenn das hieß, dass er tagelang durch diese vermaledeite Bude schleichen musste.

Er bog nach rechts ab, passierte zwei Ritterrüstungen, durchstöberte einen Abstellraum und ein Heimkino, und kam dann zu einer schweren Holztür, die sich von den anderen durch ein essentielles Merkmal unterschied: Sie war abgeschlossen.

Ein wohliges Kribbeln durchströmte seinen Körper. Ja, hier war er richtig. Das sagte ihm sein Instinkt. Und wenn es um illegale Dinge ging, funktionierte sein Instinkt besonders gut.

Er zauberte ein Etui aus der Innentasche seines Sakkos und machte sich mit dem darin enthaltenen Werkzeug daran, das Schloss zu knacken. Wie gut, dass Morell nicht hier war. Der wollte nämlich einfach nicht einsehen, dass ein klitzekleines bisschen kriminelle Energie noch keinem geschadet hatte. Ganz im Gegenteil.

»Bingo.« Am liebsten hätte er sich selbst auf die Schulter geklopft, als das Schloss mit einem leisen ›knacks‹ nachgab. Sachte drückte er gegen das schwere Holz und schlüpfte durch den entstandenen Türspalt.

Dahinter befand sich eine einfache Steintreppe. Uhl folgte ihr nach unten in eine Art Keller, der zum Glück aus nicht mehr als einem Vorraum und zwei Türen bestand. Hinter der rechten befand sich eine einfache Abstellkammer voller Putz- und Gartengeräte, also wandte er seine Aufmerksamkeit der linken Tür zu. Sie war unversperrt, klemmte aber ein bisschen, und es kostete ihn einiges an Kraft, sie aufzudrücken.

Er war auf vieles vorbereitet gewesen: gestohlene Kunstwerke, einen Raum voller Leder und Latex für geheime Liebesspiele, eine Opiumhöhle oder vielleicht sogar eine Sammlung von Nazidevotionalien. Doch darauf nicht.

»Puh!« Ein Schwall stinkender Luft schlug ihm entgegen. Es roch nach Fäulnis und Verwesung, was dazu führte, dass sein Magen Lambada tanzte. Er wedelte mit der Hand vor der Nase herum, als könne er so den Gestank vertreiben und seine Geruchsrezeptoren beruhigen. Da seine Augen sich noch nicht an das schummrige Licht gewöhnt hatten, das in dem Raum herrschte, konnte er nur unscharfe Umrisse erkennen: ein Tisch, ein Regal und mehrere unförmige Silhouetten, die von der Decke baumelten.

Düstere Gedanken bahnten sich ihren Weg in seine blühende Phantasie. Blutige Gedanken. Mörderische Gedanken.

Österreicher und ihre Keller – eine fatale Kombination.

Uhl tastete an der Wand entlang. Die Perverslinge wollten ja sehen, was sie taten – es musste also irgendwo einen Lichtschalter geben. Und tatsächlich: Da war einer.

»Jessasmarantjosef«, entfuhr es ihm, nachdem grelles Neonlicht den Raum geflutet hatte. Er war auf einiges gefasst gewesen, aber nicht darauf, dass seine schlimmen Phantasien sich bewahrheiteten: Vor ihm lag ein weiß gekachelter Raum, in dessen Mitte ein riesiger Holzblock stand. Das an sich wäre nicht schlimm gewesen, doch der Boden war über und über mit getrocknetem Blut beschmiert, sogar die Wände waren mit dicken, braunen Tropfen gesprenkelt, und direkt vor ihm baumelten Messer, eine Axt und ähnliche Geräte von der Decke. »Jessasmarantjosef«, wiederholte er.

Erst beim zweiten Mal hinsehen erkannte Uhl den wahren Zweck des Raums: Links hingen zwei tote Füchse an der Wand, und auf dem Boden lag ein Hirsch, in dessen Bauch ein riesiges Loch klaffte.

Verschiedene Chemikalien, die in Gläsern auf einem Regal standen, und das Drahtmodell eines Wildschweins ließen darauf schließen, dass dies die Werkstatt eines Tierpräparators war. Wenigstens einer von den Snobs machte sich die Hände schmutzig.

Von einer morbiden Neugier getrieben, machte er einen Rundgang: Die Tiere starrten mit ihren trüben Augäpfeln ins Narrenkastl, in einer Plastikwanne schwamm eine undefinierbare Masse aus Innereien, und neben einem Holzblock lag eine einzelne Hasenpfote. Die sollten doch Glück bringen, oder?

Uhl wollte sie gerade aufheben, als er von draußen Stimmen hörte. Vorsichtig schlich er zu dem vergitterten Kellerfenster, das sich knapp unter der Zimmerdecke befand, und stellte sich auf die Zehenspitzen. Leider konnte er nicht mehr als zwei Paar teurer Herrenschuhe erkennen, die dicht vor der Hauswand standen.

»Es tut mir leid, aber ich bin einfach noch nicht dazu gekommen«, sagte eine Stimme, deren Klang Uhl das Blut in den Adern gefrieren ließ – er hätte sie unter Tausenden erkannt. Sie gehörte niemand anderem als dem Kerl, der zwei Mal bei ihm eingebrochen war.

»Das ist unverzeihlich«, entgegnete eine zweite Stimme, die er nicht kannte. »Dieser fette Polizist schnüffelt mir hinterher. Der Teppich muss also verschwinden. Und zwar pronto! Kann ich mich auf dich verlassen?«

»Natürlich«, sagte die erste Stimme kleinlaut. »Er ist so versteckt, dass ihn keiner findet. Und gleich morgen nach der Jagd schieb ich ihn durch den Häcksler.«

»Wehe, wenn nicht«, erklärte Stimme Nummer zwei.

Dann verschwanden die beiden.

Uhl schaute auf die Hasenpfote in seiner Hand. Ein bisschen Glück hatte sie ihm tatsächlich schon gebracht – sie hatte ihn direkt zu dem Scheißkerl geführt, der seinen Laden auseinandergenommen hatte. Doch er würde wohl noch mehr Glück brauchen.

32

Morell unterdrückte einen empörten Aufschrei, als er das Zimmer betrat. An den Wänden hingen zig Jagdtrophäen und starrten ihn mit ihren leblosen Augen an. Neben einheimischen Tieren wie Hirschen, Rehen und Wildschweinen, waren auch Exoten wie Zebras, Gazellen und Springböcke vertreten. Einige schauten recht neutral drein, während Morell in den Mienen von anderen den Schock über den abrupten Abgang aus dem Reich der Lebenden zu erkennen glaubte.

»Nicht übel, oder?« Heinrich von Horak hatte Morells verstörten Gesichtsausdruck fälschlicherweise mit begeistertem Staunen verwechselt. »Setzen Sie sich, bitte.« Er deutete auf eine Sitzecke, neben der ein ausgestopfter Braunbär stand.

Morell tat wie ihm geheißen und suchte eine Stelle, auf die er seinen Blick richten konnte, ohne dabei ein totes Tier anschauen zu müssen. Der einzige Platz, den er fand, war ein überdimensionaler Glasschrank, der eine ansehnliche Sammlung von Gewehren, Pistolen und Messern enthielt. »Haben Sie alle diese Tiere selbst geschossen?«, fragte er, um die unangenehme Stille zu durchbrechen.

»Natürlich. Was für eine Frage. Es wäre ehrlos, sich mit fremden Trophäen zu schmücken.« Von Horak öffnete eine Kommode, auf der mehrere ausgestopfte Eichhörnchen herumstanden, und holte eine Flasche heraus. »Scotch?«, fragte er. »Black Bowmore.«

Morell konnte mit der Bezeichnung nichts anfangen. »Ich weiß nicht«, sagte er. »Ich habe heute noch nicht viel gegessen.«

»Gibt's da draußen bei den G'schleckten etwa nix zu beißen?« Ohne auf Morells Einwand einzugehen, füllte er zwei Gläser mit bernsteinfarbener Flüssigkeit und stellte sie auf einen kleinen Tisch.

Morell liefen kalte Schauder über den Rücken, als er realisierte, dass die Tischbeine aus Elefantenfüßen bestanden. »Sie waren noch nicht auf der Feier?«

Der Alte schaute ihn an, als wäre er nicht ganz dicht. »Ich geh sicher nicht da raus, zu dem ganzen neureichen Gesindel. Das sind doch keine anständigen Leute. Fressen vegetarisch und trinken rosaroten Champagner. Mein Sohn soll Stadtrat werden, sonst würde ich so eine Bagage auf meinem Grund und Boden nicht tolerieren.« Er setzte sich auf einen gepolsterten Ledersessel. »Prost!«

Morell, der sich von Heinrich von Horak auf eine unerklärliche Art und Weise eingeschüchtert fühlte, hob wortlos sein Glas und trank. Beim Anblick all der massakrierten Lebewesen konnte ein Schluck Hochprozentiger nicht schaden. Tatsächlich war der Whiskey ausgesprochen gut und kroch wohlig warm seine Kehle hinunter. Er nickte zufrieden.

»Schön, dass wir uns verstehen. Sie als Polizist sind halt ein gestandener Mann.« Von Horak lehnte sich zurück und entspannte sich sichtlich. »Was für eine Waffe tragen Sie?«, fragte er in einem mittlerweile recht freundlichen Tonfall.

»Eine Glock 17.«

Von Horak nickte, während er seine eigene Pistole in der Hand wiegte. »Ich persönlich bevorzuge die Walther PPK. Jetzt, wo die Politiker jeden Ausländer reinlassen, fühle ich mich einfach sicherer, wenn ich eine ordentliche Waffe im Haus habe.« Er legte die Pistole auf die Seitenlehne und schlug die Beine übereinander.

Morell hätte nur zu gerne eine Diskussion über Rassismus und Tierschutz angezettelt, doch der Drang, den Raum bald zu verlassen, überwog. »Ich bin hier, weil ich den Tod von Balthasar Szepan untersuche«, kam er zum Punkt.

Heinrich von Horak verzog keine Miene. »Kenne ich nicht. Wer soll das sein?«

»Er war im Besitz eines Teppichs, der Ihre Familiengeschichte in ein anderes Licht rückt.«

»Ach Gott. Hören Sie mir nur auf mit diesem Mist auf. Diese Geschichte glaubt doch eh keiner. Außer vielleicht meine hysterische Schwiegertochter.« Er lachte abfällig. »Weiber. Denen sollte man nicht das Denken überlassen.«

Morell leerte sein Glas. »Ich muss Sie fragen, wo Sie in der Nacht von Dienstag auf Mittwoch waren.«

Von Horak überlegte, wobei er die Enden seines Schnurrbartes zwirbelte. »Ich habe kein Alibi, wenn Sie darauf hinauswollen. Weil ich anscheinend so schlimm schnarche, schläft meine Frau in einem anderen Zimmer. Weiber. Halten nichts aus.«

»Und Sie wissen nicht zufällig, wo der Teppich sein könnte, der mittlerweile gestohlen worden ist?«

»Ich habe keine Ahnung. Noch Scotch?«

Da er sicher war, nicht mehr aus dem alten Herrn herauszubekommen, verneinte Morell und stand auf. »Ich muss leider weiter.«

Horak brachte ihn zur Tür. »Wissen Sie was, Herr Morell?« Er fasste ihn an der Schulter. »Sie sind mir sympathisch. Warum kommen Sie morgen nicht mit mir und ein paar meiner Kameraden zur Jagd? Wir gehen auf einen Rehbock.«

Da stand er nun und wurde von einem ausländer- und frauenfeindlichen Ungustl dazu eingeladen, Mord an chancenlosen Mitgeschöpfen zu begehen. »Warum nicht?«, überkam es Morell spontan, wobei der Alkohol sicher nicht unschuldig an der wahnwitzigen Idee war, die sein Gehirn gerade geboren hatte. Der arme Rehbock konnte sich nicht dagegen wehren, hilflos abgemurkst zu werden – doch er konnte ihm vielleicht ja helfen.

»Ach ja«, fiel ihm ein. »Eine Frage noch. Haben Sie jemals probiert, etwas gegen das Schnarchen zu machen?«

»Ha!«, lachte von Horak. »Ein g'scheiter Mann darf ruhig schnarchen. Wir sehn uns dann morgen.«

»Herr Morell! Da verstecken Sie sich.« Kaum hatte Morell das Haus verlassen, kam auch schon Günther auf ihn zugelaufen. »Ich hatte schon befürchtet, dass Sie einfach gegangen sind. Wir haben noch gar nicht über den Kalender geredet.« Er zog ihn in Richtung Partyzelt.

»Ich bin nicht fotogen«, versuchte Morell, sich zu entziehen. »Sie sollten lieber jemand anderen suchen.«

»Ah geh, das sagen alle.« Günther betrachtete Morells Gesicht. »Mit dem richtigen Licht und ein bisschen Make-up sehen Sie aus wie ein echtes Model. Das wird ganz toll.«

»Ich bin momentan auch ein bisschen unfit«, wand Morell sich weiter. »Die Uniform sitzt nicht optimal. Und ich habe echt keine Zeit zum Trainieren.«

»Wer redet denn hier von Uniform?« Günther lächelte verschwörerisch.

Morell verstand nicht, beziehungsweise wollte er nicht verstehen, worauf Günther hinauswollte. »Aber Sie machen doch einen Polizistenkalender.«

»Genau. Einen Pin-up-Polizistenkalender. Die Menschen sollen sehen, was unter der Uniform steckt.«

»Polizisten in Unterwäsche?«

»Hahahahaha«, lachte Günther. »Sie sind mir vielleicht einer.«

Langsam fiel bei Morell der Groschen. »Nackt?!« Er betrachtete seine Bauchregion, die so aussah als hätte er einen Basketball verschluckt. »Das kann nicht Ihr Ernst sein!« Er wusste nicht, ob er sich geschmeichelt oder verarscht fühlen sollte.

»Man sieht ja nix«, beschwichtigte Günther. »Zumindest nix Explizites. Alles wird voll ästhetisch. Schwarz-weiß. Total künstlerisch und edel.«

»Danke für das Angebot, aber nie im Leben!«, fand Morell klare Worte. Er musste Uhl finden und konnte sich darum nicht von dieser … dieser … Sache aufhalten lassen. »Wiederschaun.« Er ging zurück zum Haus.

»Totaaal ästhetisch«, rief Günther ihm nach. »Denken Sie drüber nach, und rufen Sie mich an.«

»Nicht mal, wenn ich damit den Weltuntergang aufhalten könnte«, knurrte Morell im Gehen.

Er versuchte, Uhl telefonisch zu erreichen, doch sein Anruf wurde nur an die Mobilbox weitergeleitet. Wahrscheinlich trieb Crazy Willie sich irgendwo im Keller herum, wo er keinen Empfang hatte.

»Willie? Bist du da drin?«, zischte Morell völlig planlos in ein Kellerfenster hinein. Er bekam keine Antwort und versuchte bei den nächsten Fenstern dasselbe.

»Kann ich Ihnen helfen?« Eine alte Dame in einem hellgelben Kleid war plötzlich neben ihm aufgetaucht und schaute ihn fragend an. Sie hatte einen edlen, blassen Teint, der ihre dunkelbraunen Augen hervorstechen ließ, und eine lange, gerade Nase.

»Ähm …«, stammelte Morell. »Ich suche nach Willie … meinem … Kater«, log er und lief sofort rot an. Wäre Lügen essentiell für die Lebenserhaltung, so wäre er schon vor vielen Jahren gestorben. Mit angehaltenem Atem machte er sich auf weitere unangenehme Fragen gefasst, doch es kamen keine.

»Das arme Viecherl«, sagte die alte Dame einfach nur. »Katzen sind ja so sensibel.« Sie setzte ihre Brille auf, die an einer silbernen Kette um ihren Hals gehangen hatte, und schaute sich um. »Wohnen Sie hier in der Nähe?«

»Ziemlich.« Ziemlich war relativ und somit keine klare Lüge.

»Willkommen in der Nachbarschaft. Ich bin Ingeborg von Horak«, stellte sie sich vor.

»Otto Morell.« Die Frau war ihm sympathisch, obwohl sie eine von Horak war, darum fiel ihm die nächste Frage nicht leicht. »Ich möchte Ihnen nicht zu nahe treten, aber ich habe da so Gerüchte gehört. Über einen Teppich und über Ihren Urahn, Adam von Horak. Kennen Sie die zufällig?«

Sie sondierte völlig ungerührt die Umgebung. »Jaja, ich weiß davon, aber mir ist das egal. Sollen die Leute doch denken, was sie wollen. Ich habe Wichtigeres zu tun, als mich um solche Lappalien zu kümmern. Tierleid mildern, zum Beispiel. Ich gründe gerade eine Stiftung für arme Katzen. Wollen Sie vielleicht etwas dazu beitragen? Sie als Katzenbesitzer.«

Morell war überrumpelt. »Aber ja doch. Klar.« Er zückte seine Brieftasche, die nach dem Anzugkauf ziemlich leer war, und gab ihr seinen letzten Zehner. »Mehr habe ich leider nicht dabei«, sagte er entschuldigend.

»Das ist mehr, als die meisten der reichen Gäste auf der Party gegeben haben.« Sie steckte den Geldschein ein. »Herzlose Bagage«, murmelte sie und tätschelte Morells Arm. »Sie sind ein Guter. Das sieht man Ihnen an.«

Morell, der keine Ahnung hatte, woran sie das zu sehen glaubte, nickte einfach nur.

»Dieses geizige Pack hat kein Mitgefühl«, erzählte sie. »Gänsestopfleber, Pelz, lebend gekochte Hummer und Tierversuche – das ist ihnen alles egal.«

Morell kam nicht dazu, seine Zustimmung auszudrücken, da sie aufgeregt weiterredete.

»Sie müssen hier in der Nachbarschaft gut aufpassen. Seien Sie gewarnt. Gleich nebenan wohnt Amelia von Hochleiten, die ihren Titel übrigens nur gekauft hat. Sie trägt jeden Winter einen anderen Nerz. Und ihr Mann, der gegen meinen Sohn um das Stadtratsamt kandidiert, fährt mindestens zweimal im Jahr auf Großwildjagd nach Afrika«, redete sie sich in Rage. »So einer darf nicht gewinnen, dafür werde ich schon sorgen.«

Langsam dämmerte Morell der Verdacht, dass es nicht am Schnarchen lag, weswegen Heinrich von Horak aus dem ehelichen Schlafzimmer ausquartiert worden war.

»Eine andere Nachbarin, Annemarie Sonntaler, zum Beispiel, hat mit meiner Schwiegertochter um einen Laden konkurriert, und weil sie ihn nicht bekommen hat, hat sie bei der Eröffnung Champagner auf das teuerste Kleid geschüttet und es ins Regal geknüllt. Das Kleid ist natürlich völlig ruiniert.«

Morell wurde vor Scham ganz rot im Gesicht.

»Sie sollten aus der Sonne, mein Lieber«, sagte Ingeborg von Horak in einem Tonfall, der keine Widerrede zuließ. »Geben Sie mir doch Ihre Nummer. Ich rufe Sie an, falls ich Ihren Willie finde.«

Er beschrieb ihr seinen Kater Fred, verabschiedete sich und verließ dann mit einem schlechten Gewissen das Grundstück. Hoffentlich rannte die alte Dame den Rest des Tages nicht durch den Park und suchte nach dem imaginären Kater Willie. Nach ihrem Alibi für Dienstagnacht hatte er nicht gefragt – er war sicher, dass die alte Dame nicht in der Lage war, einen schweren Morgenstern zu schwingen und damit jemandem den Schädel einzuschlagen.

»Da bist du ja«, holte ihn eine vertraute Stimme aus seinen Grübeleien.

»Willie.« Morell hätte am liebsten eine Schimpftirade losgelassen, schluckte den Ärger aber hinunter. Alles was zählte, war, dass Uhl nichts passiert und dass er ohne Ärger vom Grundstück runter war. »Danke, dass du mich einfach in der Eingangshalle hast stehen lassen«, konnte er sich eine kleine Spitze dann aber doch nicht verkneifen.

»Ich wusste, dass du den Alten ablenken würdest. Diese Chance konnte ich mir nicht entgehen lassen.«

»Den Alten mit der Knarre«, ritt Morell noch weiter auf der Sache herum.

»Ich wusste, dass du alles im Griff hast«, stellte Uhl trocken fest und klopfte Morell auf die Schulter. »Komm, wir machen einen kleinen Spaziergang und suchen die nächste Bushaltestelle. Und? Was konntest du aus dem alten Herrn herausholen?«

Die laue Brise, die gerade aufzog, und der wunderschöne Blick auf die Weingärten, die vor ihnen lagen, besänftigten Morells Gemüt. »Leider nichts.« Er berichtete von seinem Gespräch und der Einladung zur Jagd. »Du hast anscheinend auch kein Glück gehabt.« Er deutete auf Uhls leere Hände.

»Das würde ich so nicht sagen.« Uhl zog die Hasenpfote aus der Tasche und zeigte sie Morell, der sich angeekelt abwendete. »Ich weiß jetzt sicher, dass die von Horaks etwas mit dem Teppichraub zu tun haben.« Uhl erzählte von dem Gespräch, das er mitgehört hatte. »Ich konnte leider nicht mehr als ihre Schuhe sehen. Dafür habe ich mir ihre Stimmen eingeprägt, und morgen werde ich zu dieser Jagd mitkommen und mir die Namen dazu holen. Und natürlich den Teppich.«

Morell unterdrückte ein Stöhnen. Uhl bei der Jagd dabeizuhaben, würde in einem Fiasko enden, ihn davon abzuhalten auch. Wahrscheinlich war Variante A die bessere. Kontrollierter Wahnsinn war besser als willkürlicher Irrsinn. »Wir treffen uns morgen pünktlich um fünf Uhr vor dem Hotel.«

33

In David Neumann hatte sich so viel Wut aufgestaut – Wut auf sich selbst –, dass es ihm körperliches Unbehagen bereitete. Sein Magen war verkrampft, er schwitzte aus jeder Pore, und vor lauter Psychostress hatte er auch noch einen akuten Akne-Ausbruch gekriegt. Er sah aus wie ein Schwammerl.

Dr. Capelli war in die Gerichtsmedizin gefahren, und er lag nun auf ihrem Gästebett und bemitleidete sich selbst. Er hatte einen Job, der keinen interessierte, ein Hobby, über das sich alle lustig machten, seit Jahren war er – unfähig, seine Gefühle zu artikulieren – in seine Nachbarin verliebt, und heute hatte er sich feig in der Küche verkrochen, während die kleine Frau Capelli auf Einbrecherjagd gegangen war.

Es war keine reifliche Überlegung, sondern eine Impulshandlung, die ihn unvermittelt aufspringen ließ. Denn bezüglich des Teppichgeheimnisses war ihm ein Ansatz eingefallen, an den bisher noch keiner gedacht hatte: die Vorbesitzer. Wenn er etwas über die Vorgeschichte des Teppichs herausfinden, ihn vielleicht sogar bis zu seinem Hersteller zurückverfolgen könnte, dann würde das mit Sicherheit einige Fragen beantworten. Dafür musste er dorthin zurückkehren, wo der ganze Ärger für ihn begonnen hatte – Szepans Laden. Dort konnte er sich rehabilitieren und die Feigheit von vorhin wiedergutmachen. Er würde die Chance nutzen.

Kurz darauf fand sich Neumann tatsächlich in der Straßenbahn wieder, die in den dritten Bezirk fuhr. Zum Tatort. Die neue Energie und der Hauch von Selbstbewusstsein fühlten sich komisch an. Fremd. Ungewohnt. Und er hoffte, dass sie anhalten und nicht genauso schnell, wie sie gekommen waren, wieder verpuffen würden.

Der Laden war natürlich geschlossen und die Tür mit einem Polizeisiegel verplombt, doch es gab zum Glück auch noch einen Hintereingang. Unversiegelt. Und Neumann wusste, wo der Zweitschlüssel war. In einer Steinattrappe im Innenhof. Geschickt versteckt in einem Haufen anderer Steine.

Es dauerte ein Weilchen, bis er den Schlüssel endlich in seinen Händen hielt, doch dann ging alles ganz schnell. Mit klopfendem Herzen fand er sich in Szepans Lager wieder. Randvoll mit Adrenalin. Völlig überwältigt von seiner eigenen Unverfrorenheit. Es fühlte sich beängstigend an. Beängstigend gut.

Im Laden sah auf den ersten Blick alles so aus wie immer. Rechts die englischen Teekisten, links das Regal mit dem Porzellan, und davor die Vitrine mit dem Schmuck. Hauptsächlich Taschenuhren, Kameen und Medaillons. Darüber die Wanduhren, von denen einige ein leises Ticken von sich gaben. Er hatte die Uhren immer gemocht. Hier, an einem Ort, an dem die Zeit nicht wirklich existierte, wirkten sie so fehl am Platz wie er in der Welt da draußen.

Es war vor allem der Geruch, der anders war als sonst. Normalerweise roch es hier drinnen nach Holz und Möbelpolitur. Angenehm warm und erdig, wie er fand. Heute jedoch hing ein metallischer Gestank in der Luft. Sogleich entdeckte er die Quelle des Übels. Direkt vor dem Verkaufstisch war der Boden dunkelbraun verfärbt. Blut. Szepans Blut. Offenbar hatte sich niemand darum gekümmert, die Kampfspuren zu beseitigen, die vom grausamen Schicksal des Antiquitätenhändlers zeugten. Eine umgekippte Chaiselongue und ein niedergerissenes Regal, dessen Inhalt sich rund um den Fleck drapiert hatte: Schachfiguren aus Elfenbein, eine Spieluhr und kleine Buddhafiguren aus Jade.

Neumann blendete das Chaos auf dem Boden so gut wie möglich aus und lenkte seine Aufmerksamkeit auf den Verkaufstisch. Denn darin befanden sich Szepans Kassabuch, in dem dieser seine Einnahmen und Ausgaben notiert hatte, und eine Mappe mit anderen Buchhaltungsunterlagen.

»Hey! Sie da! Was tun Sie da?« Ein alter Mann, der einen beigen Hut trug, klopfte gegen das Schaufenster.

Neumann versuchte gar nicht erst, sich aus der Sache rauszureden. Der Schreck hatte sein Hirn komplett lahmgelegt, und der Ausdruck von Schuld auf seinem Gesicht hätte ohnehin allen Argumenten widersprochen.

»Ich ruf die Polizei«, schrie der Alte mit erhobener Faust.

Wie ferngesteuert griff sich Neumann die Mappe und das Kassabuch, rannte durch den Hinterausgang auf die Neulinggasse und dann immer geradeaus. Er rannte und rannte, bis er nicht mehr konnte, und dann rannte er weiter.

***

»Na geh.« Inspektor Römer legte den Hörer auf die Gabel.

»Was ist?«, fragte sein Kollege Steiner.

»Schon wieder ein Einbruch.« Römer reichte ihm den Zettel, auf dem er die Adresse notiert hat. »Nichts mit Siesta für uns beide.«

Steiner wollte gerade ins Gejammer mit einstimmen, als ihm etwas ins Auge stach. »Die Adresse kommt mir bekannt vor. Da ist doch dieser Laden, in dem dieser eine Typ erschlagen worden ist. Dieser Antiquitätenhändler. Szepan.«

Sie fuhren zu der angegebenen Adresse, wo bereits der alte Herr, der die Polizei alarmiert hatte, auf sie wartete.

»Bitte nicht«, sagte Steiner, bevor sie ausstiegen. »Ein Hutträger. Das sind die Schlimmsten.«

»Da war einer drin. Ein Einbrecher.« Der Mann zeigte mit einem gichtigen Finger durchs Schaufenster ins Ladeninnere. »Um genau sechzehn Uhr achtunddreißig. Ich hab auf die Uhr geschaut. Der hat die Buchhaltung geklaut.«

Die beiden jungen Inspektoren schauten sich fragend an. »Die Buchhaltung?«

»Sag ich doch. Warum habt's Ihr von der Kieberei die Unterlagen überhaupt dagelassen?«

»Weil es sich um einen gescheiterten Raub gehandelt hat«, erklärte Steiner. »Da ist die Buchhaltung nicht relevant.«

»Anscheinend schon. Der Kerl hat sie nämlich genommen. Ich hab's genau gesehen. Und überhaupt. Habt's Ihr den Mörder schon g'fangen? Oder tut's Ihr nur wieder auf Steuerzahlerkosten tachinieren?«

»Die Kollegen verfolgen eine heiße Spur. Machen Sie sich also keine Sorgen.«

»Jaja, die alten Floskeln. Die kenn ich schon«, winkte er ab. »Wie soll man sich da noch sicher fühlen?«

»Das sind keine Floskeln«, versuchte Steiner, ihn zu beruhigen. »Die Kollegen sind ganz dicht an einer rumänischen Bande dran, die mit gestohlenen Antiquitäten handelt. Mehr darf ich Ihnen leider aus ermittlungstaktischen Gründen nicht sagen.«

Die Antwort schien den alten Mann halbwegs zufriedenzustellen, denn er schimpfte nicht weiter, sondern nickte nur.

»Wie sah der Einbrecher denn aus? Können Sie ihn vielleicht beschreiben?«, kam Römer zum eigentlichen Thema zurück.

Der Alte überlegte, lüftete kurz seinen Hut und kratzte sich an der Glatze. »Eher klein war er. Und schmächtig. Und so ein … ein Gotiker … Sie wissen schon … mit lauter schwarzem G'wand. Solche, die Messen am Friedhof feiern und den Teufel beschwören.«

Steiner schenkte Römer einen Blick, den dieser sofort verstand. Der erste Eindruck hatte nicht getäuscht: Ein alter Hutträger mit zu viel Phantasie und Aufmerksamkeitsdefizit.

»Ach ja. Und Aussatz hatte er auch. Vor allem im Gesicht.«

»Aussatz? So wie Lepra?«

Der Alte nickte.

Römer seufzte, notierte sich die Daten des Zeugen und machte dann mit Steiner einen kurzen Pro-forma-Rundgang. »Was meinst du?«, fragte er.

»Die Plombe vorn ist intakt. Die Hintertür weist keine Einbruchspuren auf. Und soweit ich das durchs Fenster habe erkennen können, fehlt auch nichts. Die Hitze hat bei dem alten Herrn wohl einen Kabelbrand im Oberstübchen verursacht.«

»Oder er hat Tagträume gehabt.«

»Genau. Von gotischen Buchhaltern mit Lepra.«

Römer lachte. »Schauen wir mal, ob der Bösewicht auf der Flucht ein paar Finger verstreut hat. Dann folgen wir einfach der Spur.«

Steiner fiel in das Gelächter mit ein. »Wollen wir auf einen Sprung in die Eisdiele schauen?«, fragte er, als er sich wieder gefangen hatte.

»Gute Idee!«

Sie stiegen in den Dienstwagen und winkten beim Wegfahren dem alten Mann zu, der immer noch auf dem Gehsteig stand. »Armer alter Kerl«, sagte Römer. »Die Einsamkeit ist ein Hund.«

***

Neumann war wie in Trance bis zum Schwedenplatz gerannt, wo er jetzt versuchte, sich so unauffällig wie möglich unter die Menschen zu mischen, die dort auf die Straßenbahn warteten oder sich bei einer der vielen Verkaufsbuden mit Würsteln, Kebab oder Eis versorgten.

Das war gar nicht so einfach, da er auffiel wie ein bunter Hund. Nicht nur die Tatsache, dass er für die Jahreszeit wieder mal viel zu warm angezogen war, sondern auch die Akne, die signalrot in seinem Gesicht blühte, sorgte für Aufmerksamkeit. Zu allem

Überfluss schaffte er es nicht, seine Atemnot in den Griff zu bekommen. Er stützte sich auf seine Oberschenkel und keuchte wie wild.

»Geht's?«, fragte eine dicke Frau auf einem Elektromobil.

Da er nicht in der Lage war zu sprechen, nickte er.

»Soll ich die Rettung rufen? Brauchst einen Inhalator?«

Neumann merkte, dass die Umstehenden langsam Notiz von ihm nahmen und tuschelnd einen Kreis um ihn und die dicke Frau bildeten. Er winkte ab, raffte sich auf und ging wortlos zu den Bänken, die auf der Mitte des Platzes standen.

Gerade als er sich hinsetzen wollte, sah er, wie zwei junge Polizisten in Uniform auf ihn zukamen. Er konnte nicht mehr rennen. Beim besten Willen nicht. Völlig fertig senkte er den Kopf und bereitete sich mental auf seine Verhaftung vor.

»Super, heute gibt es endlich wieder Saharacreme.«

»Geh. Ich nehm lieber Erdbeer und Zitrone. Bei dieser Hitze brauch ich was Erfrischendes.«

Sie gingen an ihm vorbei, ohne ihn auch nur eines Blickes zu würdigen.

Neumann hätte vor Erleichterung am liebsten losgeheult. Er wartete, bis die beiden in der Menschenmasse vor der Eisdiele verschwunden waren, und lief dann zum Wartehäuschen der Linie 1.

Als er sicher war, unbeobachtet zu sein, schlug er Szepans Kassabuch auf. Der hatte den Teppich vor spätestens einer Woche, aber sicher nicht früher als irgendwann Anfang Juni gekauft. Er blätterte bis zur entsprechenden Seite und studierte die Einträge:

- 02. Juni: Frau Sylvia Maier, eine antike Weltkarte, leicht beschädigt, EUR 100,00
- 08. Juni: Herr Simon Ottoman, 3 Lithographien à EUR 70,00 = EUR 210,00
- 17. Juni: Herr Attakan Yilmaz, ein Paar Silbermanschetten, Jugendstil, EUR 140,00

- 23. Juni: Herr Simon Ottoman, eine Wiener Offiziersuhr, Original, EUR 870,00
- 01. Juli: Frau Maria Reich, eine Truhenbank, klassische Moderne, EUR 400,00
- 10. Juli: Herr Dragan Kandlic, 2 Stehlampen, Gründerzeit à EUR 210,00 = EUR 420,00
- 21. Juli: Frau Sandra Pinter, eine Vase, Biedermeier, leicht beschädigt, EUR 80,00

Das waren die Einkäufe. Dazwischen fand er nur Aufzeichnungen über Szepans Verkäufe. Der war ein guter Geschäftsmann gewesen, stellte Neumann fest. Mit jedem Handel, den er getätigt hatte, hatte er Gewinn gemacht – oft sogar sehr viel.

Der Kauf eines Teppichs war leider nicht vermerkt.

Neumann schloss die Augen und versuchte, sich das Gespräch von damals ins Gedächtnis zu rufen. Der Teppich stammte von einer alten Dame, hatte Szepan ihm erzählt. Die hatte ihren Dachboden ausgeräumt und dabei die eine oder andere Antiquität entdeckt.

In der Mappe mit den Kontoauszügen und den Kreditkartenabrechnungen waren größere Beträge gelistet, wie etwa EUR 2100,00 für ein Gemälde oder EUR 4050,00 für einen barocken Kabinettschrank. Ein Teppich tauchte aber auch hier nicht auf.

Neumann klappte die Mappe zu und ließ den Kopf in den Nacken fallen. Szepan, dieser Hundling, hatte die Sachen von der alten Dame also schwarz gekauft und an der Buchhaltung vorbeigeschleust. Wahrscheinlich nicht das einzige derartige Geschäft.

Auf der Rückfahrt fühlte sich Neumann wieder wie der größte Versager, den die Welt jemals gesehen hatte.

»Mama, Mama, warum ist das Gesicht von dem Mann so komisch?« Ein kleines Kind zeigte auf ihn.

Augenblicklich fühlte Neumann die Blicke sämtlicher Mitfahrender auf sich gerichtet, drehte sein Gesicht weg und starrte nach draußen, wo gerade die Urania Sternwarte vorbeizog.

»Gegen die Erde gibt es keinen Trost als den Sternenhimmel«, schoss ihm ein Zitat von Jean Paul in den Kopf. Gefolgt von einem anderen Geistesblitz: der Stern. Der Stern auf dem Teppich. Was, wenn damit kein gemalter, sondern ein echter Stern gemeint war? Sein geisteswissenschaftlich geprägtes Hirn hatte nur in Richtung Kunstgeschichte gedacht. Was, wenn er naturwissenschaftlich denken musste? In Richtung Astronomie? Seit Jahrtausenden wurden Sterne dazu benutzt, zu navigieren und sich zurechtzufinden.

Die gute Energie kam zurück. Neumann schaute das Kind an und streckte ihm die Zunge heraus.

34

Wien, 4. Jänner 1781

»Bänder. Schöne Bänder. Feine Tücher. Bunte Garne. Kommt und schaut! Was ist mit Euch, junge Dame? Ich habe Spangen aus Perlmutt, die wunderbar zu Eurem Haar passen würden«, bot Franz Puhlmann seine Waren am Hohen Markt feil.

Die Frau hastete an ihm vorbei, ohne ihn auch nur eines Blickes zu würdigen.

Puhlmann seufzte, stemmte die Hände in die Hüften und bog seinen Rücken durch. Ein stechender Schmerz zwischen den Schulterblättern, der mit einem lauten Knacken einherging, entlockte ihm ein Stöhnen.

Das Leben als fahrender Händler war beschwerlich. Mit dem Karren über Stock und Stein. Das ganze Jahr über. Bei eisiger Kälte und sengender Hitze. Bei Stürmen und Hagel. Er war nicht mehr der Jüngste, und langsam aber sicher hinterließ das harte Leben seine Spuren: Sein Rücken war gekrümmt, die Hände waren schwielig, und seit einiger Zeit plagte ihn ein lästiger Husten, der nicht mehr verschwinden wollte.

»Bänder. Schöne Bänder. Feine Tücher. Bunte Garne.« Nicht mehr lange, dann hatte er genügend Geld beisammen, um seinen eigenen, kleinen Krämerladen aufzumachen. Dann musste er sich nicht mehr bei einem Sauwetter wie diesem die Beine in den Bauch stehen und sich das Hinterteil abfrieren.

»Frau Bandolin!«, rief er laut, als er die alte Witwe sah, die gerade den Josephsbrunnen passierte und in Richtung Pranger lief. »Frau Bandolin. So kommt doch her. Schaut Euch meine neue Ware an. Ihr bekommt natürlich auch einen Sonderpreis.« Bandolin hatte einen Batzen Geld von ihrem verstorbenen Mann geerbt und keine Scheu, es für hübschen Tand auszugeben. Vor allem seit ihre Enkeltochter geboren war, hatte sie viele Gulden bei ihm gelassen.

Ein Lächeln überzog das pausbäckige Gesicht der Frau, deren Nase von der Kälte gerötet war. »Gott zum Gruße, Herr Puhlmann«, begrüßte sie ihn. »Wie schön, dass Ihr wieder hier seid. Wie war Eure Reise?«

»Sehr gut, Frau Bandolin. Ich habe wunderschöne Sachen mitgebracht. Spitze aus Budapest, Perlmuttkämme aus Triest, Hirschknöpfe aus Belgrad und Kattun aus Venedig.« Er zeigte ihr eine Auswahl von Samtbändern.

»Hübsch.« Sie ließ eine weinrote Borte durch ihre Finger gleiten. »Die Farbe passt gut zu Theresias Augen. Ihr erinnert Euch doch an meine Enkeltochter? Habt Ihr auch einen passenden Stoff dazu?«

»Aber natürlich. Aber natürlich.« Puhlmann hinkte ans Ende seines Wagens, lüftete eine Plane und präsentierte verschiedene Stoffballen.

»Ich nehme zwei Meter von diesem.« Ohne die Ware genauer zu betrachten, zeigte sie auf weinrote Baumwolle. »Drei Meter vom dunkelgrünen Samt, und drei Meter davon.« Damit meinte sie feinste himmelblaue Seide.

Puhlmann nickte begeistert, rieb seine klammen Hände und

schnitt dann geschäftig das Gewünschte zurecht. »Eine gute Wahl. Wirklich, Frau Bandolin. Ihr habt einen exquisiten Geschmack.« Er konnte seinen eigenen Laden bereits bildlich vor sich sehen.

»Was ist denn das?« Die Witwe deutete auf ein Leinenbündel, das unter einem Haufen Wolle lag. »Welche Schätze versteckt Ihr da vor mir?« Sie stellte ihren Einkaufskorb, der voll mit frischem Gemüse und saftigen Fleischstücken war, auf den Boden und beugte sich neugierig nach vorn.

»Ach das. Das ist ein Wandteppich.« Puhlmann öffnete das Bündel und breitete ihn vor ihr aus. »Von einem Künstler aus Siena«, log er. »Ein ganz außergewöhnlicher Mann. Mit viel Talent. Von dem wird man sicher noch so einiges hören.« In Wirklichkeit hatte er den Teppich kurz vor Weihnachten, in einem Anflug von Sentimentalität, einem armen Schuhmacher aus Wiener Neustadt abgenommen. Später hatte er den Kauf bereut, was sich jetzt vielleicht als unnötig herausstellen würde.

»Interessant.« Sie betrachtete die bunten Stickereien.

»Extraordinär.«

»Wieviel wollt Ihr dafür?«

Puhlmann nannte einen exorbitanten Preis, woraufhin Bandolin, ohne mit der Wimper zu zucken, nickte. Er war so überrumpelt von dem unerwarteten Glück, dass er gar nicht wusste, was er sagen sollte.

»Es fällt Euch wohl schwer, Euch davon zu trennen«, stellte sie fest.

»Das könnt Ihr laut sagen. Aber bei Euch weiß ich das Meisterwerk in guten Händen. Ihr seid eine wahre Kennerin.« Mit einem breiten Grinsen im Gesicht schlug er den Teppich in Papier ein und rief einen Botenjungen, damit dieser der Witwe beim Tragen ihrer Einkäufe behilflich war. »Lebt wohl!«, rief er ihr hinterher, während er den Beutel voller Gulden, den sie ihm überreicht hatte, in der Hand wiegte. »Beehrt mich bald wieder!« Das Gewicht der Münzen fühlte sich gut an.

Der Verkauf des Teppichs war ein wahrer Glücksfall gewesen. Vielleicht konnte er bereits im Sommer seine Tätigkeit als fahrender Händler an den Nagel hängen und sesshaft werden. »Danke, Herr Unger. Danke, Teppich«, murmelte er und machte sich wieder an die Arbeit. »Bänder. Schöne Bänder. Feine Tücher. Bunte Garne …«

35

Als Morell zurück ins Hotel kam, hoffte er, dass weder der Herr Karlinger noch seine Frau an der Rezeption waren, und tatsächlich befand sich in der Lobby keine Menschenseele.

Völlig erledigt von dem anstrengenden Tag, starrte er ein Loch in die Luft und sinnierte über Uhl, die von Horaks und das verschwundene Bild des alten Ehepaars.

»Tschuldigung … Ent-schul-di-gung!«

Morell war so in Gedanken versunken, dass er gar nicht bemerkt hatte, dass er die Stiege blockierte. Als ihm jemand auf den Arm tippte, war er völlig perplex und brauchte einen kurzen Augenblick, um wieder im Hier und Jetzt anzukommen.

»Ich muss hier mal vorbei.« Eine kleine Frau, die einen großen Stapel Handtücher auf dem Arm hatte, zeigte auf die Stiege. »Vorbei. You know. I must go on the stair.« Anscheinend war sie zu der Erkenntnis gelangt, dass Morell der deutschen Sprache nicht mächtig war. »You know, wegen da towels.« Sie hielt ihm die Handtücher vor die Nase.

Er machte einen Schritt zur Seite. »Sie müssen Jacqueline sein«, sagte er und erntete einen misstrauischen Gesichtsausdruck.

»Kennen wir uns?« Sie zog ihre Augenbrauen hoch, die so dünn gezupft waren, dass sie nur noch aus zwei feinen Linien bestanden und so aussahen, als hätte man sie mit einem Filzstift auf ihre Stirn gemalt. Ihre Wimpern waren so stark getuscht, dass sie aneinanderklebten und wie Fliegenbeine aussahen, und das Rouge auf ihren Wangen erinnerte eher an einen als Clown verkleideten Transvestiten als an ein professionelles Hausmädchen.

»Nein. Aber vielleicht können wir uns kurz unterhalten?«

Ihr Blick wurde noch kritischer, und sie zog mit der freien Hand ihren ultrakurzen Rock in Richtung Knie. »Sie verstehen da was falsch.« Sie versuchte, sich an ihm vorbeizudrängen, wobei sie die Handtücher wie eine Pufferzone zwischen sich und Morell hielt. »Das hier ist zwar ein Hotel am Gürtel, aber es ist kein ... Sie wissen schon. Und außerdem: Schau ich so aus?!«

›Und wie‹, hätte er am liebsten geantwortet, verkniff es sich aber. »*Sie* verstehen hier was falsch. Ich möchte mich rein beruflich mit Ihnen unterhalten.« Er outete sich als Polizist, woraufhin sie so blass wurde, dass ihr starkes Make-up noch mehr zur Geltung kam, was ihrem Gesicht nicht sehr zuträglich war.

Sie senkte den Blick zu Boden. »Ich sag's gleich – ich war's nicht!« Sie presste die Handtücher an ihre Brust und zog einen trotzigen Schmollmund.

»Sie wissen ja noch gar nicht, worum es geht.«

»Ich hab nichts Verbotenes gemacht. Mehr muss ich nicht wissen. Außerdem muss ich jetzt wirklich arbeiten. Ich habe keine Lust auf Ärger mit dem Herrn Karlinger. Der regt sich zur Zeit über alles auf.« Sie versuchte erneut, sich an Morell vorbeizuzwängen, doch der verstellte ihr mit seinem massigen Körper den Weg.

»Der Herr Karlinger hat sicher nichts dagegen, wenn wir kurz reden. Es geht nämlich um ein verschwundenes Bild, das sehr wichtig für ihn ist. Vielleicht können Sie ja helfen, es wiederzufinden. Es geht um das Bild von der Sissi-Kapelle. Jemand hat es genommen und durch eine Fälschung ersetzt.«

Sie runzelte die Augenbrauenstriche. »Das schirche Teil, das hinter der Rezeption hängt? Echt? Das wollte wer haben?« Sie steckte sich einen Kaugummi in den Mund und fing lautstark an, darauf herumzukauen. »Sie müssen nach einem Blinden suchen.« Sie lachte. »Ich fänd es ja besser, wenn es ganz weg wäre. Ohne Fälschung. Es ist nämlich voll nicht schön, und außerdem ist ja nicht jeder katholisch. Sie wissen schon.«

Morell wusste nicht, wollte aber mit Jacqueline keine Diskussion über Religion beginnen. »Ist Ihnen vielleicht irgendwas aufgefallen, oder haben Sie einen Verdacht, wer es gewesen sein könnte?«

Jacqueline kaute weiter und schüttelte den Kopf. »Ich war's sicher nicht. Warum sollte ich so was Schirches klauen? War ja kein Ryan-Gosling-Poster oder so. Sie wissen schon.«

Morell wusste nicht. »Das Bild war ziemlich wertvoll.«

Jacqueline hörte auf zu kauen und starrte ihn mit offenem Mund an, so dass er den dicken rosa Kaugummi sehen konnte, der penetrant nach einer Mischung aus Erdbeere und Antifrostmittel roch. »Das Teil? Echt? Ist das so ein verschollener Renault oder wie die alle heißen? Sie wissen schon.«

»Ganz so wertvoll wie ein echter Renoir ist es nicht, aber ein paar tausend Euro würde man schon dafür kriegen.«

»Na bumm.« Sie machte eine Kaugummiblase und ließ sie zerplatzen.

Morell, der den Geruch des Kaugummis ungefähr so appetitlich fand wie den Anblick von Rossis Schweinebein, rümpfte die Nase. »Sie hatten keine Ahnung, dass das Bild so wertvoll war?«

»Woher denn? Ich bin Zimmermädchen, keine Kunsthysterikerin.«

»Verstehe. Und zufällig was mitbekommen haben Sie nicht? Gab es jemanden, der auffällig viel Interesse an dem Bild hatte?«

»Nö. Das Ding war so schirch, dass jeder froh war, wenn er nicht lange draufschauen musste.« Sie schüttelte den Kopf. »Wenn ich gewusst hätte, dass es was wert ist, hätt' ich es vielleicht abgestaubt. Sie wissen schon.« Sie zwinkerte. »Ich muss jetzt aber wirklich was arbeiten. Sonst regen sich die Gäste wieder auf. Keine Ahnung, was die immer haben. Wir sind schließlich kein 5-Sterne-Establishment. Kann ich also bitte?« Sie zeigte auf die Stiege.

Morell machte einen Schritt zur Seite, um sie vorbeizulassen. »Falls Ihnen noch was einfallen sollte …«, er reichte ihr seine Visitenkarte, »… dann … na ja, Sie wissen schon.«

36

Vor weniger als einer halben Stunde hatte der Wecker Morell aus seinen wirren Träumen gerissen. Nun stand er völlig zerknautscht mit müden Augen vor dem Hotel und wartete auf Uhl. Der hatte versprochen, sich ein Auto auszuleihen, damit sie gemeinsam raus aus der Stadt zum vereinbarten Sammelplatz fahren konnten, um dort die von Horak'sche Jagdgesellschaft zu treffen.

Ein Blick auf sein Handy verriet ihm, dass es kurz nach fünf Uhr morgens war – eine unmenschliche Zeit für einen unmenschlichen Sport.

Morell ging um die Ecke. Vielleicht parkte Uhl ja in der Seitengasse und wartete dort? Tatsächlich stand dort ein Mann, doch es war nicht Uhl. Mario Rossi lehnte an der Wand neben dem Seiteneingang und rauchte eine Zigarette. »Aaah, der Herr Carabinieri. Wusste ich doch, dass Sie wach sind.«

»Aha.« Morell hatte keine Ahnung, wie der Koch darauf kam.

»Ihr Zimmer.« Rossi zeigte nach oben. »Das ist da, oder?«

Morell verstand immer noch Bahnhof. Es war einfach noch zu früh für Denksport. »Ja«, sagte er, nachdem er einen Blick nach oben geworfen hatte. »Gleich im ersten Stock.«

Ein breites Grinsen machte sich auf Rossis Gesicht breit. »Hab ich doch gewusst, dass Sie das sind.« Er nahm einen langen Zug von seiner Zigarette, die schon fast bis zum Filter hinuntergebrannt war, warf sie auf den Boden und trat sie aus. »Ich muss jetzt weiter Frühstück vorbereiten«, sagte er dann.

»Woher wussten Sie, welches mein Zimmer ist?«, fragte Morell, der immer noch zu verschlafen war, um eins und eins zusammenzuzählen.

»Ich bin schon länger hier«, sagte Rossi und ging hinein.

Morell blieb ratlos draußen stehen und starrte auf die Hausfassade. »Hä?«, war alles, was ihm dazu einfiel.

»Ihr Fenster. Es war offen.« Rossi hatte noch einmal den Kopf zur Tür hinaus gesteckt. »Kchrrr«, machte er ein Schnarchgeräusch und lachte.

Morell lief rot an, und es wollte ihm partout kein schlagfertiger Konter einfallen. Er kam nicht dazu, sich länger über Rossi zu ärgern, da ein alter grüner Mini Cooper um die Ecke gesaust kam und vor ihm eine Vollbremsung hinlegte.

»Spring rein!«, rief Uhl durch das geöffnete Beifahrerfenster.

Das Auto war so niedrig gebaut, dass Morell sich bücken musste, um die Tür zu öffnen. »Ein noch kleineres Auto hast du nicht auftreiben können?« Er wägte ab, ob in der winzigen Schüssel genug Platz für seinen Luxuskörper war.

»Sei froh, dass ich überhaupt ein Auto aufgetrieben hab. Wir müssen in die Pampas. Da fahren keine Öffis, und mit einem Taxi hätten wir uns dumm und deppert gezahlt. Also, hupf rein. Wir sind eh schon zu spät dran.«

»*Wir?* Ich stehe schon seit einer geschlagenen Viertelstunde hier draußen«, raunzte Morell und quetschte sich auf den Beifahrersitz. Auf dem war es so eng, dass zwischen seinem Bauch und dem Handschuhfach nicht mal mehr ein Blatt Papier Platz gehabt hätte. Seinen Kopf musste er auch einziehen und die Beine anwinkeln. »Ein Wunder, dass ich noch Luft kriege.«

»Na, geht doch. Genug Platz für alle«, ignorierte Uhl die Beschwerde und fuhr los in Richtung Wienerwald.

Die Fahrt führte aus der Stadt hinaus, durch das Wiener Umland, und über eine Vielzahl an schmalen Gassen und einsamen Feldwegen kamen sie schließlich zu einem entlegenen Schotterparkplatz, der als Treffpunkt diente.

»Da wären wir.« Uhl parkte neben einem Landrover, der so groß war, dass der Mini Cooper dahinter völlig verschwand.

»Legen wir kurz ein paar Regeln für heute fest«, fing Morell mit einer Belehrung an. »Erstens: Wir werden keinen Rehbock töten. Im Gegenteil. Wir werden versuchen, ihn zu retten. Zweitens …«

»Pssst«, würgte Uhl ihn ab. »Hörst du das?«, flüsterte er.

Morell horchte nach draußen, und tatsächlich waren neben Vogelgezwitscher und fernem Flugzeuglärm männliche Stimmen zu vernehmen.

»Wie konntest du nur diesen Polizisten einladen?« Das war eindeutig Claus von Horak.

»Halte deine Freunde nah, und deine Feinde noch viel näher«, entgegnete die tiefe Stimme seines Vaters. »So haben wir ihn wenigstens im Blick.«

Es folgten ein unterdrücktes Grummeln und knirschende Schritte auf dem Kies.

»Du weißt, was du zu tun hast, oder? Vermassel das ja nicht, sonst kannst du dir einen neuen Job suchen.« Erneut Claus, der offensichtlich ziemlich mies gelaunt war.

»Ja, Boss. Ich mach das schon.« Eindeutig die Stimme von Harry. »Ich wollte heute eh Laub verbrennen, da hau ich das Teil gleich mit ins Feuer.«

»Gut, dann sehen wir uns später. Ich ruf dich an, wenn du mich abholen kommen sollst.«

»Wer war das?«, zischte Uhl aufgeregt. Er verdrehte den Hals und versuchte, aus dem Fenster zu spähen. »Das waren die Typen von gestern dabei. Die mit den Schuhen und dem Teppich.«

»Der, der sich darüber beschwert hat, dass ich heute mit dabei bin, war Claus von Horak. Der, der seine Feinde nahe haben will, war sein Vater Heinrich. Der dritte Mann ist Harry, Claus' persönliche Bulldogge«, zitierte Morell Günther.

»Claus und Harry«, sagte Uhl. »Die beiden, die ich belauscht habe. Das waren Claus und Harry. Ganz sicher.«

»Ergibt Sinn«, überlegte Morell laut. »Claus will Stadtrat werden, da kann er einen Skandal nicht gebrauchen. Darum schickt er Harry los, damit der den Teppich stiehlt. Dabei geht etwas schief, und er erschlägt Szepan.«

»Er findet heraus, dass ich den Teppich habe, und bricht bei mir ein.«

»Dann beschattet er dich, kommt dadurch auf mich und Nina …«

»… und stiehlt den Teppich aus ihrer Küche«, beendete Uhl die Gedankenkette. »Und jetzt fährt er gleich los, um den Teppich zu vernichten. Das können wir nicht zulassen.« Er startete den Wagen.

»Warte«, hielt Morell ihn zurück. »Wir müssen doch den Rehbock retten.«

»Wir müssen aber auch den Teppich retten. Geh du mit denen jagen und quetsch diesen Claus nochmal aus«, versuchte Uhl, das Dilemma zu lösen. »Ich kümmere mich in der Zwischenzeit um Harry. Mit dem hab ich eh noch eine Rechnung offen.« Er legte den Rückwärtsgang ein.

Morell öffnete die Beifahrertür und schaffte es gerade noch, sicher auszusteigen, während Uhl bereits ausparkte. »Ruf mich an, wenn du fertig bist«, war das letzte, was er hörte, bevor der kleine Mini Cooper in einer Staubwolke verschwand.

Obwohl die Sonne noch sehr tief stand, herrschte bereits eine Affenhitze, und Morell fing schon an zu schwitzen, als er nur ans Ende des Parkplatzes lief, wo sich die Jagdgesellschaft versammelt hatte.

»Waidmanns Heil«, begrüßte Heinrich von Horak ihn.

»Waidmanns Dank«, antwortete Morell, der nie im Leben gedacht hätte, diese Worte jemals auszusprechen.

Claus schenkte ihm einen bösen Blick, sagte aber kein Wort.

Sein Vater stellte Morell den Rest der Jäger vor, es waren drei alte Freunde von ihm. »So können Sie aber nicht auf die Pirsch«, erklärte er anschließend und zeigte auf das T-Shirt, das Morell trug. Weiß mit roten Streifen. »Außer natürlich, Sie wollen den Bock verscheuchen.« Er klopfte sich auf die Schenkel, so als hätte er einen guten Witz gemacht, und Morell tat so, als würde er mitlachen.

»Ich hatte leider nichts anderes anzuziehen«, log er, obwohl er auch ein grünes und ein braunes Hemd gehabt hätte, aber mit Absicht auf Signalfarben gesetzt hatte.

»Hier.« Heinrich von Horak holte eine dunkelgrüne Regenjacke aus Plastik aus dem Kofferraum. »Ziehen Sie die drüber.« Dann drückte er Morell eine schwere Schrotflinte, ein Pfeifchen und eine Packung scharfer Munition in die Hand. »Sie sind ja absolut nicht ausgerüstet.«

»Mein Jagdequipment ist in Tirol«, log Morell und stellte fest, dass ihm das Belügen von Tiermördern gar nicht so schwerfiel wie das Lügen sonst. »Und ich bin davon ausgegangen, dass Sie alles Nötige dabeihaben.«

»Tirol«, schwärmte Heinrich, ohne weiter auf Morells Ausrüstung einzugehen. »Herrliche Jagdgebiete. Dort habe ich mal an einem einzigen Tag zehn Hasen und zwei Füchse geschossen.« Er tätschelte einen dunkelbraunen Jagdhund, der ungeduldig neben ihm im Kies scharrte. »Aber ja doch, Ares, gleich geht's los. Gleich schießen wir den Bock.«

Morell bemühte sich um Contenance und nickte. Dann folgte er Heinrich und den anderen in den Wald.

Die Jagd begann erst einmal mit einer ausgedehnten Wanderung. Sie stapften im Gänsemarsch durch dichtes Unterholz und über grüne Lichtungen, passierten moosbewachsene Steine, klare Bäche und Felder voller blühender Wildweidenröschen. Am Anfang genoss Morell die schöne Umgebung, doch schon bald wurde der Marsch zur puren Qual, da er unter der Plastikjacke furchtbar schwitzte. Außerdem wurde ihm wieder einmal seine mangelnde Fitness vor Augen geführt, denn obwohl er sich große Mühe gab, mit den anderen mitzuhalten, fiel er doch immer weiter zurück, worauf der Rest der Partie keine Rücksicht nahm.

Einzig Claus drosselte sein Tempo. »Was soll diese verdammte Aktion?«, fragte er, als die anderen endlich außer Hörweite waren. »Ist es Ihnen so wichtig, mich zu quälen, dass Sie sich dafür sogar das antun?« Er zeigte auf Morells Gesicht, das vor lauter Anstrengung rot angelaufen und schweißnass war. »Wenn mein Vater nicht wäre, dann würde ich Ihnen jetzt Feuer unterm Hintern machen. Sie werden das noch alles bereuen. Mistkerl!« Das letzte Wort hatte er mit so viel Inbrunst ausgesprochen, dass kleine Spucketröpfchen durch die Luft sausten.

»Es ist mir wichtig, den Mord aufzuklären«, keuchte Morell. »Und ich komme der Lösung immer näher. Ich weiß mittlerweile zum Beispiel, dass Sie Harry beauftragt haben, den Teppich zu finden und zu vernichten.« Er wischte sich den Schweiß von der Stirn und zog die Jacke aus. »Der alte Fetzen ist Ihnen also doch wichtiger, als Sie zugeben wollten. Vielleicht sogar so wichtig, um dafür zu morden oder zumindest einen Mord in Auftrag zu geben. Was nicht minder schlimm ist. Vielleicht sind es am Ende ja Sie, der alles bereut.« Zu gerne hätte er auch einen beleidigenden Ausdruck angehängt, sparte es sich aber.

Claus starrte ihn an und sagte kein Wort. Es schien ihm schwerzufallen, Ruhe zu bewahren. Seine Oberlippe zuckte unkontrolliert, und eine Ader an seiner Schläfe war hervorgetreten und pochte wie wild.

Ganz in der Nähe zwitscherte ein Vogel, und man konnte das entfernte Rauschen eines Baches hören.

»Was sagen Sie dazu?«, durchbrach Morell die idyllische Geräuschkulisse.

»Nichts. Sie haben keine Beweise für diese haltlose Theorie. Und Sie werden auch keine finden. Mehr habe ich dazu nicht zu sagen.« Claus schulterte sein Gewehr und ging in zügigen Schritten den anderen hinterher.

Morell, der sich am liebsten ins weiche Moos gelegt und sich ausgeruht hätte, folgte ihm. »War es ein Unfall?«, ließ er nicht locker. »Oder musste Szepan sterben, weil er zu viel wusste?«

»Pssst«, drehte Claus sich um und funkelte ihn böse an. »Sie verscheuchen das Wild.« Er stapfte weiter.

»War es ein Unfall? Oder hat Harry bewusst zugeschlagen?«, wiederholte Morell noch etwas lauter.

Claus drehte sich erneut um. Sein Gesicht war dabei so zornig, dass Morell befürchtete, zu weit gegangen zu sein. Vielleicht war es keine so gute Idee gewesen, Claus ausgerechnet hier und jetzt so in die Ecke zu drängen. Sie waren immerhin mitten im Wald. Allein. Mit Waffen und scharfer Munition.

Doch Claus beherrschte sich. »Woher soll ich das wissen«, sagte er einfach nur. »Ich habe Harry mit einem Batzen Geld losgeschickt, damit er den Teppich kauft. Völlig legal. Dieser Szepan wollte nicht verkaufen, und Harry ist unverrichteter Dinge wieder abgezogen. Weder Harry noch ich haben etwas mit dem Mord zu tun.« Er zog die Mundwinkel in die Höhe, drehte Morell den Rücken zu und eilte im Laufschritt davon.

»Das werden wir ja noch sehen«, sagte Morell und ging Claus hinterher. Er würde jetzt den Rehbock vor dem Abschuss retten, und vielleicht hatte Uhl ja bereits die nötigen Beweise beisammen, die er brauchte, um Claus von Horak endlich sein künstliches Lächeln aus dem Gesicht zu wischen.

Doch obwohl Morell sich sehr beeilte und bis an seine körperlichen Grenzen ging, konnte er Claus nicht einholen. Erst sah er ihn noch deutlich vor sich, dann wurde von Horak immer kleiner, bis er nicht mehr als ein winziger grüner Punkt war, der langsam aus seinem Blickfeld verschwand.

Morell lief auf gut Glück weiter und versuchte, im Stil eines Pfadfinders den Spuren der Jäger zu folgen, verlor sich aber immer mehr im Wald. Er wollte gerade frustriert umdrehen, als sich eine Waldlichtung vor ihm auftat, auf der ein einzelner Rehbock friedlich vor sich hin graste.

Voller Entzücken blieb er stehen. Es war selten, dass man die scheuen Tiere in freier Wildbahn beobachten konnte. Diesen Anblick war der strapaziöse Marsch dann doch wert gewesen. Gerade als er sich erschöpft ins Gras fallen lassen wollte, sah er am anderen Ende der Lichtung etwas aufblitzen. Das musste die von Horak'sche Jagdpartie sein, die sich dort auf die Lauer gelegt hatte.

Vorsichtig schlich er ein paar Schritte zurück und fing dann in voller Lautstärke an zu rufen: »Herr von Horak? Wo sind Sie? Sie waren zu schnell. Ich habe Sie verloren!«

Der Rehbock hob seinen Kopf, verharrte für den Bruchteil eines Augenblicks in dieser Position und flüchtete dann blitzartig in den Wald hinein.

»Lauf, kleiner Rehbock, lauf. Und pass nächstes Mal besser auf dich auf«, murmelte Morell mit einem Grinsen im Gesicht.

37

Nicht nur Morell sondern auch Nina Capelli und David Neumann waren schon früh auf den Beinen. Nach einem schnellen Frühstück brachen sie auf, um die Theorie, dass es sich bei dem Stern um ein echtes astronomisches Himmelsobjekt handeln könnte, zu überprüfen.

Sie fuhren zur Universitätssternwarte, parkten den Wagen in der Türkenschanzstraße, legten zu Fuß ein kurzes Stück durch den Sternwartepark zurück und betraten dann das alte, kreuzförmig angelegte Gebäude, das mitten im Grünen stand.

»Schön hier.« Neumann betrachtete das ausladende Stiegenhaus, das von hohen Säulen flankiert und durch eine große Glaskuppel mit Sonnenlicht geflutet wurde. »Aber auch leer. Wie ausgestorben.«

»Ferien«, sagte Nina kurz und knapp und griff sich an den Kopf. »Das hatte ich ganz vergessen. Keine Lehrveranstaltungen. Geforscht sollte aber trotzdem werden. Irgendwer wird schon hier sein.«

»Hoffentlich sind die Astronomen nicht nur in der Nacht aktiv«, überlegte Neumann laut.

»Es sind Astronomen. Keine Vampire.« Nina klopfte an die nächstbeste Tür, doch niemand antwortete. Als sie versuchte, sie zu öffnen, musste sie feststellen, dass sie verschlossen war.

Neumann sah sich um. »Bibliothek klingt doch ganz gut.« Er zeigte auf eine Tür.

»Ausgezeichnete Idee.«

Die Bibliothek sah so aus wie die meisten Institutsbibliotheken. Es gab einen Freihandbereich, einen Lesesaal, einen Zeitschriftenraum und natürlich Hunderte Regalmeter voller Bücher in allen Formen und Farben.

Einzig Menschen gab es hier keine.

»Ich fühle mich wie nach einer Apokalypse.« Nina zog wahllos ein Buch aus dem Regal neben ihr. »Einführung in die Astronomie und Astrophysik«, las sie laut vor.

»Ich sag ja – die sind nachtaktiv. Wie Vampire.«

»Pssst!« Ein älterer Herr in einem grauen Pullunder hatte sich so lautlos angeschlichen, dass Nina und Neumann erschrocken herumfuhren. »Können Sie Ihre Gespräche über die Kreaturen der Nacht vielleicht an einem anderen Ort weiterführen?«, flüsterte er.

Nina hätte ihn für seine pure Anwesenheit am liebsten umarmt. »Wir suchen jemanden, der sich mit Sternen auskennt«, flüsterte sie zurück.

»Da sind Sie hier richtig. Was genau wollen Sie denn wissen?« Der Mann, der neben dem grauen Pullunder auch noch eine graue Hose, graue Schuhe und einen grauen Bart trug, sah sie fragend an.

»Wir wollen herausfinden, ob es irgendeinen Zusammenhang zwischen einem Stern, einer Hand und einer Kirche hier in Wien gibt. Oder ob es zur Zeit der zweiten Türkenbelagerung eine spezielle Sternenkonstellation gab.«

Er überlegte. »Eine merkwürdige Fragestellung«, flüsterte er. »Aber wir können sie gerne erörtern.«

Nina sah sich um, konnte aber keinen weiteren Menschen in der Bibliothek sehen. »Warum flüstern wir?«, fragte sie.

Der Mann sah sich ebenfalls um und zuckte dann mit den Schultern. »Die Macht der Gewohnheit«, sagte er immer noch sehr leise und zeigte auf einen Tisch. »Setzen wir uns doch.«

Der graue Mann stellte sich als Professor Reichert vor. Sein Fachgebiet war die Entstehung und Entwicklung von Sternen und Planeten.

Auch Nina stellte sich und ihren Begleiter vor und kam dann zur Sache. »Es geht um einen barocken Teppich, und wir versuchen, seine Bildsprache richtig zu lesen.«

Reichert kraulte seinen grauen Bart. »Sehr interessant«, sagte er. »Haben Sie den Teppich dabei? Oder vielleicht ein Foto?«

Nina und Neumann verneinten, erklärten aber die Kirche, den Stern und die Hand so gut es ging. »Die Hand ist schwarz. Drei Finger sind noch erhalten, die anderen beiden fehlen. Wir sind nicht sicher, ob das Absicht war oder nicht«, endete Neumann die Beschreibung. »Das Symbol könnte also für ›Hand‹ aber auch für ›drei‹ stehen.«

Reichert machte sich Notizen »Ist es dringend?« Er war schon wieder in den Flüsterton zurückgefallen.

Nina nickte. »Wir wollen Sie nicht stressen, aber je schneller, desto besser.«

»Gut, dann hole ich schnell ein paar Bücher.« Er erhob sich, und Nina und Neumann konnten ihn dabei beobachten, wie er die Regale auf- und abging. Immer wieder blieb er stehen, zog ein Buch heraus, schlug es auf, und stellte es dann entweder wieder zurück oder behielt es.

»Sieht aus, als würden wir gleich eine Privatvorlesung bekommen.« Nina sah zu, wie Reichert den Stapel um ein weiteres Buch erhöhte.

»So, ich glaube, das ist dann soweit alles.« Reichert stellte seine gesammelten Werke mit einem lauten Rumpeln auf den Tisch. Die

Macht der Gewohnheit steckte ihm offenbar so tief in den Knochen, dass er sich sofort erschrocken umsah. Erst als er sicher war, niemanden gestört zu haben, setzte er sich. »Es ist interessant, dass Sie etwas über die Zeit der zweiten Türkenbelagerung wissen wollen«, begann er und öffnete ein Buch. »Wie Sie vielleicht wissen, liegt die Universitätssternwarte auf der sogenannten Türkenschanze. An diesem Ort haben die Osmanen im Jahr 1683 eine Befestigungsanlage errichtet, um sich gegen Angriffe des Befreiungsheers zu schützen.«

»Ohne Erfolg, wie wir heute wissen«, versuchte Nina unauffällig den Geschichtsteil abzukürzen. Sie waren gekommen, um etwas über Sterne zu erfahren.

Reichert hatte den Wink verstanden, denn er schloss das Buch und nahm sich ein anderes. »Mein erster Gedanke zu den Themen ›Stern‹ und ›Türkenbelagerung‹ war der Halley'sche Komet. Sagt Ihnen dieser Begriff etwas?«

Nina und Neumann schüttelten die Köpfe.

»Also gut.« Reichert stützte die Ellenbogen auf der Tischplatte ab, richtete seine Hände zu einem Zelt auf und schenkte den beiden einen Blick, den er sonst wohl für seine Erstsemester reserviert hatte. Unerfahrene Schäfchen, denen es Wissen einzutrichtern galt. »Der Halley'sche Komet ist ein kleiner Himmelskörper, der die Sonne umkreist«, erklärte er. »Ich gehe mal davon aus, dass Sie nichts über die Entstehung oder die chemische Zusammensetzung von Kometen an sich lernen wollen.«

Neumann, den die Materie interessierte, wollte schon verneinen, doch Nina brachte ihn mit einem Blick zum Schweigen.

»Halleys Umlaufbahn ist langgestreckt und ellipsenförmig, darum kommt er nur selten so nahe an die Erde, dass man ihn mit freiem Auge beobachten kann. Alle 75 bis 77 Jahre, um genau zu sein. 2061 ist es wieder so weit. Wie bei allen Kometen werden dann ein leuchtender Hauptkörper und ein Lichtschweif am Himmel zu sehen sein.« Er zeigte den beiden einige Bilder. »Früher dachten die Menschen, dass Kometen Kriege ankündigen. Einige Monate vor der Türkenbelagerung war Halley sichtbar. Darum ist er wahrscheinlich der Stern auf Ihrem Teppich.« Reichert lehnte sich zurück und verschränkte zufrieden die Hände vor der Brust. Mission erfüllt.

»Interessant.« Nina blätterte durch die Bilder und reichte das Buch dann an Neumann weiter. »Aber wie kommt dabei die Kirche ins Spiel?«, äußerte sie einen berechtigten Einwand. »Und die Hand?«

»Beten war das einzige Mittel, das die Menschen damals kannten, um solche Ereignisse abzuwenden. Sie gingen dazu in die Kirche«, folgerte Reichert.

»Ich glaube nicht, dass es Halley ist.« Neumann zeigte auf ein Bild, das er in dem Buch gefunden hatte. »Schauen Sie. Halley war auch vor der normannischen Invasion von England sichtbar, und wurde deshalb auf dem Teppich von Bayeux abgebildet. Dort wird er mit einem Schweif dargestellt. So wie alle Kometen, die man in der Kunstgeschichte kennt. Der Stern auf unserem Teppich hat keinen Schweif, und ist darum wahrscheinlich kein Komet.«

»Hmmm.« Reichert strich sich den Bart. »Das macht dann leider auch meine andere Theorie zunichte, dass es der Stern von Bethlehem ist. Der wird doch auch immer mit einem Schweif dargestellt, oder?«

Neumann nickte.

»Tja, dann wird's schon schwieriger.« Reichert blätterte durch verschiedene Bücher, aber offenbar fiel ihm keine neue Theorie ein.

»Gab es im 17. Jahrhundert irgendwelche bekannten Sterne?«, versuchte Nina, einen Anstoß zu liefern. »Wir reden hier vom einfachen Volk. Nicht von Astronomen oder gebildeten Bürgern. Welche Sterne könnten eine einfache Schneiderin oder ein Stallknecht gekannt haben?«

»Der Polarstern war schon immer sehr populär. Die Menschen

haben ihn zur Navigation genutzt. Auch die Venus ist gut sichtbar, und zwar in der Dämmerung, nicht mitten in der Nacht. Sie wird darum gern Morgen- oder Abendstern genannt. Dann fällt mir spontan noch der Sirius ein. Der Hundsstern. Er ist ausgesprochen hell und mit freiem Auge gut beobachtbar. Nach ihm sind die Hundstage benannt. Was diese drei Sterne allerdings mit einer Wiener Kirche zu tun haben könnten, weiß ich nicht.« Als zwei Studenten die Bibliothek betraten, schaltete Reichert zurück in den Flüstermodus. »Ich werde noch ein paar Kollegen befragen, möglicherweise fällt einem von ihnen noch was ein. Tut mir leid, dass ich Ihnen nicht weiterhelfen konnte.«

Bevor sie die Bibliothek verließen, gab Reichert Nina ein Buch. »Da steht alles über die drei Sterne drin, die ich Ihnen vorhin genannt habe. Vielleicht finden Sie ja noch was. Bringen Sie es einfach zurück, wenn Sie fertig sind.«

Als sie draußen waren, stand Neumann die Enttäuschung darüber, dass sie schon wieder keine eindeutige Erklärung bekommen hatten, ins Gesicht geschrieben. »Werden wir den Ring jemals finden?«, seufzte er.

»Tja.« Nina zuckte mit den Schultern. »Das steht wohl in den Sternen.«

38

Wien, 2. April 1801

Theresia Bandolin drehte sich vor dem Spiegel hin und her und zupfte den Saum ihres neuen Kleides zurecht. Smaragdgrüne Seide, im neuen Empire-Stil geschnitten, mit einer hohen Taille und kurzen Ärmeln. Absolut unvorteilhaft für ihre plumpe Figur.

Seit sie denken konnte, hatte es keine Mode gegeben, die ihr auch nur ansatzweise geschmeichelt hätte. Mit ihrer untersetzten Statur, dem üppigen Bauch und dem kurzen Hals, hatten bisher kein Schneider, kein Hut- und kein Perückenmacher es geschafft, sie vom hässlichen Entlein in einen schönen Schwan zu verwandeln. Das Vermögen ihrer Familie war riesig, doch was ihre Erscheinung betraf, so war es wertlos.

Am liebsten wäre sie heute Abend daheim geblieben, doch Vater bestand darauf, dass sie ihn ins Burgtheater begleitete, um sich das neueste Klavierstück von diesem Beethoven anzuhören. Sie konnte den schwerhörigen Kerl und seine übellaunige Musik nicht ausstehen. Und was noch schlimmer war: Die Familie von Horak würde anwesend sein.

Gustav von Horak. Der schöne Gustav. An diesen Dandy hatte sie ihr Herz verschwendet. Mit seinen leuchtend blauen Augen und dem brünetten Kraushaar sah er aus wie ein junger Achilles. Strahlend. Nobel. Hehr. Kein Wunder, dass sie sich, wie so ziemlich jedes Mädel in der Stadt, unsterblich in ihn verliebt hatte. Und er? Er hatte sie in Hoffnung gewiegt und ewig hingehalten, nur um sie dann eiskalt fallen zu lassen.

Ach, was war sie nur für eine Närrin gewesen, auf das grausame Spiel dieses eitlen Gockels hereinzufallen, das einzig und allein seiner Belustigung gedient hatte. Und heute Abend musste sie ihn wiedersehen, und alle würden hinter ihrem Rücken über sie tuscheln: Seht nur, die hässliche Theresia. Das arme reiche Mädel, das keiner will. Die, die als alte Jungfer enden wird.

»Ich bin eine Bandolin«, sprach sie sich selbst gut zu. »Reich, stolz und intelligent.« Sie würde sich jetzt hübsch machen und den Abend so gut wie möglich hinter sich bringen.

Sie blinzelte eine Träne fort und ging auf den Speicher, wo Vater in einer großen Truhe einige Habseligkeiten ihrer verstorbenen Großmutter aufbewahrte. Die alte Dame hatte viel Geld für schöne Sachen ausgegeben. Vielleicht gab es darin ja eine hübsche Brosche oder eine Stola, mit der sie glänzen konnte.

Sie hob den schweren Deckel hoch, holte Großmutters Pelzmantel, der zuoberst lag, heraus und legte ihn neben sich. Es folgten verschiedene altmodische Kleider, reich bestickte Tücher und ein Schal aus geklöppelter Spitze, den sie sich um die Schultern legte. Ja, damit würde sie gut aussehen. Noch ein wenig Rouge auf die Wangen und ein Tropfen Parfüm hinter die Ohren, dann wäre sie bereit.

Als sie die Truhe wieder schließen wollte, stach ihr ein verschnürtes Bündel ins Auge. Sie öffnete es und fand darin einen bunt bestickten Wandteppich. Das musste jener Teppich sein, über den in der Familie stets hinter vorgehaltener Hand getuschelt worden war. Großmutters berühmter Fehlkauf. Die alte Dame hatte ihn sich als Kunstwerk andrehen lassen, dabei war es nur ein wertloses, altes Stück Leinen.

Obwohl sie sich langsam beeilen musste, wenn sie Vater nicht warten lassen wollte, konnte sie ihren Blick nicht von dem Teppich abwenden. Irgendetwas daran fesselte sie. Irgendetwas sagte ihr, dass er mehr war als nur ein billiger Fetzen, den irgendjemand gemacht hatte, um damit eine alte Dame über den Tisch zu ziehen.

Sachte strich sie über die farbenfrohen Szenen und summte eine Melodie ihres Lieblingskomponisten Mozart. Der war doch um Welten besser als dieser Beethoven. »Keine Ruh' bei Tag und Nacht. Nichts, was mir Vergnügen macht. Schmale Kost und wenig Geld, das ertrage, wem's gefällt. Ich will selbst den Herren machen, mag nicht länger Diener sein«, sang sie leise die Ouvertüre aus ›Don Giovanni‹. Und plötzlich wurden die Bilder auf dem Teppich vor ihr lebendig und erzählten ihr eine unglaubliche Geschichte.

Während ihrer verrückten Schwärmerei für Gustav hatte sie sich auch mit seiner Familienhistorie beschäftigt. Sie hatte jede noch so kleine Information wie Nektar in sich aufgesaugt – Adam von Horak, der Retter Wiens, war dabei natürlich ein großes Thema gewesen. Und jetzt lag hier vor ihr der Beweis, dass er nichts anderes als ein verlogener Blender gewesen war. Genau wie Gustav. Wie hieß es so schön: Der Apfel fällt nicht weit vom Stamm.

Fragte sich nur, was sie mit dem Teppich jetzt anfangen sollte. Sie würde es sich in Ruhe überlegen. Der heutige Abend war jedenfalls gerettet. Sie würde mit erhobenem Haupt ins Burgtheater gehen. Der Triumph würde ihr besser stehen als jedes Kleid und alle Juwelen der Welt. Und Beethoven? Seine dunkle Musik würde sich in ihre Siegesmelodie verwandeln. Ihren Vergeltungsmarsch.

39

Für Uhl war es eine große Herausforderung, unauffällig an Harry dranzubleiben. Der Mini Cooper war zwar klein und wendig, doch das alte Modell hatte um einige PS weniger als Harrys dunkelblauer BMW. Mehr als einmal hatte Uhl befürchtet, sein Zielobjekt – und somit auch den Teppich – verloren zu haben, doch glücklicherweise herrschte im Stadtverkehr eine rote Welle, und so war es ihm immer wieder möglich gewesen aufzuschließen.

Er folgte dem BMW bis auf die Äußere Mariahilfer Straße, von wo aus Harry zielsicher in eine Gasse bog, die für ihre zwielichtigen Etablissements bekannt war. Er parkte den Wagen vor der ›Venusfalle‹ und betrat den Laden.

Uhl fand schräg gegenüber eine freie Parklücke, direkt vor dem ›Peep 69‹, und starrte auf die Eingangstür, hinter der Harry gerade verschwunden war. Hatte er den Teppich etwa dort drinnen versteckt? In einem Bordell? Oder machte er hier nur einen kurzen Zwischenstopp, um Geschäfte zu erledigen oder ein bisschen Spaß zu haben? Er entschied, Harry nicht nachzugehen, sondern die ›Venusfalle‹ zu observieren.

Die nächste Stunde verbrachte Uhl damit, sich Oldies im Radio anzuhören und Männer dabei zu beobachten, wie sie so unauffällig wie möglich versuchten, diverse Bars zu besuchen. »*Gonna find my baby, gonna hold her tight, gonna grab some afternoon delight*«, spielte die Starland Vocal Band passend dazu.

Er rutschte tief in den Sitz und versuchte, seine Beine auszustrecken. Für kurze Wege und zum Parkplatzsuchen war der Mini absolut empfehlenswert. Bei langem Herumkurven und Observieren verwandelte sich das kleine Auto aber in eine Folterkammer. Gerade als er aussteigen wollte, um seine eingeschlafenen Beine wieder aufzuwecken, kam Harry aus der ›Venusfalle‹. Den Teppich hatte er nicht dabei, dafür aber ein zufriedenes Grinsen im Gesicht.

»Du alter Schwerenöter«, murmelte Uhl. Anscheinend waren Harry seine eigenen Bedürfnisse wichtiger als die seines Chefs – und offensichtlich hatte er noch mehr davon: Er setzte sich gemütlich in ein Straßencafé, trank dort ein kleines Bier, aß ein Gulasch und kaufte in einer Trafik eine Stange Zigaretten.

Als Uhl schon dachte, gleich würden seine Beine dank mangelnder Durchblutung abfallen, stieg Harry endlich wieder in sein Auto und fuhr dieses Mal an einen Ort, der vielversprechender war als jener zuvor – eine kleine Schrebergartensiedlung am Stadtrand. Hier gab es genug Laub zum Verbrennen, also gab es hier wohl auch den Teppich.

Er ließ Harry ein paar Meter Vorsprung, stieg aus dem Mini und nahm unauffällig die Verfolgung auf.

Die Schrebergartensiedlung war eine Welt für sich. Alles hier war klein und ein bisschen spießig. Teilweise auch skurril und schrullig. Während er Harry hinterherspazierte, kam er an den irrsten Sachen vorbei. Zwergenarmeen, Plastikgänse und Schaufensterpuppen waren da noch einige der harmloseren Accessoires.

Plötzlich blieb Harry vor einem kleinen Garten stehen, in dem eine rosa Laube stand und eine Regenbogenflagge wehte, und Uhl wunderte sich – das war doch wohl nicht *Harrys* Gärtchen?!

Tatsächlich hatte Harry nur kurz angehalten, um einen Anruf entgegenzunehmen.

Uhl drehte sein eigenes Handy auf lautlos, kletterte über einen weißgetünchten Gartenzaun und kroch hinter einer Hecke auf allen vieren in Harrys Richtung.

»… die Jagd schon vorbei?«, konnte er hören, als er nahe genug war. »Aber ja, ich komme Sie gleich holen, Boss … ja, natürlich, alles schon erledigt … geht es auch eine Viertelstunde später? Ich wollte nur noch schnell ein paar Besorgungen machen …«

Claus von Horaks Antwort musste laut ausgefallen sein, denn Harry hielt das Telefon ein paar Zentimeter vom Ohr weg. »Nein«, entgegnete er. »Selbstverständlich … ich lasse Sie natürlich nicht in der Einöde hängen … bitte entschuldigen Sie. Ich dachte nur, dass die Jagd länger dauern würde … ja, ich eile. Bis gleich.« Er legte auf. »Vollidiot«, schimpfte er und machte sich auf den Weg zurück. »Verdammter Wappler, elender …«

Besser hätte es nicht laufen können. Harry war für die nächsten Stunden mit Claus beschäftigt, und Uhl würde sich ungestört den Teppich wieder holen können. Es gab nur ein kleines Problem: Welcher war Harrys Schrebergarten?

Uhl folgte dem Weg, den Harry eingeschlagen hatte, und begutachtete die kleinen Grundstücke zu beiden Seiten: In einem Garten saß ein Rentner und trank Bier, in einem anderen grillte eine junge Familie. Die fielen schon mal weg. Gehäkelte Vorhänge im liebevoll gestrichenen Häuslein, akkurat arrangierte Blumenkästen und eine rosenumrankte Laube sahen Harry auch nicht unbedingt ähnlich.

»Bingo«, sagte Uhl, als am Ende des Wegs ein ziemlich verwilderter Schrebergarten in seinem Blickfeld erschien. Das Gras war bräunlich verfärbt, leere Bierdosen verrotteten in der Sonne, und hinter einem desolaten Zaun stand ein ausrangiertes Motorrad. Die Tür der kleinen Holzhütte, die auf dem Grundstück stand, war mit mehreren Schlössern gesichert, und ihre Fenster mit Efeu zugewuchert. Ja, hier war er richtig.

Er zückte sein kleines schwarzes Etui, stellte sicher, dass ihn niemand beobachtete, und zog seine Lederhandschuhe über. Dann machte er sich daran, die Schlösser zu knacken. Dieses Mal brach *er* bei Harry ein, und nicht umgekehrt. In der Rolle des Eindringlings fühlte er sich eindeutig wohler als in der des bestohlenen Opfers.

»Puh.« Er fuchtelte mit der Hand vor der Nase herum, um die abgestandene Luft in der Laube zu vertreiben. Am liebsten hätte er Harry die Verwüstung seines Ladens zurückgezahlt, doch alles war so unordentlich, dass jegliche Form von Vandalismus wahrscheinlich nicht aufgefallen wäre.

In der hinteren Ecke stand ein altes Klappbett, daneben befanden sich ein unaufgeräumter Tisch mit zwei Stühlen, ein Kühlschrank und eine Kommode. Auf dem Boden türmten sich zwei Paletten Dosenbier, ein Stapel Pornohefte und ein Werkzeugkasten. Alles war so schmutzig, dass Uhl, als er anfing, die Sachen zu durchwühlen, froh war, seine Handschuhe zu tragen.

»Hallo, mein Schatz«, begrüßte er den Teppich, den er schließlich unter dem Klappbett fand. Er war eigentlich schon wieder auf dem Weg nach Hause, als ihm ein Gedanke kam: der Mord an Szepan. Harry hatte ihn umgebracht und musste dafür büßen. Der Teppich allein war kein Beweis. Vielleicht ließ sich aber hier drinnen etwas Brauchbares finden, das man gegen ihn verwenden konnte.

Uhl machte sich daran, die Laube noch etwas genauer unter die Lupe zu nehmen. Auf dem Tisch entdeckte er unter einem Paar alter Handschuhe, losen Geldscheinen und einer Packung Kopfschmerztabletten einen Haufen Rechnungen. Er ging die Belege durch: Tankstelle, Baumarkt, Elektroladen, Parfümerie, indisches Restaurant, Herrenausstatter, ›Venusfalle‹.

Uhl pfiff durch die Zähne. Da hatte sich Harry aber eine teure Nacht gegönnt: Champagner für über 300 Euro, und wofür die anderen 450 Euro waren, mochte er lieber gar nicht erst nachdenken.

Gerade als er die Rechnung auf den Tisch zurücklegen wollte, stachen ihm das Datum und die Uhrzeit ins Auge: Dienstagnacht. Genau die Nacht, in der Szepan ermordet worden war.

Er klemmte sich den Teppich unter den Arm, steckte den Beleg und nach kurzem Zögern auch die Geldscheine ein. »Die sind für die Reparatur vom Biedermeier-Sekretär. Vielen Dank«, murmelte er und eilte zurück zum Auto.

»Tschuldigung«, sagte Uhl, während sich Morell schweigend und sichtlich genervt in den Mini quetschte.

»Ich hab mich doch am Telefon schon entschuldigt«, versuchte es Uhl erneut, wendete den Wagen und fuhr zurück in Richtung Wien. »Ich hatte das Handy auf lautlos gestellt, damit es mich nicht verrät. Drum hab ich erst viel später gesehen, dass du angerufen hast.«

»Ich bin fast eine ganze Stunde auf diesem verdammten Parkplatz gestanden und hab auf dich gewartet.« Morell gähnte und öffnete das Handschuhfach in der Hoffnung auf etwas zu trinken, doch die einzigen Flüssigkeiten waren Frostschutzmittel und Türschlossenteiser – beide weder schmackhaft noch gesund.

»Ich bin so schnell gekommen, wie es ging. Hättest du denn nicht mit einem der anderen mitfahren können?«

»Sehr lustig«, gab Morell zur Antwort. »Nicht ums Verrecken hätte mich einer von denen mitfahren lassen, nachdem ich ihnen die Jagd verdorben habe. Überfahren vielleicht, aber mitfahren auf keinen Fall.« Der Gedanke an den verscheuchten Rehbock hob seine Laune wieder ein bisschen. »Also, erzähl! Wie ich sehe, warst du erfolgreich.« Er deutete auf den Teppich, der auf dem Rücksitz lag.

»Die gute Nachricht ist, dass Harry tatsächlich unser Teppichdieb ist. Er hatte ihn in einem Schrebergarten versteckt, und ich hab ihn ohne Probleme zurückgekriegt.«

»Die gute Nachricht? Heißt das, dass es auch eine schlechte

gibt?« Morell presste seine Stirn gegen das kühle Glas der Fensterscheibe. Er war seit halb fünf wach, hatte noch nichts gegessen und eine anstrengende Wanderung hinter sich. Seinen Zustand als erschöpft zu bezeichnen, wäre die Untertreibung des Jahrhunderts gewesen.

»Unsere Theorie hinkt. Harry ist wahrscheinlich nicht Szepans Mörder.« Uhl holte die Rechnung aus seiner Hosentasche und reichte sie Morell.

Die Tatsache, dass seine Theorie ins Wanken geriet, gefiel Morell nicht. Alles hatte so schön Sinn ergeben. »Sicher, dass das *seine* Rechnung ist?«

»Wessen denn sonst? Er geht in der ›Venusfalle‹ ein und aus – das habe ich heute mit meinen eigenen Augen gesehen. Und er hat den Beleg sicher nicht aus irgendeinem Mülleimer gefischt, um ihn von der Steuer abzusetzen.«

»Vielleicht war er ja nicht die ganze Nacht dort. Vielleicht ist er mal kurz rüber in den Dritten gefahren«, schlug Morell vor.

»Vom Fünfzehnten in den Dritten hätte er pro Strecke mindestens zwanzig Minuten gebraucht, außerdem glaube ich nicht, dass er nach dem Mord einfach wieder zurück in den Puff gefahren ist und sich dort eine Runde entspannt hat. So kaltblütig ist nicht einmal Harry.«

»Mhm«, stimmte Morell zu. »Wenn, dann hätte er vorher seine Kleidung wechseln müssen. Laut Obduktionsbericht muss sehr viel Blut gespritzt sein.«

»Finden wir's einfach raus«, sagte Uhl, und Morell schwante nichts Gutes.

Tatsächlich parkte Uhl eine Viertelstunde später vor der ›Venusfalle‹. »Da drinnen gibt es sicher was zu trinken«, versuchte er, Morell zu motivieren, der kurz davor war einzuschlafen und überhaupt keine Lust hatte, in ein Bordell zu gehen.

»Jajaja, ich komm ja schon.« Die Aussicht auf ein Glas Wasser verlieh ihm neue Energie.

Die Tür der Venusfalle hatte weder eine Klinke noch einen Türknopf. Während Uhl die Schattenrisse von nackten Frauen in eindeutigen Posen studierte, die darauf angebracht waren, und Morell nach einer Klingel suchte, ertönte ein Brummen und die Tür öffnete sich wie von Geisterhand.

»Immer nur hereinspaziert, die Herren.« Ein Kasten von einem Mann winkte die beiden hinein.

Das Innere der ›Venusfalle‹ entsprach voll und ganz dem Stereotyp eines Puffs. Das Licht war gedimmt, die Wände mit Plüsch überzogen und hinter einer goldenen Bar hing ein großer Spiegel. Auf dem Boden war roter Teppich verlegt, und es roch nach einer Mischung aus billigem Parfüm und noch billigerem Aftershave. Mehrere Boxen beschallten das Entree mit schwülen Saxophonklängen.

»Aber hallo. Neue Gäste. Euch beide hab ich noch nie hier gesehen.« Eine Frau, deren Alter schwer einzuschätzen war, stand hinter der Bar und winkte die zwei zu sich. Sie war in Anbetracht des Umfelds ziemlich züchtig gekleidet, denn sie trug ein Hemdkleid aus blauem Satin, das sowohl ihre Brüste als auch ihren Hintern vollständig bedeckte und nichts durchblitzen ließ. »Was kann ich euch Gutes tun?« Sie lehnte sich nach vorn, so dass ihr üppiges Dekolleté in Szene gesetzt wurde.

»Ich hätte gerne was zu trinken«, sagte Morell, dem die Zunge schon am Gaumen pickte. Er wollte ihr auf keinen Fall auf den Busen starren, darum ließ er seinen Blick nach links wandern, wo eine schlanke Brünette, die nicht mehr als einen Leopardentanga trug, an einer Stange tanzte. Auch das wollte er nicht sehen, also schaute er auf seine Schuhe.

»Nicht so schüchtern, mein Hübscher.« Die Barlady zwinkerte. »Was darf ich dir denn bringen? Champagner? Oder vielleicht einen Cosmopolitan? Ich bin berühmt für meine Cocktails. Ich mache sie immer mit extra viel Stoff. Die sind richtig hart.« Sie sprach das Wort ›hart‹ so aus, dass es wie etwas Anrüchiges klang, was Morell die Schamesröte ins Gesicht trieb.

»Ein Wasser bitte«, sagte er.

»Für mich nix«, sagte Uhl, als die Bardame ihn fragend anschaute.

»Ein Wasser und ein Nix.« Ihr Lächeln war verschwunden. Sie füllte ein Glas mit Eis und öffnete den Kühlschrank.

»Leitungswasser reicht völlig.«

Sie verdrehte die Augen, zog sich den Ausschnitt nach oben und gab Morell das Gewünschte. »Zimmer kostet 150 pro Stunde. Sucht euch ein Mädel aus.« Sie zeigte auf eine Couch, auf der fünf junge Frauen saßen, die gemeinsam weniger als einen Quadratmeter Stoff trugen. »GV macht 100, alle anderen Preise stehen auf der Liste.« Sie drückte den beiden eine Art Speisekarte in die Hand.

»Wir sind nicht zum Spaß hier«, sagte Morell, nachdem er das Wasser in einem Zug ausgetrunken hatte und zeigte ihr seine Marke, was die Miene der Frau versteinern ließ.

»Die sind alle volljährig, legal hier und haben eine Arbeitsgenehmigung.« Sie zeigte auf die Mädchen, die völlig emotionslos auf der Couch hockten. »Das Hygieneamt war vor zwei Wochen hier und hatte nichts zu beanstanden, und die Steuer hab ich auch bezahlt.« Sie verschränkte die Arme vor der Brust und presste die Lippen zusammen. »Stecken Sie die weg.« Sie zeigte auf Morells Dienstmarke. »Sowas ist hier drin nicht gern gesehen. Verschreckt die Kundschaft.«

Morell schob den Ausweis direkt in einen der Lichtkegel, die von Spots auf die Bar geworfen wurden. »Sagen Sie uns einfach, was wir wissen wollen, dann sind Sie uns sofort wieder los.«

»Ich höre.«

»Sie haben einen Kunden namens Harry. Ein großer Kerl mit Aknenarben und Boxernase«, setzte Morell an.

»Der war heute schon mal hier«, ergänzte Uhl. »Gleich in der Früh.«

Sie nickte. »Ich weiß von wem Sie reden. Hat er Ärger?«

»Kommt drauf an.« Morell zeigte auf sein Glas, und sie füllte es erneut auf.

»Worauf?«, fragte sie.

»Darauf, ob er in der Nacht von Dienstag auf Mittwoch hier war.«

Sie überlegte. »Ich führe kein Buch über unsere Kunden, aber ich kann Chantal fragen. Immer wenn er hier ist, wählt er sie aus. Kleinen Moment.« Sie ging um die Bar herum zu den Mädels auf der Couch und redete mit einer zierlichen Asiatin, die eine blonde Pagenperücke trug.

»10B«, sagte Uhl zu Morell.

»Nicht, Willie, das ist frauenfeindlich und herabwürdigend.«

Uhl brauchte ein paar Augenblicke, bis er verstand. »Ich rede doch nicht von Körbchengrößen.« Er hielt Morell die Liste unter die Nase, die sie vorhin von der Bardame bekommen hatten. »Nummer 10B, Trampling, was soll das sein? Und was ist italienisch?«

Morell setzte sich auf einen Barhocker und gähnte. »Ich weiß es nicht, und ich will es auch nicht wissen. Ich will einfach nur so schnell wie möglich wieder hier raus.«

»Immerhin gibt's eine Klimaanlage«, versuchte Uhl, der Situation etwas Gutes abzugewinnen.

»Chantal sagt, dass Harry tatsächlich die ganze Nacht hier war. Er hat hier unten mit ein paar Mädels was getrunken, sich dann hinten in der Lounge eine der Shows angeschaut und ist dann mit Chantal für zwei Stunden aufs Zimmer gegangen.«

Morell legte die Stirn in Falten und rieb sich die Augen. »Danke«, sagte er, stand auf und bedeutete Uhl zu gehen.

»Hey. Und was ist mit zahlen?«, hielt die Bardame sie auf. »Nur weil Sie von der Kieberei sind, heißt das nicht, dass Sie was gratis kriegen.«

»Zahlen?« Morell hatte keine Ahnung, wovon sie redete.

»Na, zweimal Leitungswasser. Das macht acht Euro.«

Er hatte keine Lust auf Diskussionen und legte ihr einen Zehner hin. »Behalten Sie den Rest«, sagte er. »Für Ihre Mühe.« Dann traten er und Uhl wieder in die flirrende Hitze nach draußen. »Nächster Halt Hotel ›Kaiser Franz Josef‹. Ich muss Schlaf nachholen. Morgen überlegen wir uns dann was Neues.«

40

»Wahrscheinlich kein Komet, sondern ein Fixstern«, fasste Nina zusammen. Sie und Neumann hatten sich in den schattigen Gastgarten des Rüdigerhofs gesetzt, um dort zu Mittag zu essen. »Polarstern, Morgenstern oder Sirius. Für einen ungebildeten Mittelaltermenschen die wahrscheinlichsten Möglichkeiten.«

Schweigend aßen sie ihre Schnitzel, da Nina die Begriffe mit ihrem Handy googelte, während Neumann in dem Buch blätterte, das Professor Reichert ihnen geborgt hatte.

»Ich hab was gefunden«, platzte Nina heraus.

»Was?« Neumann vergaß vor lauter Spannung, die Gabel zum Mund zu führen.

»Die Farbe. Welche Farbe hat der Stern auf dem Teppich?«

»Die Fäden sind ziemlich verblasst, aber soweit ich es rekonstruiert habe, sind Blau und Weiß verwendet worden. Warum?«

»Findest du das nicht komisch? Normalerweise wird doch Gelb verwendet. Oder Gold.«

Neumann nickte. »Ich hatte angenommen, dass demjenigen, der den Teppich bestickt hat, gegen Ende die Fäden ausgegangen sind und er einfach den Rest aufgebraucht hat. Sowas kommt öfter vor. Besonders wenn die Teppiche aus keiner großen Werkstatt stammen oder von ärmeren Menschen gemacht wurden. Garn war teuer.«

»Was, wenn es Absicht war? Was, wenn der Sticker den Stern bewusst Blau und Weiß gemacht hat?«

»Jetzt machen Sie es doch nicht so spannend.«

Nina, die sicher war, auf die richtige Fährte gestoßen zu sein, räusperte sich und machte eine kurze dramatische Pause. »Sirius ist wegen seiner Helligkeit auch für den zufälligen Himmelsbetrachter ein auffälliger Stern. Sein grelles bläulich-weißes Licht neigt schon bei geringer Luftunruhe zu starkem Flackern«, las sie endlich vor.

»Bläulich-weißes Licht«, wiederholte Neumann.

Nina nickte. »Ich glaube, unser Stern hat endlich einen Namen. Sirius.«

Schnitzel und Salate waren plötzlich vergessen, und beide schoben ihre Teller zur Seite.

»Der Sirius wird auch Hundsstern genannt, weil er der hellste Stern im Sternbild des großen Hundes, Canis Major, ist«, las Nina weiter vor. »Bei den Griechen und Römern war der Sirius mit Hitze, Feuer und Fieber verbunden. Darum werden die heißesten Tage des Jahres auch Hundstage genannt. Im Mittelalter war diese Zeit im Volksglauben eine Unglückszeit.«

»Ergibt für den Teppich soweit keinen Sinn. Was noch?«

»Der heliakische Aufgang von Sirius ist der 26. Juli. Das heißt, er wird jedes Jahr an diesem Tag das erste Mal sichtbar«, las Nina weiter vor.

»Das ist ja morgen«, rief Neumann. Er schaute Nina mit großen Augen an und wartete, dass noch mehr Informationen folgten – doch es kam nichts. »War's das schon?«

»Nein. Natürlich nicht. Hier stehen noch seitenweise Informationen über Sirius, aber die sind alle hochwissenschaftlich. Geschätztes Alter von circa 240 Millionen Jahren ... 8,6 Lichtjahre

Entfernung … alles Zeugs, das ein einfacher Mensch im 17. Jahrhundert nicht hat wissen können.« Sie tippte auf ihrem Handy herum und winkte anschließend dem Kellner. »Zahlen bitte.«

»Was haben Sie vor?«, fragte Neumann. »Ich sehe Ihnen an, dass Sie einen Plan haben.«

»Du hast richtig gesehen. Ich bin sicher, dass wir mit Sirius auf der richtigen Spur sind. Um den Bezug zur Kirche herzustellen, brauchen wir aber Hilfe. Von jemandem, der sich mit Religion auskennt. Und genau diese Hilfe holen wir uns jetzt.«

»Hat's nicht geschmeckt?«, fragte der Kellner und schaute mit besorgtem Blick auf die halbvollen Teller.

»Doch, doch«, sagte Nina. »Es hat toll geschmeckt, aber leider haben wir es eilig.«

»Verraten Sie mir jetzt, wo wir hinfahren?«, bat Neumann im Auto.

»Direkt ins Zentrum der österreichischen katholischen Kirche«, gab Nina zur Antwort.

»Das da wäre?«

Nina zog eine Augenbraue hoch.

»'Tschuldigung, aber ich bin erstens evangelisch und zweitens wissen Sie die Antwort doch auch nur, weil Sie im Internet nachgeschaut haben.«

Nina lachte. »Dann lass dich überraschen.«

Sie parkten den Wagen in der Nähe der Oper und liefen über die Kärntnerstraße mitten hinein in den ersten Bezirk.

»Sie wollen in den Stephansdom?«, fragte Neumann ungläubig. »Sie wollen einen der Touristenführer fragen?« Er runzelte die Stirn.

»Knapp daneben, aber trotzdem vorbei. Wir statten der Erzdiözese einen Besuch ab. Dort wird uns sicher irgendjemand weiterhelfen können. Immerhin schwirrt da drinnen das Who is Who der österreichischen Katholiken herum.«

»In der Erzdiözese? Brauchen wir da nicht einen Termin?«, fragte Neumann.

»Wie Otto«, murmelte Nina. »Genau wie Otto.«

Direkt neben dem Stephansdom befand sich der monumentale alte Gebäudekomplex, der das erzbischöfliche Palais, die Wohnungen des Kardinal-Erzbischofs und seiner Mitarbeiter sowie weitere Räumlichkeiten einschließlich Bibliothek und Kapelle beherbergte. Der gesamte Komplex war so groß, dass er über insgesamt vier Postadressen verfügte.

Nina überschlug im Kopf, wie viele Länder man wohl mit dem Verkauf der Immobilie und der darin befindlichen Schätze vor dem Staatsbankrott bewahren könnte, doch Neumann unterbrach ihre Kalkulation. »Wo geht man denn da rein?«, fragte er.

»Versuchen wir den Eingang in der Wollzeile«, sagte Nina, nachdem sie ihr Handy konsultiert hatte.

Sie überquerten den Stephansplatz und bogen in die Wollzeile, eine der ältesten Straßen Wiens. Gleich auf der rechten Seite befand sich eine unscheinbare Tür.

»Sind wir hier richtig?«, fragte Neumann. »Normalerweise geht es bei euch Katholiken doch um einiges prunkvoller zu. Understatement war noch nie eure Stärke.«

»Wirf mich nicht mit denen in einen Topf«, beschwerte sich Nina und drückte die Tür auf. »Ich bin schon vor Jahren ausgetreten«, fügte sie im Flüsterton hinzu. Sie wollten immerhin Informationen, da war es vielleicht besser, wenn die Leute im Erzbischöflichen Palais nicht wussten, dass sie es mit einem Protestanten und einer Bekenntnislosen zu tun hatten.

Überraschenderweise war auch das Innere des Gebäudes sehr dezent und ansprechend gestaltet und zeigte keinerlei Spuren von Kitsch oder Prasserei.

»Kann ich Ihnen helfen?«, fragte ein Portier, der in einer Art Glaskasten saß.

»Sehr gerne.« Nina hatte ihr frommstes Lächeln aufgesetzt.

»Wir haben einen Termin …«, sie schielte auf ihr allwissendes Handy, auf dessen Display die Homepage der Erzdiözese geöffnet war, und scrollte eilig durch das Personalregister.

»Beim Herrn Weitra?«, fragte der Portier.

»Genau bei dem.« Nina hatte keinen blassen Schimmer, wer dieser Herr Weitra war, aber wenn dem Portier ein Termin bei ihm plausibel schien, dann sollte es so sein.

»Der Eingang wäre eigentlich drüben. Stephansplatz 6, aber heute können Sie ausnahmsweise durch den Innenhof gehen. Einfach geradeaus. Es ist alles angeschrieben.«

Der Innenhof war eine Mischung aus Schloss- und Kreuzgangshof, der von efeuumrankten Arkaden umgeben war, die einen in eine längst vergangene Zeit versetzten.

»Wer ist denn nun dieser Herr Weitra?«, sagte Neumann. »Fragen Sie doch mal Ihr Zaubertelefon.«

Nina drückte ein paar Knöpfe und fing dann an zu lachen. »Ehevorbereitung. Er leitet die Ehevorbereitung.«

Neumann fiel ins Gelächter mit ein.

»Grüß Sie Gott.« Ein attraktiver junger Mann mit einem Dreitagebart, schwarzen Locken und strahlend blauen Augen war neben sie getreten. »Sie haben aber gute Laune. Wie schön.« Er lächelte und ließ dabei zwei Reihen ebenmäßiger weißer Zähne blitzen. »Es ist aber auch ein wundervoller Tag.«

Er trug eine schwarze Soutane und einen weißen Kollar. Der Mann, der aussah wie ein junger Adonis, war also ein Priester. Was für eine Verschwendung, dachte Nina.

»Genau«, sagte sie und ertappte sich dabei, dümmlich zu grinsen. Eine Reaktion, die er wahrscheinlich bei vielen Frauen hervorrief.

»Kennen Sie sich aus oder kann ich Ihnen weiterhelfen? Besucher verirren sich leicht bei uns.«

Nina rückte ihre Brille zurecht. »Sie können uns vielleicht tatsächlich weiterhelfen. Wir brauchten nämlich eine Information.

Wir wollen herausfinden, was der Stern Sirius mit der Kirche zu tun hat.«

»Mhm.« Der junge Priester schien nicht überrascht über das komische Anliegen zu sein. Er strich sich einfach nur übers Kinn und schaute nach oben, als würde er auf eine himmlische Eingebung warten. »Genauso wie alle anderen Dinge im Universum, wurde auch der Stern Sirius von Gott geschaffen, in seiner allumfassenden Weisheit und Liebe«, sagte er schließlich.

»Klar, aber vielleicht gibt es noch einen direkteren Bezug«, sagte Nina.

Der Adonis-Priester schaute etwas ratlos.

»Machen wir es so«, schlug Nina vor. »Ich sage Ihnen ein paar Schlagworte, und Sie sagen uns, was Ihnen spontan dazu einfällt.«

»Wenn Sie glauben, dass Ihnen das weiterhilft, sehr gern.« Er lächelte und verschränkte seine Finger ineinander.

»Hundstage«, fing sie an.

»Heiß. Sonne als Gottesgeschenk. Sonne als Lebensspenderin«, assoziierte er, wie gewünscht.

»Stern«, machte sie weiter.

»Stern von Bethlehem. Himmelsbote. Göttlicher Gesandter.«

»Blau-weiß.«

»Tracht von Mutter Theresa. Landesfarben des Freistaats Bayern.«

»26. Juli.«

»Annentag«, sagte er wie aus der Pistole geschossen und mit solch einer Überzeugung, als handelte es sich bei dem Begriff um ein Wort aus dem täglichen Sprachgebrauch.

»Annentag?«, fragten Nina und Neumann unisono, da sie beide noch nie davon gehört hatten.

»Am 26. Juli wird der heiligen Anna gedacht«, erklärte der Priester den beiden Ungläubigen. »Sie war die Mutter von Maria und somit die Großmutter von Jesus Christus, unserem Herrn. Heute gilt sie als Patronin der Ehefrauen und Mütter und als Beschützerin der Armen. In vielen Städten wird ihr Tag mit einem großen Fest gefeiert. Haben Sie denn noch nie davon gehört?«

Die beiden schüttelten die Köpfe.

»Das Annenfest in Forchheim hat jährlich mehr als eine halbe Million Besucher. In vielen anderen Städten ist es ähnlich.«

»Und hier in Wien?«

»Früher war der Annentag auch hier ein Volksfest. Seit vielen Jahren wird er aber nur noch in kirchlichen Kreisen zelebriert. Morgen Abend wird in der Annakirche um 18 Uhr das Hochamt gefeiert, und auch den ganzen Tag über gibt es verschiedenste Veranstaltungen. Gehen Sie hin. Es wird Ihnen sicher gefallen.«

Bei dem Begriff ›Annakirche‹ waren Nina und Neumann hellhörig geworden.

»Sie wissen nicht zufällig, wann die Annakirche gebaut worden ist?«, fragte Neumann.

»Sie wollen Sachen wissen.« Der Priester lächelte noch immer und wiederholte sein Ritual von vorhin: Er rieb sein Kinn und starrte in den Himmel. »Sie ist auf jeden Fall barock. Recht früh, wenn ich mich nicht irre. Fünfzehnhundertirgendwas.«

Das passte genau ins Schema.

»Gibt es zufällig auch noch eine Verbindung zu der Zahl drei? Oder zu einer Hand?« Ninas Wangen waren gerötet. Sie war sicher, dass sie auf der richtigen Spur waren. Ihr Puls beschleunigte sich noch mehr, als der Priester nickte.

»Aber ja«, sagte er. »Als Anna selbdritt wird die typische Darstellung der heiligen Anna, gemeinsam mit Maria und Jesus, genannt. Und die Hand …« Er hielt inne und lächelte sein umwerfendes Zahnpastalächeln. »Gehen Sie doch morgen rüber und schauen Sie selbst.«

»Warum morgen? Können wir nicht jetzt gleich rüberschauen?«, fragte Nina.

Der Priester schüttelte weise lächelnd den Kopf. »Morgen«, sagte er kryptisch. »Gehen Sie morgen.«

41

Als Morell am nächsten Morgen im Wintergarten des Hotels zum Frühstück erschien, war er das erste Mal seit Tagen halbwegs gut gelaunt. Er hatte tief und fest geschlafen, und zudem hatte der Wetterbericht für heute Regen angekündigt, was auf Abkühlung hoffen ließ.

Ein Blick auf das Frühstücksbüfett zeigte ihm, dass Rossis Animosität wieder nachgelassen hatte, denn neben Käse und Joghurt gab es auch noch viele andere vegetarische Speisen.

Uhl, mit dem er sich zu einer Lagebesprechung verabredet hatte, war ausnahmsweise pünktlich und saß bereits am besten Tisch direkt zwischen Fenster und Büfett.

Morell winkte seinem Freund, belud einen Teller mit Semmeln, Butter, Marmelade und Obstsalat und durchquerte den Raum.

»Da ist er«, hörte er eine Stimme hinter sich zischen. Er drehte sich um und starrte direkt in die wässrig-blauen Augen jener Dame, die sich bereits einmal über ihn beschwert hatte. »Jetzt sind wir wegen Ihnen extra in ein anderes Zimmer gezogen, und trotzdem kann man Sie immer noch hören«, sprach sie ihn nun direkt an. »Zwei Stockwerke darüber«, fügte sie hinzu, und zwar so laut, dass es auch der hinterste Tisch noch hören konnte. »Das ist doch einfach unmöglich. Kein Auge hab ich zugetan.« Sie schüttelte den Kopf und tat so, als ob Morell mit Absicht schnarchen würde.

Morells gute Laune war auf einen Schlag verflogen. Er lief rot an, stammelte ein paar unverständliche Worte, die sich irgendwo zwischen einer Entschuldigung und einer Rechtfertigung bewegten, und setzte sich dann zu Uhl, dessen Teller so aussah, als hätte er ihn von einem Fleischer befüllen lassen: gebratener Speck, Rostbratwürstchen, Leberpastete, Salami und Schinken.

»Didgeridoo spielen«, sagte Uhl und schob sich ein Stück Speck in den Mund.

»Wie bitte?« Morell hegte langsam die Hoffnung, dass er noch gar nicht wach war und einfach nur träumte.

»Didgeridoo spielen«, wiederholte Uhl. »Das soll gegen Schnarchen helfen, weil es irgendwelche Muskeln im Rachen stimuliert oder so. Alphorn geht sicher auch.«

Morell war nach der öffentlichen Bloßstellung so verzweifelt, dass er die Möglichkeit sogar für einen Moment in Erwägung zog. »Lass uns lieber über den Fall reden«, sagte er, denn das Thema Schnarchen schlug auf den Magen. »Da Harry ein Alibi für Dienstagnacht hat, muss jemand anderer deinen Kollegen umgebracht haben.«

Uhl stimmte zu. »Und? Schon eine Vermutung, wer es gewesen sein könnte?«

Morell schmierte sich ein Marmeladensemmerl und nickte. »Auf der Gartenparty bei den von Horaks habe ich ein Telefonat zwischen Maximilian und Alexander belauscht. Alexander hatte anscheinend irgendwas verbockt, und Maximilian musste sich darum kümmern. Vielleicht haben sie ja über Szepan und den Teppich geredet.«

»Ein mörderisches Brüderpaar«, sinnierte Uhl. »Auch gut möglich. Max, Businessman durch und durch, fürchtet, dass unter dem angeknacksten Ruf die Geschäfte leiden könnten.«

»Ich habe gehört, dass er einen Fuß auf den asiatischen Markt bekommen will – gerade bei denen sind doch Ruf und Ehre noch sehr wichtig.«

»Also schickt er seinen kleinen Bruder, das schwarze Schaf, damit der sich die Finger schmutzig macht.«

»Aber Harry war doch schon beauftragt worden. Warum also auch noch Alex losschicken?«, fragte sich Morell.

»Entweder haben Claus und Max sich nicht ordentlich abgesprochen, oder Max hat nicht auf Harry vertraut und wollte auf Nummer Sicher gehen. Nach dem Motto ›Doppelt hält besser‹.«

Morell nickte. »Ich werde mir die beiden auf jeden Fall genauer anschauen.«

»Passt, dann haben wir ja einen Plan.« Uhl prostete Morell mit seinem Kaffee zu. »Ich werd hier übrigens öfter mal zum Essen herkommen. Der Speck ist super und die Leberpastete einfach himmlisch.«

Als wäre das sein Stichwort gewesen, kam Mario Rossi in den Frühstücksraum und füllte das Brot nach.

»Sind Sie der Koch?«, rief Uhl.

»Lass ihn doch.« Morell hatte keine Lust auf eine Konfrontation mit Rossi, doch Uhl, eigensinnig wie eh und je, winkte den Koch an den Tisch.

»Alles in Ordnung?« Der Anblick von Morell ließ Rossi eine Augenbraue hochziehen und einen kritischen Gesichtsausdruck aufsetzen.

»Ist die Pastete selbstgemacht?«, fragte Uhl.

»Si. Naturalmente. In meiner Küche wird alles selber gemacht. Sogar die Marmelade.«

Uhl strahlte. »Kompliment«, sagte er. »Das ist die beste Pastete, die ich seit langem gegessen habe. Vielleicht sogar die beste überhaupt.«

Rossis kritische Miene verwandelte sich in einen Ausdruck puren Triumphs. »Grazie«, sagte er und verneigte sich leicht, dann wandte er sich an Morell. »Sehen Sie. Sogar Ihr Freund kann schmecken, dass hier echte italienische Kunst am Werk ist. Besser als österreichische.«

»Niemand hat gesagt, dass Ihr Essen nicht schmeckt«, sagte Morell, den die Attitüde des Kochs langsam zu nerven begann. »Ich habe nur gesagt, dass die österreichische Küche locker mit der italienischen mithalten kann.« Er schob seinen halbvollen Teller von sich und verschränkte trotzig die Arme vor der Brust.

»Ach was.« Rossi machte eine abfällige Handbewegung. »Sie essen ja nicht einmal Fleisch. Was wissen Sie denn schon von gutem Essen?«

Damit hatte er Morells Stolz verletzt. »Wie kann ich Sie vom Gegenteil überzeugen?«, fragte er. Das würde er nicht auf sich sitzen lassen.

»Heute nach dem Mittagessen. Sie und ich. In meiner Küche.« Rossi reckte das Kinn in die Höhe, drehte sich um und verließ mit erhobenem Haupt den Raum.

»Bis dann«, rief Morell ihm hinterher. Er würde dem arroganten Italiener schon noch zeigen, wo Bartl den Most holte.

Weil ihm der Appetit auf Frühstück vergangen war, entschied Morell, gleich zu Maximilian von Horak zu fahren. Da er Uhl lieber nicht dabei haben wollte, trug er ihm auf, den Teppich zu fotografieren, damit sie für alle Fälle etwas in der Hand hatten.

In der Lobby wäre er fast über einen Stapel Handtücher gestolpert, die dort jemand achtlos auf dem Boden geparkt hatte.

»So bleiben die aber nicht sauber«, sagte er laut, obwohl weit und breit niemand zu sehen war, und hoffte stark, dass er nicht derjenige war, der das unterste kriegte.

»Ich hab's nur schnell ablegen müssen, weil ich noch was anderes zu tun hatte. Sie wissen schon.« Jacqueline, die auch heute wieder aussah, als sei sie in einen Make-up-Topf gefallen, kam samt Putzwagen durch den Seiteneingang hereingestürmt. Der Geruch von Zigarettenqualm, der sie wie eine graue Aura umgab, ließ keine Zweifel darüber aufkommen, was sie draußen gemacht hatte.

»Ja, ausnahmsweise weiß ich es wirklich schon.« Er rümpfte die Nase und reichte ihr die Handtücher.

»Sagen S' bitte nix dem Herrn Karlinger. Der regt sich zur Zeit eh über alles auf.« Sie packte die Handtücher einfach auf den Wagen, und zwar direkt auf einen offensichtlich gebrauchten Putzlappen.

»Ich sage nichts, wenn Sie mir dafür versprechen, dass ich ein Handtuch aus der Mitte bekomme. Nicht das oberste und schon gar nicht das unterste.«

Jacqueline steckte sich einen Kaugummi in den Mund, kaute gedankenversunken darauf herum und grübelte über den komischen Wunsch des Gastes, konnte ihm aber keinen tieferen Sinn abgewinnen. Schließlich zuckte sie mit den Schultern. »Okay«, sagte sie. »Eines aus der Mitte. Wie Sie wollen.« Sie schob den Wagen in Richtung Treppe, als Morell ein Stück braunes Packpapier ins Auge stach, das unter einer Großpackung Toilettenpapier hervorblitzte. Als er genauer hinschaute, erkannte er, dass es sich dabei um ein flaches, viereckiges Paket handelte. »Warten Sie, Jacqueline«, wollte er sie aufhalten.

»Einen wunderschönen guten Morgen wünsch ich Ihnen.« Hertha Karlinger hatte die Lobby betreten, woraufhin Jacqueline sich einen Staubwedel griff und geschäftig einen Gummibaum neben dem Aufzug abstaubte.

»Ist alles zu Ihrer Zufriedenheit, Herr Morell? Kann ich Ihnen vielleicht irgendwie behilflich sein?« Sie schaute ihn mit ihren Maulwurfsaugen fragend an.

»Danke, ich wollte eigentlich nur kurz …«

Mit lautem Gepolter wuchtete Jacqueline den massiven Putzwagen über die Stufen der Treppe.

Morell wollte ihr folgen, um das Paket, das exakt die Maße des verschwundenen Bildes zu haben schien, zu untersuchen, doch Hertha hielt ihn am Oberarm fest. »Wie gut, dass ich Sie getroffen habe«, sagte sie. »Es ist mir sehr, sehr unangenehm, das müssen Sie mir glauben, aber ich muss Sie leider noch einmal umquartieren. Ich hoffe, das bereitet Ihnen nicht zu viele Umstände. Es wird dann preislich selbstverständlich etwas günstiger.«

Den Grund für die Übersiedlungsmaßnahme verschwieg sie dezent, doch Morell wusste genau, worum es ging. Sie gab ihm einen Schlüssel und bestand darauf, ihm dabei zu helfen, seine Sachen in das neue Zimmer – ein kleines Kabäuschen in den hintersten Untiefen des dritten Stocks, mit Blick auf einen unbegrünten Lichtschacht – zu bringen.

Als Morell im Anschluss nach Jacqueline suchte, konnte er sie nicht finden. Sie hatte ihre Putztour wohl in Rekordzeit absolviert und sich in eine lange Pause oder vielleicht sogar in den Feierabend verabschiedet. Jedenfalls waren sie und das braune Paket verschwunden.

Im Büro der ›Maximilian von Horak Agentur für Luxusprodukte‹ hatte Morell die Information bekommen, dass der Chef in der Stadthalle sei, wo er höchstpersönlich den Aufbau einer von ihm veranstalteten Luxusmesse überwache.

Dort angekommen musste er mehrfach seinen Dienstausweis herzeigen, um in die heiligen Hallen vorgelassen zu werden. Als er endlich drinnen war, verstand er, warum hier so ein großes Tamtam um den Einlass gemacht wurde: Hier waren Luxusgüter gehortet, die alle zusammen wohl mehr Euros kosteten, als die österreichische Bundesregierung an Jahresbudget zur Verfügung hatte.

»Herr im Himmel«, entfuhr es Morell, als er an einem Stand vorbeikam, an dem Handys zur Schau gestellt wurden, die über und über mit Diamanten besetzt waren. Er trat näher an eine der Vitrinen und las die darauf angebrachte Beschreibung: 1720 Diamanten, 18-karätiges Weißgold, 172 000 Euro. Er las den Preis erneut und zählte die Nullen. Wer um alles in der Welt brauchte denn nur sowas? Davon wurde der Empfang auch nicht besser.

Er passierte Fabergé-Eier, deren Preise nicht angeschrieben waren – wahrscheinlich hatten so viele Nullen nicht auf die Etiketten gepasst –, Autos, Yachten und Uhren, und tat alles mit einem resignierten Kopfschütteln ab. Hier waren die wohl überflüssigsten, überkandideltsten und überteuertsten Produkte der Welt angesammelt. Geld verdarb vielleicht nicht unbedingt den Charakter, aber anscheinend die Zurechnungsfähigkeit.

Er kam nicht weiter dazu, sich Gedanken über Luxus, Protzerei und Verschwendung zu machen, da er endlich Maximilian von Horak gesichtet hatte. Der stand geschniegelt und gestriegelt vor einem Whirlpool und erteilte einer Assistentin im engen Nadelstreifenkostüm Anweisungen.

»Der Reichenegger soll seine Pelze drüben neben dem Schmuck aufbauen. Für Zigarren und Cognac habe ich die Halle nebenan reserviert, und in einer Stunde will ich die Hostessen überprüfen.« Als er Morell sah, verdunkelte sich seine Miene. »Das wäre dann alles, Mercedes«, entließ er seine Assistentin. Hier drinnen waren sogar die Namen teuer.

»Was wollen Sie?«, ließ er die Begrüßung eisig ausfallen.

»Ich habe nur ein paar Fragen«, setzte Morell an, doch Maximilian ließ ihn nicht ausreden.

»Sie können von mir aus in Gabis Boutique Schaden anrichten, meinen Vater in den Wahnsinn treiben und Großvater die Jagd verderben, mich lassen Sie aber gefälligst in Ruhe. Vor allem, wenn ich zu arbeiten habe. Ich sage es Ihnen genau einmal: Der Teppich ist mir egal, und jetzt gehen Sie bitte. Was soll denn nur meine Klientel denken?«

Morell war es piepegal, was eine Horde reicher Söhnchen und geltungssüchtiger Emporkömmlinge dachte, und machte munter mit seiner Befragung weiter: »Ihr Vater hat dasselbe gesagt. In Wirklichkeit ist ihm der Teppich aber überhaupt nicht egal. Er hat sogar extra seinen Mitarbeiter Harry darauf angesetzt.« Bei dem Wort Mitarbeiter malte er Gänsefüßchen in die Luft.

»Was geht mich das an? Dann kümmern Sie sich doch um ihn.« Von Horak zog ein Smartphone aus seinem Sakko, fing an, darauf herumzutippen und drehte Morell den Rücken zu.

»Das habe ich bereits gemacht. Er hat ein Alibi – im Gegensatz zu Ihnen. Und ich bin sicher, dass Ihr Bruder auch keines hat«, ließ er sich nicht beirren.

»Lassen Sie meinen Bruder aus dem Spiel«, hatte er von Horaks Aufmerksamkeit wieder. »Lassen Sie die Sache endlich auf sich beruhen.« Genau wie bei seinem Vater gestern trat eine Ader auf seiner Schläfe hervor und fing wild an zu pochen.

»Es geht um Mord. Das ist kein Kavaliersdelikt. Außerdem habe ich gegen Sie und Ihren Bruder einen begründeten Verdacht. Es sei denn, Sie haben für Ihr Telefonat von vorgestern eine gute Begründung.«

»Welches Telefonat?« Auf Maximilian von Horaks Gesicht hatte sich ein dünner Schweißfilm gebildet. Er zog ein besticktes Stofftaschentuch aus seiner Tasche und wischte sich damit über die Stirn.

»Er hat etwas vermasselt, und Sie wollten sich darum kümmern.« Morell genoss es, den überheblichen Luxuspapst in Bedrängnis gebracht zu haben.

Von Horak sah sich um, um sicherzugehen, dass niemand in der Nähe war, dann trat er ganz nah an den Chefinspektor heran. »Jetzt hören Sie mal, Sie Witzfigur«, zischte er, so dass Morell in einen Spucke-Sprühnebel getaucht wurde. »Sie sind nicht der Einzige, der herumschnüffeln kann. Das kann ich auch. Und dabei habe ich herausgefunden, dass Sie gar nicht offiziell an dem Fall dran sind. Ihre Kollegen von der Mordkommission haben keine Ahnung, dass Sie hier auf eigene Faust ermitteln. Unautorisiert. Also. Wie viel?«

»Wie? Wie viel?« Dieses Mal war es an Morell, leicht eingeschüchtert zu sein.

»Na, wie viel?«, wiederholte von Horak. »Jetzt tun Sie nicht so unschuldig. Wie viel Geld wollen Sie, um endlich aus unser aller Leben zu verschwinden?« Er zückte ein Scheckbuch und einen goldenen Füllfederhalter. »Das ist doch der Grund, warum Sie Ihre Nase in unser Leben stecken. Geben Sie uns den Teppich, und dann verschwinden Sie zurück in das Loch, aus dem Sie gekrochen sind. Also? Wie viel?«

»Ich will kein Geld«, sagte Morell. »Glauben Sie es oder nicht, aber mir geht es um Recht und Gerechtigkeit. Das ist alles. Sie können mir jetzt freiwillig sagen, worüber Sie mit Ihrem Bruder gesprochen haben, oder ich finde es selbst heraus.«

Maximilian von Horak steckte das Scheckbuch wieder ein und winkte einem Security-Typen, der einige Meter entfernt ein goldenes Auto bewachte.

»Der Herr möchte gehen«, sagte er zu dem Muskelprotz. »Und er möchte nicht mehr wiederkommen.«

»Da haben Sie völlig recht«, sagte Morell und wand sich aus dem Griff des Security-Typen. »Da haben Sie völlig recht.«

42

Wien, 21. Juni 1801

Tick Tock. Tick Tock. Tick Tock. Das gleichmäßige Ticken der schweren Standuhr war alles, was im Wohnsalon der von Horaks noch zu hören war, nachdem Theresia Bandolin von dem Teppich und dessen brisanter Botschaft berichtet hatte.

Mit einem triumphalen Lächeln lehnte sie sich in ihrem Fauteuil zurück und nippte an der Tasse Tee, die ihr zuvor von einem Dienstmädchen serviert worden war. Selten hatte ihr etwas so gut geschmeckt.

Ernst von Horak, Gustavs Vater, zwirbelte an den Enden seines Schnurrbarts herum, während sein Sohnemann mit offenem Mund dasaß und ihn anstarrte.

»Was für eine unglaubliche Impertinenz«, schimpfte Gustav, als er sich wieder gefangen hatte. »Was bildet dieses Frauenzimmer sich bloß ein?!« Er tat so, als wäre Theresia gar nicht anwesend. »Wir sollten sie wegen Verleumdung belangen. Sie will den guten Namen unserer Familie in den Schmutz ziehen. Diese … diese … Person.«

Sein Vater antwortete nicht, und Theresia konnte in dessen Augen lesen, dass sie mit ihren Anschuldigungen ins Schwarze getroffen hatte. Es wurde schon seit vielen Jahren gemunkelt, dass Adam von Horak sich die Belohnung auf unlauterem Weg erschlichen hatte. Und Ernst von Horak wusste, dass es stimmte. Er wusste, dass sein Ahnherr ein Verräter war. Ein Blender. Ein Mörder.

»So macht doch etwas, Vater. Lasst dieses furchtbare Weib entfernen. Sie droht uns doch nur, weil ich sie nicht wollte.« Gustav schenkte Theresia einen eisigen Blick. »Es stimmt wohl, was man sagt: Die Hölle kennt keine Wut wie die einer verschmähten Frau.«

Tick Tock. Tick Tock. Genauso gelassen wie das Pendel der Uhr von links nach rechts und wieder zurück schwang, nippte Theresia Bandolin an ihrem Tee.

»Welche Beweise habt Ihr für Eure Behauptung?«, fragte Ernst von Horak.

Theresia hatte diese Frage bereits befürchtet. Sie war der einzige Schwachpunkt in ihrem Plan. »Ich habe den Ring von König Sobieski«, bluffte sie. »Die Stickereien auf dem Teppich haben mich direkt zu ihm geführt.« In Wirklichkeit hatte sie das Rätsel nicht lösen und den Ring nicht finden können, doch das musste ja keiner wissen. »Ich habe ihn an einem sicheren Ort versteckt. Euer Geheimnis – oder sollte ich besser sagen: Eure Schande – ist bei mir sicher. Noch.«

Erneut verstrichen einige sehr lange, sehr stille Augenblicke.

»Was wollt Ihr dafür haben?«, fragte Ernst von Horak und erntete dafür einen fassungslosen Blick von seinem Sohn. »Bei dem Vermögen, über das Eure Familie verfügt, seid Ihr wohl kaum auf Geld aus.«

Nicht einmal Schreck, Verwirrung und Zorn konnten Gustavs engelsgleiches Gesicht entstellen, dachte Theresia. Er war immer noch eine wahre Schönheit. »Da habt Ihr recht«, sagte sie und lä-

chelte. »Mit Geld könnt Ihr Euch mein Schweigen nicht erkaufen. Aber Ihr habt etwas anderes, das ich will.« Sie schaute Gustav an, der immer tiefer in den Polstern der Chaiselongue, auf der er saß, versank. »Es würde mir um einiges leichter fallen, die Familienehre zu schützen, wenn es sich dabei um meine eigene handeln würde.«

Tick Tock. Tick Tock. Tick Tock. »Dann soll es so sein«, sagte Ernst von Horak schließlich, stand auf und verließ den Raum, ohne seinen Sohn, dessen Gesicht kreidebleich geworden war, auch nur eines Blickes zu würdigen.

»Herrlich, dieser Tee«, schwärmte Theresia. »Ich werde dem Dienstmädchen auftragen, noch mehr davon zu besorgen. Unsere Gäste werden begeistert sein.«

Gustav von Horak antwortete nicht – ihm hatte es erneut die Sprache verschlagen.

Das Ticken der Standuhr war das einzige, das Theresia zu hören bekam, während sie in aller Ruhe ihren Tee austrank.

43

Auf dem Weg zur Annakirche konnten weder Nina noch Neumann ihre Aufregung verbergen. Nina hatte ganz rote Wangen, und Neumann schritt so schnell durch die schmale Annagasse, dass die Gerichtsmedizinerin kaum mithalten konnte.

»Da sind wir dann wohl.« Neumann blieb abrupt stehen und deutete auf eine kleine Kirche, an der er beinahe vorbeigehastet wäre. Sie war nicht freistehend wie die meisten Kirchen in der Stadt, sondern mit den angrenzenden Häusern verbunden, was dazu führte, dass man sie leicht übersehen konnte.

»Ich bin ja mal gespannt.« Nina betrachtete die unscheinbare Fassade.

»Ich auch. Vielleicht sollten wir uns keine allzu großen Hoffnungen machen«, malte Neumann schwarz. »Ich habe mir gestern die Bauhistorie angeschaut. Die Kirche wurde nach der Türkenbelagerung mindestens viermal renoviert.«

»Und? Wurde irgendwann über den Fund eines Ringes berichtet?«, wirkte Nina der negativen Stimmung entgegen.

»Nein«, gab Neumann kleinlaut zu.

»Eben«, sagte Nina, stieg die zwei Stufen bis zum Eingang hoch und öffnete die schwere dunkelbraune Holztür, auf der die Buchstaben VJ, für Vivat Jesus, eingelassen waren. »Schau nur«, sagte sie, hielt kurz inne und zeigte auf eine Figur über dem Eingang. »Da ist schon eine dieser Dreierkombis von Anna, Maria und Jesus.«

»Anna selbdritt«, nannte Neumann den Fachbegriff und hielt Nina die Tür auf.

Das Innere der Kirche war sehr dunkel, da die umliegenden Häuser das Tageslicht abblockten, und obwohl eine Vielzahl an Kerzen in dem einschiffigen Langhaus brannten, dauerte es einige Momente, bis sich ihre Augen an die Düsternis gewöhnten.

»Schon wieder so eine Kitschhöhle«, sagte Nina, nachdem sie ein paar Eindrücke gesammelt hatte. Stuckdekor, Fresken, Statuen, Altäre, Säulen und überall Gold, Gold und nochmals Gold. »Ich hatte gehofft, dass hier weniger Bling-Bling drinnen ist. Das würde die Suche erheblich erleichtern.«

»Barock halt.« Neumann ließ eine alte Dame vorbei, die ihren gichtigen Finger ins Weihwasserbecken tauchte, ein Kreuzzeichen schlug und sich dann in eine der Bänke setzte, wo sich bereits unzählige andere Gläubige zum Gebet versammelt hatten.

»Ganz schön was los hier«, sagte Nina. »Es wird nicht leicht werden, den Ring zu finden, wenn hier so ein Rummel herrscht. Vielleicht sollten wir lieber an einem anderen Tag kommen. Wenn die heilige Anna nicht gerade Geburtstag hat.«

»Namenstag«, korrigierte Neumann. »Der Priester gestern hat ganz klar gesagt, wir sollen heute herkommen. Irgendeinen Grund wird er dafür schon gehabt haben.«

Nina stimmte zu. »Am besten, wir teilen uns wieder auf. Mach du die rechte und ich die linke Seite. Dann hat jeder von uns drei von diesen Nischen. Und den Hauptaltar suchen wir dann gemeinsam ab.«

»Die Nischen sind Seitenaltäre. Die werden manchmal auch Kapellen genannt«, glänzte Neumann mit kunstgeschichtlichem Wissen.

»Verstehe. Schaut so aus, als hättest du deine Hausaufgaben gemacht. Kannst du mir dann bitte auch erklären, warum vor dem Seitenaltar da vorne so viel los ist?« Sie zeigte auf die erste Kapelle links, vor der sich eine große Menschenmenge versammelt hatte.

»Ich habe mich über die Bauhistorie und die Renovierungen schlaugemacht«, sagte er, nahm sich eine der Broschüren, die, genauso wie in der Peterskirche, für Touristen und andere interessierte Besucher auslagen, und überflog sie kurz. »Die sechs Seitenaltäre sind Anna, Josef, Maria, Ignatius, Sebastian und Stanislaus Kostka gewidmet«, las er vor. »Wahrscheinlich stehen die Menschen vor der Annakapelle und tun, was auch immer ihr Katholiken halt an Gedächtnistagen so tut«, folgerte er.

»Schau mich nicht so fragend an«, winkte Nina ab. »Ich weiß nicht, was man als guter Katholik am Gedächtnistag machen muss. Vielleicht eine Kerze anzünden, ein Gebet sprechen oder irgendeine Opfergabe bringen.«

»Finden wir es doch einfach heraus«, schlug Neumann vor. Gemeinsam gingen sie zu der Menschentraube und stellten sich hinten an.

»Wie schön, dass sich auch noch junge Menschen für die Kirche interessieren.« Eine alte Frau, deren Gesicht an ein zerknülltes Blatt Papier erinnerte, schenkte Nina und Neumann je eine weiße Kerze und hielt ihnen dann ihre eigene entgegen, damit sie sie daran entzünden konnten.

»Jetzt fühl ich mich wie bei der Erstkommunion«, flüsterte Nina Neumann ins Ohr, als sie nebeneinander darauf warteten, zum Annenaltar zu gelangen.

Neumann hörte gar nicht richtig zu – er war viel zu sehr damit beschäftigt, das Deckenfresko zu studieren. »Ich bin so gespannt, ob wir den Ring finden«, murmelte er. »Glauben Sie, dass das wirklich möglich wäre? Nach so langer Zeit. Hier und heute?«

Er bekam keine Antwort. Stattdessen zupfte Nina wortlos an

seinem Hemdsärmel, so dass die Kerze in seiner Hand wackelte und sich heißes Wachs auf seine Hand ergoss.

»Autsch«, sagte er. »Was denn?«

Nina sagte immer noch nichts. Sie zeigte einfach mit offenem Mund auf den Annenaltar, in dessen Nähe sie mittlerweile vorgerückt waren.

Neumann verstand nicht, worauf sie hinauswollte. Der Altar war über und über mit Kerzen, goldenen Kandelabern und Blumen übersät, in deren Mitte eine Skulptur und eine goldene Monstranz platziert worden waren. »Meinen Sie die Holzskulptur? Ja, das ist auch eine Anna-selbdritt-Darstellung.«

»Nein, der Ring«, flüsterte Nina nur. »Der Ring. Da ist der Ring. Mein Gott, ich hätt es nicht für möglich gehalten, aber da ist er wirklich.«

Jetzt, da auch Neumann ihn entdeckt hatte, bekam er ganz weiche Knie. Bei der goldenen Monstranz, die direkt vor ihnen auf dem Altar stand, handelte es sich um ein Reliquiar, denn in ihr befand sich keine Hostie, sondern eine mumifizierte Hand. Schwarz und schrumplig wie ein Stück Dörrobst thronte sie in dem strahlenförmigen Schaugerät, das über und über mit Diamanten und Rubinen besetzt war. Die Hand selbst war mit Edelsteinen und Armreifen geschmückt und trug an jedem Finger einen Ring. Und der am Zeigefinger zeigte das rot-gelbe Wappen von König Sobieski.

Sie verharrten so lange in ehrfürchtigem Staunen, bis sie direkt vor dem Altar standen. Nina beugte sich so weit wie möglich über das hüfthohe, schmiedeeiserne Absperrgitter, das die Gläubigen auf Abstand halten sollte, und hielt ihre Kerze vor das Reliquiar.

Neumann hatte in der Zwischenzeit ein Blatt Papier aus seiner Hosentasche gezogen, auf dem er eine Skizze des Ringes angefertigt hatte. »Kein Zweifel«, sagte er und hielt die Skizze neben die Hand. »Wir haben ihn gefunden.«

»Amen«, sagte Nina, die vor lauter Euphorie am ganzen Körper Gänsehaut hatte.

Neumann blieb weiter voller Ehrfurcht vor der Hand stehen und betrachtete den Ring mit einem seligen Lächeln, während sich Nina aus dem Gedränge flüchtete und ihren Blick durch die Kirche schweifen ließ. Er blieb an einem alten Priester hängen, der mit gebeugtem Rücken langsam durch den Mittelgang schlurfte.

»Entschuldigung. Können Sie mir vielleicht etwas über die Hand erzählen?«, bat sie.

»Wie? Ach so, natürlich.« Der Priester wirkte müde und grau und schien Probleme zu haben, sich bei dem vorherrschenden Rummel zu konzentrieren. Er ließ seinen Blick nervös durch die Kirche irren.

»Die Hand«, versuchte Nina, seine Aufmerksamkeit zurück auf sich zu ziehen, da er immer noch nicht antwortete.

»Ach ja. Entschuldigung.« Er fuhr sich mit zittrigen Fingern über die verschwitzte Halbglatze. »Das ist die Hand der heiligen Anna, der Großmutter von Jesus. Im 17. Jahrhundert wurde sie von einem Reliquienmarkt in Istanbul nach Wien gebracht. Seitdem ist sie hier und vollbringt ihre Wunder.«

»Und die steht hier einfach so herum?«

»Aber nein, aber nein.« Er schüttelte den Kopf. »Dafür ist sie viel zu wertvoll. Sie wird nur am 26. Juli hergezeigt.«

Nina verstand. Darum hatte der fesche Priester von gestern darauf bestanden, dass sie ausgerechnet heute in die Annakirche gingen. Sie bedankte sich und holte Neumann von dem Reliquiar fort, da sich die Schlange hinter ihm mittlerweile fast bis zur Eingangstür staute. »Du kannst nicht den ganzen Tag hier stehen und den Ring anstarren«, sagte sie. »Obwohl ich es verstehen würde«, fügte sie hinzu. »Unglaublich, wir haben ihn wirklich gefunden.«

Neumann warf einen letzten Blick auf den Annaaltar, dann folgte er Nina nach draußen. »Und jetzt? Was machen wir?«

»Jetzt feiern wir das mit einem Glas Champagner in der Loos-Bar.«

Sie machten sich gerade auf den Weg in die berühmte Bar, als

Nina plötzlich stehen blieb. Hinter einer Gruppe von Touristen war kurz ein großer Mann mit einer Schirmmütze aufgetaucht.

»Was ist?«, fragte Neumann.

Nina blinzelte in Richtung der Touristen. »Ach, nichts«, sagte sie schließlich, »ich hab gedacht, ich hätte was gesehen. Aber ich hab mich wohl getäuscht.«

»Na dann. Lassen wir die Korken knallen.«

44

Morells Bauch kribbelte und sagte ihm damit, dass er sich nicht nur im Stress, sondern geradezu in einem Wettlauf mit der Zeit befand. Er musste so schnell wie möglich zu Alexander von Horak. Nicht morgen. Nicht heute Abend. Jetzt sofort. Maximilian hatte seinen Bruder sicher schon angerufen und ihn gewarnt. Wenn er jetzt nicht schnell war, dann hatte Alexander genügend Zeit, alle Beweise (wofür auch immer) verschwinden zu lassen.

Mit einer dramatischen Geste hielt der Chefinspektor ein Taxi an, sprang mit einer für sein Gewicht erstaunlichen Eleganz hinein, sagte dem Fahrer die Adresse und wies ihn an, sich zu beeilen. »Wenn Sie es unter einer Viertelstunde schaffen, leg ich noch was drauf.«

Seine Recherchen hatten ergeben, dass Alexander vor ein paar Jahren sein Jurastudium geschmissen hatte, um erst Weltenbummler, anschließend Gelegenheitsjobber und letztendlich Goldschmied zu werden. Eigentlich gar nicht so tragisch. Da hatte er schon schlimmere Akte von Rebellion gegen das Elternhaus erlebt. Keine Ahnung, warum Gabi und Claus da so ein Drama drum machten, dachte Morell – bis er vor Alexanders Goldschmiedewerkstatt stand.

»Ach herrje«, entfuhr es ihm, als er einen Blick in das Schaufenster des kleinen Ladens warf. Während sich bei anderen Juwelieren alles um Liebesbeweise, glitzernden Aufputz und ähnlich fröhliche Dinge drehte, herrschten hier ganz andere Themen vor: Tod und Sterben. Genau Morells Ding.

Sämtlicher Schmuck war auf schwarzen Samtkissen drapiert – soweit entsprach die Dekoration noch den üblichen Konventionen. Elegante Verlobungsringe und hübsche Motive wie Herzen, Schmetterlinge oder Sterne suchte man allerdings vergebens. Dafür gab es Pentagramme, umgedrehte Kreuze, Teufelsfratzen, Spinnen und Totenköpfe in allen Formen und Metallsorten – bevorzugt in Silber, mit schwarzen und roten Edelsteinen.

Morell wandte sich von den schaurigen Kreationen ab und der Eingangstür zu, in der ein Schild mit dem Schriftzug ›GESCHLOSSEN‹ hing – und das, obwohl der Laden, laut der darunter angeschriebenen Geschäftszeiten, eigentlich geöffnet sein sollte.

Er starrte ins Innere und ging dabei so nah an die Tür heran, dass seine Nase die Scheibe berührte. Da waren doch eindeutig Geräusche aus dem hinteren Teil des Ladens zu hören. Dumpfes Gebrumme. Lautes Heulen. Markerschütternde Schreie.

Es dauerte ein paar Augenblicke, bis er realisierte, dass hier keine arme Seele gemeuchelt, sondern Musik gespielt wurde.

»Hallo?!« Morell klopfte gegen die Tür, bekam aber keine Antwort. »Hallo, Herr von Horak?!«

Als erneut niemand reagierte, drückte er wahllos irgendwelche Klingelknöpfe, so wie Nina es vor ein paar Tagen gemacht hatte, um in Neumanns Haus zu gelangen.

»Botendienst«, sagte er, als das erste blecherne ›Ja bitte?‹ aus der Gegensprechanlage zu hören war.

Tatsächlich funktionierte der Trick, denn schon ertönte der Türsummer, und er stand im Hausflur. Machten die Leute denn heutzutage ungefragt jedem auf? Morell folgte der Musik, was nicht schwer war, und landete im Innenhof. Direkt vor der Hintertür von Alexanders Werkstatt.

»DEEEAAATH«, grölte eine tiefe Männerstimme. »DEATH IS COMING!«

»Nein, ich bin es nur.« Morell hämmerte gegen die Tür. »Es ist zu laut«, schrie er. »Drehen Sie die Musik leiser!«

Seine Stimme war offenbar bis zu Alexander von Horak durchgedrungen, denn die Ankunft von Gevatter Tod wurde plötzlich nur noch halb so laut angekündigt.

»HE IS COMING. HE IS COMING FOR YOU.«

›So wahr‹, dachte er. »Machen Sie doch mal auf. Wir müssen uns unterhalten.«

Tatsächlich wurde die Tür einen Spaltbreit geöffnet, und Morell verstand sofort, warum Gabi und Claus froh waren, wenn ihr Jüngster sich nicht in ihrem Umfeld blicken ließ: Er hatte dunkel geschminkte Augen, hüftlanges Haar, das auf einer Seite rasiert war, und an einem Ring in seiner Nase war eine Kette befestigt, die bis zu einem seiner Ohrringe reichte. Ein schwarzes Outfit und eine Unzahl von Piercings komplettierten den Look. Nicht gerade der Vorzeigesohn, mit dem man die Herzen von Wählern und Einkäufern gewinnen konnte.

Bei dem Anblick bekam Morell trotz der Hitze eine Gänsehaut. »Wir müssen reden. Kann ich kurz reinkommen?«, fragte er, obwohl er am liebsten weggelaufen wäre.

»Was wollen Sie?« Alexander von Horak machte keine Anstände, den freundlichen Gastgeber zu mimen.

»Nur kurz reden. Ich muss Ihnen ein paar Fragen stellen.« Er versuchte, einen Blick ins Innere der Werkstatt zu erhaschen.

»Sie sind kein Nachbar. Sie sind dieser Bulle, vor dem mich mein Bruder gewarnt hat. Hauen Sie ab!« Mit diesen Worten wollte Alexander die Tür zuschlagen, doch Morell war schneller und schob einen Fuß in den Spalt.

»Autsch!« Obwohl er feste Schuhe trug, hatte es ziemlich wehgetan. Die Familie von Horak ging ihm langsam aber sicher gewaltig auf die Nerven. Er riss die Tür auf und quetschte sich an dem völlig überrumpelten Alexander vorbei.

»Das dürfen Sie nicht«, rief Alexander. »Sie sind nicht im Dienst, das weiß ich. Das ist illegal.« Er griff sich ein schwarzes Tuch und breitete es über die große Werkbank, die den halben Raum ausfüllte.

»Das auch.« Morell zeigte auf die verhüllte Werkbank. Er hatte zwar keinen Schimmer, was sich unter dem Tuch befand, aber Alexanders Verhalten legte nahe, dass es etwas Kriminelles war. »Die diensthabenden Kollegen werden sich sicher dafür interessieren.«

Alexander sagte nichts und starrte einfach nur regungslos an Morell vorbei.

In dessen Ohren dröhnten die dumpfen Bässe der Musik, und der blutrünstige Text des Songs, der gerade gespielt wurde, ließ ihn schaudern. »Können Sie das bitte ausmachen?« Die Atmosphäre war auch so schon gruselig genug. Schwere lilafarbene Samtvorhänge sperrten das Tageslicht aus, an den Wänden hingen Skizzen, die allesamt gut in die Geisterbahn gepasst hätten, und es roch nach einer Mischung aus Leder, Weihrauch und Werkstatt.

Gerade noch rechtzeitig, bevor Morell freiwillig das Weite suchte, gab Alexander sich geschlagen und ging ins Nebenzimmer. Kurz darauf verstummte das Gegröle, und Ruhe kehrte ein.

Morell war die Stille plötzlich völlig egal. Er hatte Alexanders Abwesenheit dazu genutzt, das Tuch wegzuziehen, und kratzte sich jetzt ratlos am Kopf.

Er hatte keine konkrete Vorstellung davon gehabt, welcher Anblick ihn erwarten würde. In Anbetracht des Umfelds, etwas Grusliges. Etwas Erschreckendes. Irgendetwas, das ihm erneut eine Gänsehaut verpassen würde. Doch er hatte sich getäuscht. Auf den ersten Blick sah alles so aus, wie es auf einer Goldschmiedewerkbank nun mal aussah. Da lagen verschiedene Werkzeuge, Goldplättchen, Silberfäden, Lupen, ein Lötkolben und ein paar Edelsteine.

Morell beschlich die Befürchtung, dass er tatsächlich der Einzige hier drinnen war, der etwas Illegales tat, doch dann stach ihm das Werkstück ins Auge – ein circa fünfzehn Zentimeter großes, grün schimmerndes Ei, das mit goldenen Blumenornamenten und glitzernden Diamanten verziert war. Genau so ein Ei – und zwar exakt das gleiche – hatte er heute schon mal gesehen. Vor weniger als einer halben Stunde. Auf der Luxusmesse. Ein Fabergé-Ei, dessen Preis sich im Millionenbereich bewegen musste.

»Gute Arbeit«, sagte er zu Alexander, als der wieder zurückkam. »Vom Original kaum zu unterscheiden. Die Kollegen von der Kunstfälschung werden begeistert sein.«

Alexander sagte nichts dazu. Er blieb einfach in der Tür stehen und schaute ins Nichts.

»Lassen Sie mich raten«, redete Morell weiter, da ihm die Stille nicht behagte. »Sie kopieren eines der Fabergé-Eier, die auf der Luxusmesse ausgestellt werden. Ihr Bruder, der als Veranstalter Zugang zu allen Sicherheitssystemen hat, tauscht es zu einem günstigen Zeitpunkt aus, und Sie können das echte Ei verkaufen, da es jeder Prüfung standhält.« Er kratzte sich an der Nase, da der intensive Weihrauchgeruch seine Schleimhäute reizte.

Alexander von Horak sagte immer noch nichts, sondern beschränkte sich auf regungsloses Starren.

»Nur eines ist mir nicht klar«, sprach Morell weiter. »Ihr Motiv. Sie kommen aus einer der reichsten Familien Österreichs. Um Geld wird es also wohl nicht gehen. Aber worum dann? Um den Kick? Um das Adrenalin? Oder wollen Sie einfach nur beweisen, dass Sie es mit den großen Meistern aufnehmen können?«

Keine Regung. Alexander starrte weiter.

»Ich bin nicht wegen des Eies hier«, versuchte Morell, ihn zum Reden zu bewegen. »Ich komme wegen des Teppichs und des Mordes an Balthasar Szepan. Wenn Sie mir alles sagen, was ich wissen will, dann können wir vielleicht einen Deal machen.«

Mit diesen Worten hatte wohl er ins Schwarze getroffen, denn endlich regte sich etwas in Alexanders Gesicht. »Von wegen reichste Familie Österreichs«, sagte er. »Wohl eher das Gegenteil.« Er setzte sich auf einen Hocker und spielte nervös mit einem Piercing in seiner Unterlippe herum.

Morell bekam bei dem Anblick ganz weiche Knie und hätte ihm am liebsten auf die Finger geklopft. »Ich verstehe nicht ganz«, sagte er stattdessen.

»Schein. Alles nur schöner Schein.« Zum ersten Mal schaute er Morell direkt ins Gesicht, und der konnte sehen, dass der junge Mann Tränen in den Augen hatte. »Scheinwelten aufbauen, das kann meine Familie richtig gut. Konnte sie immer schon. Seit ich denken kann.« Sein innerer Widerstand schien gebrochen zu sein, denn plötzlich sprudelten die Sätze nur noch so aus ihm heraus: »Opa, meine Eltern und Max. Die sind nicht so heilig und so toll, wie sie immer tun. Oma geht, aber der Rest von ihnen ist ein Haufen verlogener Blender.«

Diesmal war es an Morell, zu schweigen und sein Gegenüber reden zu lassen. Er setzte sich neben den jungen von Horak und gab ihm durch ein Nicken zu verstehen, dass er seine vollste Aufmerksamkeit hatte.

»Opa hat keine Ahnung von Geld. Vater auch nicht. Die beiden haben jahrzehntelang schlecht investiert. Dazu kommt Mutter. Jedes Jahr hat sie eine neue Geschäftsidee und jedes Jahr eine neue Pleite. Die Wirtschaftskrise hat ihnen dann den Rest gegeben.«

»Oje.« Mehr fiel Morell spontan nicht dazu ein. Er konnte kaum glauben, was er gerade gehört hatte. »Und das Anwesen?«

»Das Anwesen«, spuckte Alexander aus, als hätte er von einer giftigen Frucht abgebissen. »Können Sie sich vorstellen, was es kostet, diesen Riesenkasten und den Park in Schuss zu halten? Allein die Energiekosten schlucken ein Vermögen. Dazu kommen Renovierungen, Gärtner, Grundsteuer, Versicherungen und, und, und. Vater hat eine Hypothek aufnehmen müssen, damit sie sich das Teil weiter leisten können.«

»Warum verkaufen sie denn nicht einfach?«

Alexander rieb sich über die Augen und verschmierte schwarzen Kajal über seine Wangen. »Ich dachte, Sie hätten sie getroffen?«

Morell nickte. »Ja, natürlich. Ich verstehe trotzdem nicht ganz.«

»Wenn sie das Anwesen verkaufen, geben sie damit zu, dass sie Geldnöte haben, und der schöne Schein ist futsch. Meine Eltern würden eher auswandern, als sich dem Gerede der Leute auszusetzen. Vor allem jetzt, wo Mutter die Boutique eröffnet hat und Vater Stadtrat werden will. Wissen Sie, welchen Satz ich während meiner Jugend andauernd gehört habe?« Noch bevor Morell antworten konnte, redete Alexander weiter. »Was sollen nur die Leute denken?!« Er machte eine abfällige Handbewegung. »Was die Leute denken, ist für sie das Wichtigste. Wichtiger als das, was ich denke. Vielleicht sogar wichtiger als das, was sie selber denken.«

»Wenn Ihnen das alles so zuwider ist, warum helfen Sie ihnen dann?« Morell zeigte auf das Ei.

Alexander von Horak ließ seinen Blick für einige Momente darauf ruhen, dann zuckte er mit den Schultern. »Weil sie trotzdem meine Familie sind. Man hat halt leider nur eine. Als Max mich um Hilfe gebeten hat, konnte ich nicht ablehnen. Er hat das Material besorgt, und ich hab das Ei gemacht.« Er ließ die Schultern hängen und das Kinn auf die Brust sinken.

Alexander hatte plötzlich alles Bedrohliche verloren, und Morell fühlte nur noch Mitleid mit ihm. Armes reiches Kind.

»Und jetzt? Können wir einen Deal machen? So wie Sie es vorgeschlagen haben?«

»Erst müssen Sie mir alles erzählen, was Sie über den Teppich wissen. Ihre Familie hat ja behauptet, dass er ihnen egal sei.«

»Ha. Von wegen.« Alexander machte erneut eine abfällige Handbewegung. »Alles was rufschädigend ist, ist denen nicht egal. Darum wollten sie das Ding ja auch unbedingt vernichten. Aber umgebracht haben sie keinen. Max hat mir die Story erzählt.«

»Na dann mal raus damit.«

Alexander holte tief Luft. »Vater hat Harry losgeschickt, damit er diesem Antiquitätenhändler den Teppich abkauft. Aber der war stur und wollte nicht verkaufen. Um keinen Preis. Vater war außer sich und hat Harry wieder zurückgeschickt, damit er den Teppich klaut.«

»Hat er aber nicht. Zumindest nicht in dieser Nacht.«

»Harry hat den Laden beobachtet, weil er herausfinden wollte, ob es eine Alarmanlage gibt. Dabei hat er mitgekriegt, wie der Typ samt Teppich zu einem anderen Antiquitätenhändler gegangen ist.«

»Und er ist ihm dorthin gefolgt.«

»Genau. Szepan ist ohne Teppich wieder gegangen, und weil der andere Typ noch ewig wach war, ist Harry irgendwann abgezogen. Er ist am nächsten Tag wieder hingegangen, um den Teppich zu stehlen. Keine Ahnung, wer Szepan in der Zwischenzeit gekillt hat. Von meiner Familie war's jedenfalls keiner.«

»Warum sind Sie da so sicher? Sie haben doch vorhin gesagt, dass Ihre Familie alles tun würde, um den schönen Schein zu wahren.«

Alexander schüttelte den Kopf so vehement, dass die Kette, die seine Nase mit seinem Ohr verband, hin- und herschwang. »Vater würde sich nie im Leben die Finger schmutzig machen. Für sowas hat er Harry. Mutter hat keine Nerven, und außerdem verlässt sie sich blind darauf, dass Vater alles richtet.«

»Und Ihr Bruder?«

»Max ist die Familienehre wurscht, dem geht's nur ums Geld. Er war in den letzten Wochen so sehr damit beschäftigt, das Familienvermögen zu retten, dass er keinen Kopf für was anderes gehabt hat.«

»Rettung des Familienvermögens. Eine schöne Umschreibung für Kunstfälschung«, warf Morell ein. »Und Ihr Großvater?«

»Opa? Dem würde ich den Mord noch am ehesten zutrauen.

Aber der hätte den Antiquitätenhändler erstens erschossen und zweitens die Leiche spurlos verschwinden lassen. Opa macht keine halben Sachen.«

Morell erinnerte sich an Heinrich von Horaks Gesicht, nachdem er ihm den Bock verscheucht hatte, und schluckte.

»Über Oma müssen wir übrigens gar nicht reden. Die ist so harmlos wie sonst was. Zerreißt sich gern das Maul über andere Leute, kann aber sonst keiner Fliege was zuleide tun.«

Morell lehnte sich zurück und starrte in die Luft. Wenn Alexander die Wahrheit sagte, dann hatte er auf einen Schlag alle Verdächtigen verloren. Hatte der Mord an Szepan zuletzt etwa gar nichts mit dem Teppich zu tun? Musste er vielleicht in eine komplett andere Richtung denken? Aber in welche? Wo war der Denkfehler?

»Was ist jetzt mit dem Deal?«, hakte Alexander nach, doch Morell reagierte nicht darauf, da er in seinen Gedanken feststeckte.

»Immerhin hätten wir nur die Superreichen betrogen und nicht wirklich jemanden ruiniert oder so. Verstehen Sie? Das falsche Ei hätte bei keinem von denen auch nur ansatzweise ernsthaften Schaden angerichtet. Einige von denen hätten es sogar verdient.«

Morell hörte gar nicht richtig hin, doch in seinen Hirnwindungen blieben zwei Wörter hängen: ›Superreichen‹ und ›Schaden‹. Aus diesen beiden Begriffen ergab sich plötzlich ein ganz neues Bild: Was, wenn Szepan nicht erschlagen worden war, weil jemand das Teppichgeheimnis wahren wollte? Vielleicht war ja genau das Gegenteil der Fall. Vielleicht wollte jemand das Geheimnis unbedingt an die Öffentlichkeit bringen. Vielleicht wollte jemand den von Horaks damit schaden. Er griff sich an die Stirn und ärgerte sich, dass er nicht schon früher draufgekommen war.

»Ich würde Ihnen ja gern noch mehr erzählen, glauben Sie mir. Mir fällt nur leider nichts mehr ein«, fügte Alexander hinzu und schaute den Chefinspektor mit seinen schwarz verschmierten Augen bittend an.

Morell überlegte. Das Ei war ihm eigentlich egal, und er glaubte Alexander. Trotz seines verstörenden Aussehens und seines bedenklichen Musikgeschmacks schien er eine ehrliche Haut zu sein. »Schwören Sie, dass das Ihre erste Fälschung ist? Und dass es auch Ihre letzte bleiben wird?«

»Ich schwöre.« Alexander streckte drei Finger in die Luft, die allesamt schwarzlackierte Nägel hatten und mit vielen Silberringen geschmückt waren.

»Dann vernichten Sie jetzt dieses Ei, und ich tue so, als wäre ich nie hier gewesen.«

Alexander starrte Morell entsetzt an. »Das kann nicht Ihr Ernst sein.«

»Doch, das ist es.«

Ein Blick auf sein Kunstwerk brachte nun einen Ausdruck purer Melancholie auf Alexanders Gesicht. »Reicht es, wenn ich es in kleine Teile zerschneide?«, sagte er schließlich.

»Nein. Es darf nichts übrigbleiben, das sich wieder zusammensetzen lässt.«

Alexander seufzte, nahm einen Bunsenbrenner zur Hand, zündete ihn an und hielt ihn vor das Ei, das sich langsam vor ihren Augen in einen grün-goldenen See verwandelte. »Zufrieden?«, fragte er, als auch die letzte Goldrose geschmolzen war.

Morell nickte. »Es war übrigens eine sehr schöne Arbeit.«

»Ich weiß. Wenn Sie uns nicht in die Quere gekommen wären, hätte nie jemand etwas gemerkt.« Der Stolz in Alexanders Stimme war nicht zu überhören.

»Ich bin Ihnen aber in die Quere gekommen, und wenn Sie nochmal so eine Aktion starten, werde ich es wieder tun«, ließ Morell den Chefinspektor raushängen. »Und dann gibt es keinen Deal.«

»Schon verstanden.« Alexander brachte Morell nach draußen. »Danke«, sagte er einfach und wollte gerade die Türe schließen, als Morell noch etwas einfiel.

»Wissen Sie, ob es irgendjemanden gibt, der Ihrer Familie schaden will? Fällt Ihnen da wer ein?«

Alexander spielte wieder mit seinem Lippenpiercing, und Morell, der nicht hinschauen konnte, musterte derweil den Himmel – von den angekündigten Gewitterwolken fehlte jede Spur.

»Vielleicht Sebastian von Hochleiten? Der kandidiert gegen Vater um das Amt als Stadtrat. Keine Ahnung, wer sonst noch, aber ich bin sicher, da gibt es genug.«

Morell verabschiedete sich und hoffte, dass der Wetterbericht nicht völlig danebenlag.

45

Während der Fahrt zurück ins Hotel, wo Rossi bereits auf ihn wartete, ließ Morell sich alle möglichen raffinierten Rezepte durch den Kopf gehen. Womit konnte er am besten auftrumpfen? Mit welcher kulinarischen Kreation konnte er sein Können am ehesten unter Beweis stellen? Polentataler mit Trüffelbutter und Morchelragout? Spargelquiche mit Weißweinsud und gebratenen Zucchinischeiben? Er verwarf all diese komplizierten Ideen wieder. Die wahre Kunst bestand darin, *einfache* Speisen gut zuzubereiten. Röstkartoffeln, Rührei oder eine simple Tomatensauce.

»Da sind Sie ja endlich«, begrüßte Rossi ihn, kaum dass er durch die Tür gekommen war. Mit vorgestrecktem Kinn und geschwellter Brust ging er zum Herd und hob den Deckel von einem Topf. »Ecco!« Er schaute Morell triumphierend an. »Risotto ai verdura.« Er war wohl zum selben Schluss gekommen wie Morell und hatte sich für etwas Einfaches, Traditionelles entschieden. Ein Risotto mit Gemüse.

»Darf ich?« Morell, der ganz betört von dem Geruch war, der dem Topf entströmte, nahm einen Löffel und kostete gespannt.

Rossis Risotto war eine Offenbarung, die Morells Geschmacksknospen zum Klingen brachte. Pikant und mit einem Hauch von Süße schmiegte es sich an den Gaumen. Jede einzelne Gemüsesorte war genau auf den Punkt gekocht: knackig, aber nicht zu hart. Und der Reis hatte exakt die richtige Konsistenz: durch, aber immer noch mit Biss. »Herrlich.« Mehr fiel Morell nicht dazu ein. Er fühlte sich, als hätte er gerade eine stimmungsaufhellende Droge genommen. Das Risotto hatte all seine Vorbehalte gegen den Koch und sämtliche feindseligen Gefühle ausgelöscht. »Einfach göttlich.«

Rossi, der nicht damit gerechnet hatte, dass der sture Polizist so einsichtig sein würde, lächelte ebenfalls. »Sie haben also doch Geschmack.« Er klopfte Morell auf die Schulter. »Das ist ein Rezept von mia nonna. Eigentlich ist es geheim, aber weil Sie kein professioneller Koch sind, verrate ich es Ihnen vielleicht.« Er füllte großzügige Portionen in zwei Teller und reichte Morell einen davon. »Buon Appetito.«

Anschließend war Morell an der Reihe. Aus Mehl, Milch, Zucker, Eiern und einer Prise Salz zauberte er den Teig für einen Kaiserschmarren. »Nicht schauen«, sagte er zu Rossi, der neugierig in die Schüssel schielte. »Ich habe auch so meine Geheimnisse.«

»Magnifico«, konstatierte Rossi, nachdem er den fertigen Schmarren gekostet hatte. »Flaumig, aber trotzdem nicht zu wenig Substanz. Ich plädiere auf ein Unentschieden.« Er streckte Morell seine Hand hin. »Mario.«

»Otto.« Die beiden aßen in trauter Zweisamkeit ihre Nachspeise und plauderten dabei über Gott und die Welt.

»Weil es mir gerade einfällt«, warf Morell ein. »Hast du Jacqueline heute zufällig gesehen? Sie hatte da so ein Paket dabei, das ich mir gerne genauer anschauen würde.«

»Ha!« Rossi zeigte mit der Gabel auf Morell. »Ich hab ja gleich gewusst, dass sie das Bild geklaut hat.«

»Ich habe nichts von dem Bild gesagt«, versuchte Morell, keine falschen Eindrücke aufkommen zu lassen. Noch war Jacqueline nicht überführt. »Und? Hast du sie gesehen?«

»Si.« Rossi nahm die leeren Teller, stellte sie in den Geschirrspüler und schenkte einen Digestif ein. »Und jetzt, wo du es sagst … Das war schon komisch. Ich habe eine Rauchpause gemacht und gesehen, wie sie in ein leeres Zimmer reingegangen und gleich wieder rausgekommen ist.«

»Aber ist das nicht ihr Job?«

»Doch, aber das Zimmer ist derzeit nicht vermietet, und sie war nur ein paar Sekunden drin. Außerdem hat sie sich umgeschaut, bevor sie reingegangen ist, als wolle sie sicherstellen, dass keiner sie sieht. Sowas machen nur Leute, die ein schlechtes Gewissen haben.«

»Und warum hat sie dich nicht gesehen?«

»Ich war versteckt. Herr Karlinger mag nicht, wenn ich rauche. Er sagt, ein guter Koch raucht nicht. Che idiozia!«

Morell verkniff sich einen Kommentar. »Du glaubst also, dass sie das Bild geklaut und hier im Hotel versteckt hat?«

»Si. Ein besseres Versteck gibt es nicht. Hier sucht keiner. Sie wartet, bis du wieder weg bist und die Aufregung sich gelegt hat, dann schafft sie es fort.«

Morell musste zugeben, dass diese Theorie durchaus Sinn ergab. »Und welches Zimmer war das?«

»Erdgeschoss. Das hinterste. Nummer neun. Das ist eines der besten, weil es eine kleine Gartenterrasse hat. Alla salute!«, prostete er und stand auf.

»Wo gehst du hin?«, fragte Morell verwundert.

»Ich hole den Schlüssel. Es ist gerade Mittagspause – das müssen wir ausnutzen.«

»Wir?«

»Si.« Rossi nickte eifrig. »Ich werde dir helfen, das Bild wiederzufinden, damit Herr Karlinger sieht, was er an mir hat. Dann kann ich endlich mit ihm über mein Gehalt reden.«

Morell, dem es stets widerstrebte, Privatpersonen in seine Ermittlungen miteinzubeziehen, rief sich ins Gedächtnis, dass er erstens selbst privat unterwegs war, zweitens von Jacqueline sicherlich keine Gefahr ausging und er drittens das Risotto-Rezept wollte. »Von mir aus.«

»Langsam«, ermahnte Morell den Koch, als sie vor der Zimmertür standen. »Und vorsichtig. Wir wissen nicht, was genau da drinnen ist.«

Rossi nickte, drehte den Schlüssel leise im Schloss um und öffnete die Tür einen Spaltbreit. »Ich glaube, die Luft ist rein«, flüsterte er Morell zu, der hinter ihm stand. Gemeinsam schlichen sie in den Raum.

»WAS!« Ein lauter Schrei ließ beide erstarren. »Was machen Sie hier? Sind Sie wahnsinnig, mich so zu erschrecken?« Hertha Karlinger griff sich ans Herz und ließ sich aufs Bett sinken.

Morell schob Rossi, der einfach nur völlig verdattert im Zimmer stand, zur Seite und eilte zu ihr. »Geht es Ihnen gut? Brauchen Sie einen Arzt?«

Sie fächerte sich mit einer Hand Luft zu und schob mit der anderen ihre Brille zurecht.

»Was ist denn hier los?«, staunte Rossi. Tatsächlich war das Zimmer mit Blumen geschmückt und voller Duftkerzen. Und eine Sache fiel besonders auf: Zentral über dem großen Doppelbett hing das verschwundene Bild.

»Sie haben vielleicht Nerven«, schnauzte Hertha, sehr zu Morells Erleichterung. Niemand, der einem Herzinfarkt nahe war, hatte genügend Energie, um noch herumzuschimpfen. »Sie platzen völlig unbefugt hier rein, und dann stellen Sie auch noch Fragen. Wenn hier jemand Fragen stellen darf, dann bin das ich. Also: Was tun Sie hier?«

Rossi, angesichts der Tirade seiner Chefin plötzlich ganz kleinlaut, zeigte auf Morell. »Ich habe nur geholfen«, sagte er. »Er ist von der Polizia.«

Hertha wandte ihre Aufmerksamkeit Morell zu – eine Gelegenheit, die Rossi dazu nutzte, aus dem Zimmer zu schleichen. »Stimmt das? Und wobei musste er Ihnen helfen?«

»Beim Wiederfinden davon.« Morell, der immer noch nicht verstand, was hier vor sich ging, zeigte auf das Bild. »Ihr Mann hat festgestellt, dass es verschwunden und durch eine billige Kopie ersetzt worden ist, und hat mich gebeten, das Original wieder aufzutreiben.«

Hertha griff sich erneut ans Herz, und Morell kriegte alle Zustände. »Alles in Ordnung? Geht es Ihnen gut? Soll ich einen Arzt rufen?«

»Mein armer Herbert«, murmelte sie. »Hoffentlich hat er sich nicht zu sehr aufgeregt. Sein Herz ist nicht mehr das allerbeste, wissen Sie?«

Nun musste er sich also auch noch Sorgen um das Herz von Herrn Karlinger machen. Und dann dämmerte es ihm langsam. »Sie? Sie haben das Bild genommen?«

»Aber ja. Wir haben doch heute Hochzeitstag, und als Überraschung habe ich das Zimmer für eine kleine Feier hergerichtet und das Bild restaurieren lassen. Ich war mir so sicher, dass er nichts merkt.« Sie stand auf. »Der arme Herbert, ich muss sofort zu ihm. Er macht sich sicher schon große Sorgen.«

»Eine Frage noch«, bremste Morell sie. »Was hat Jacqueline damit zu tun?«

»Gar nichts. Ich hatte sie heute gebeten, das Bild beim Restaurator für mich abzuholen und in dieses Zimmer zu bringen, ohne dass mein Mann was davon merkt. Warum?«

»Einfach nur so.« Morell betrachtete das Bild und den liebevoll dekorierten Raum und folgte Hertha nach draußen. »Ach, und übrigens«, sagte er. »Alles Gute zum Hochzeitstag!«

46

Wien, 13. Oktober 1801

Theresia Bandolin war eine strahlende Braut gewesen – ganz im Gegensatz zu Gustav von Horak, der aus seinem Unmut über die Trauung keinen Hehl gemacht hatte.

Während der ganzen Zeremonie hatte sich nicht der Hauch eines Lächelns auf sein Gesicht verirrt, und bei der Frage, ob er seine Zukünftige für immer lieben und ehren wolle, hatte er fast geheult. Sein ›Ja‹ war mehr gespuckt als gesprochen gewesen, doch Theresia hatte sich davon nicht die Stimmung verderben lassen. Ihr hübscher Gatte würde sich schon irgendwann in sein Schicksal fügen.

Das von Horak'sche Anwesen, das Theresia nach den Hochzeitsfeierlichkeiten bezogen hatte, gefiel ihr. Sie und Gustav lebten in einem eigenen Trakt, der sehr weitläufig und elegant möbliert war. Die vergangenen Tage hatte sie damit verbracht, die Wohnräume umzudekorieren – weniger weil die Ausstattung nicht ihren Ansprüchen entsprochen hätte, sondern um den Räumen ihren persönlichen Stempel aufzudrücken. Immerhin war sie jetzt die Herrin im Haus.

Heute stand der Wohnsalon auf dem Programm: »Diese Stühle sind viel zu dunkel. Die kommen auf den Speicher«, trug sie dem Dienstmädchen auf. »Ich habe bereits neue bestellt. Die werden morgen geliefert. Und die Schwerter über dem Kamin, die müssen auch weg. Wir sind schließlich nicht mehr im Mittelalter.«

Nachdem das Dienstmädchen alles erledigt hatte, studierte Theresia den freien Platz über dem Kamin. Was sollte sie anstatt der Schwerter dort hinhängen? Sie könnte ein Gemälde von ihr und Gustav in Auftrag geben. Oder sie könnte dem Raum einen exotischen Anstrich verpassen, indem sie Elefantenstoßzähne erstand.

Während sie überlegte, schoss ihr plötzlich ein Gedanke durch den Kopf. Sie könnte auch den Teppich über den Kamin hängen. Immerhin war er es gewesen, der sie hierher gebracht hatte.

Die Idee gefiel ihr, doch sie verwarf sie gleich wieder. Gustav würde rasen vor Zorn und ihn in tausend Stücke reißen.

Der Teppich sollte bleiben, wo er jetzt war: auf dem Dachboden. So gut versteckt, dass kein von Horak ihn so schnell finden würde – und damit sollte sie recht behalten.

47

Nach den Unmengen an Risotto und Kaiserschmarren war Morell für eine Stunde ins Mittagsschlaf-Fresskoma gefallen, und die Tatsache, dass das Bild wieder aufgetaucht war, hatte ihm gute Träume beschert. Jetzt galt es nur noch Szepans Mörder zu fassen, dann konnte er sich endlich wieder nach Landau verziehen, wo die Temperaturen human waren und er fürs Schnarchen nicht stigmatisiert wurde.

Er setzte sich im Bett auf, rieb sich den Schlaf aus den Augen und überlegte. Wer konnte Interesse daran haben, den von Horaks zu schaden? Oma Ingeborg und Alexander hatten einen gewissen Sebastian von Hochleiten erwähnt, der gegen Claus um das Stadtratsamt kandidierte. Und was war nochmal gleich mit Annemarie Sonntaler gewesen? Ach ja, die hatte sich, wenn man den Gerüchten Glauben schenkte, mit Gabi um das Geschäftslokal gestritten. Wobei Morell dieser Info eher kritisch gegenüberstand – immerhin hatte Oma Ingeborg ihr auch das ruinierte Kleid angedichtet, das ja eigentlich auf seine Kappe ging. Oder, um ganz genau zu sein, auf Günthers.

Günther. Der steckte seine Nase für die Homestory sicher ganz tief in alle Angelegenheiten der von Horaks. Wenn irgendwer sich mit der Freunderl- und Feinderlwirtschaft der Familie auskannte, dann er.

Morell fischte Günthers Visitenkarte aus der Tasche seines Sakkos und rief in der Redaktion des IN-Magazins an.

Günther war über den Anruf selbstverständlich begeistert und lud Morell zu sich in den ›Medientower‹ ein. »Kommen Sie vorbei. Dann bereden wir alles persönlich. Viel besser als am Telefon.«

Eine halbe Stunde später stand Morell vor einem riesigen Gebäude in der Wienerberg City, einem neuen Viertel nahe der Stadtgrenze, in dem hauptsächlich Wohntürme und Bürohochhäuser standen.

Das Innere des Medientowers war genauso wenig heimelig wie sein Äußeres: Stahl, Glas und Beton dominierten das Umfeld, und Morell suchte vergeblich nach Holz oder einem anderen Baustoff, der einem das Gefühl von Wärme und Gemütlichkeit vermittelte. Kein Wunder, dass immer mehr Menschen über Burn-Outs klagten. Wenn er jeden Tag acht Stunden oder mehr in so einer kalten Atmosphäre verbringen müsste, würde er auch irgendwann die Krise kriegen.

Die Redaktion des IN-Magazins befand sich im zehnten Stock und entsprach genau Morells unangenehmer Vorahnung. Eine Horde von jungen und schönen Menschen schwirrte durch das Großraumbüro, das mit Bildern von noch jüngeren und noch schöneren Menschen dekoriert war. Hier musste man beim Einstellungsgespräch wahrscheinlich seinen BMI bekanntgeben und sich vertraglich dazu verpflichten, niemals alt oder fett zu werden. Alt und fett wie er.

Er fühlte sich wie ein Aussätziger, als er durch den Flur ging. Sein billiges weißes T-Shirt brachte seine dicke Wampe und die Haare, die auf seinem Rücken sprossen, besonders gut zur Geltung, und er konnte weder mit einer teuren Uhr, Markenschuhen oder einem coolen Haarstyling aufwarten. In diesem Universum war er absolut fehl am Platze. Die Antithese. Das Zielpublikum des OUT-Magazins.

»Herr Morell. So eine Freude, dass Sie es sich doch noch anders überlegt haben.« Günther kam auf ihn zugeeilt, gab ihm ein Bussi links und eines rechts und führte ihn ans hintere Ende des Büros, wo ein Extraraum durch eine Glaswand abgetrennt war. Das Thronzimmer der Bienenkönigin.

»Immer nur hereinspaziert.« Günthers Reich verfügte über einen schönen Ausblick auf das Wiener Umland, einen riesigen Glasschreibtisch, eine Ledercouch und zwei Wände voller Magazincover. Die meisten davon wurden von magersüchtigen Blondinen in knappen Bikinis oder von hübschen Jungs in Shorts geziert. »Setzen Sie sich. Wollen Sie einen Drink? Einen Prosecco? Oder vielleicht einen Caffè Latte?«

Morell verneinte und setzte sich auf die Couch. »Schön haben Sie es hier.«

Günther lächelte und nickte. »Es war ein langer Kampf, endlich Ressortleiter zu werden. Das kann ich Ihnen sagen. Die Magazinbranche ist hart, vor allem der Societybereich. Es hat mich viel Kraft und Energie gekostet, so weit zu kommen. Aber es hat sich voll und ganz rentiert.« Verträumt schaute er nach draußen. »Und wenn die Homestory so einschlägt, wie ich es hoffe, dann bin ich vielleicht bald Chefredakteur.«

»Ich drücke Ihnen die Daumen. Warum ich hier bin …«

»Aber natürlich.« Günther schlug sich auf die Stirn. »Ich alte Quasseltante texte Sie da zu. Der Kalender. Ich bin ja so happy, dass Sie jetzt doch mitmachen. Sie werden sehen, das wird super.« Er stand auf und kramte in einer Schublade herum. »Schauen Sie.« Er legte ein paar Fotos auf den Tisch, die nackte Männer beim Hantieren mit landwirtschaftlichen Geräten zeigten. »Damit Sie sich besser vorstellen können, was wir vorhaben. Das ist der Bauernkalender vom STYLE.«

»An diese Maße komme ich im Leben nicht ran.« Morell zeigte

auf einen glattrasierten Schönling im Adamskostüm, der auf einem Traktor saß. »Außerdem bin ich wegen ganz was anderem hier.«

»Ah geh«, winkte Günther ab. »Wir wollen keine gestählten Models. Wir wollen Menschen wie Sie. The real life. Kein Fotoshop und keine Retusche.«

Morell hatte gleich noch viel weniger Lust auf das Projekt. »Ich wollte mit Ihnen über die von Horaks reden«, lenkte er auf das eigentliche Thema seines Besuchs. »Sie wissen doch sicher, ob es Menschen gibt, die ihnen schaden wollen.«

Günther nahm seine Brille ab und putzte die Gläser mit seinem Poloshirt, das heute zitronengelb war. »Die von Horaks sind eine der reichsten Familien Österreichs. Da gibt es natürlich viele Neider.« Er hatte offenbar noch keine Ahnung vom wahren Zustand des Familienvermögens.

»Geht es vielleicht ein bisschen konkreter?«, bohrte Morell nach. »Haben Sie vielleicht ein paar Namen für mich?«

Günther fing an zu lachen. »Wollen Sie was zum Schreiben? So viele Namen werden Sie sich nämlich nicht merken können.«

»Bitte«, sagte Morell und ließ sich ein Blatt Papier und einen Kugelschreiber geben. »Schießen Sie los.«

»Simon Hochegger. Dem hat Heinrich den Hund erschossen«, fing Günther an aufzuzählen. »Robert Kunduz prozessiert seit Jahren gegen Claus wegen unbegründeter Entlassung. Sebastian von Hochleiten will das Amt des Stadtrates, und Sabine Noel behauptet, dass Gabi ihr die Idee für eine Schmuckkollektion gestohlen hat. Annemarie Sonntaler hat sich mit Gabi um die Boutique gestritten, und es wird gemunkelt, dass sie was mit Claus hatte, bevor Gabi ins Spiel kam. Richard Zamm hat irgendwas mit übler Nachrede am Laufen, und …«

»Halt. Langsamer. Ich komm kaum mit«, bremste Morell ihn. »Richard Zamm. Üble Nachrede«, wiederholte er. »Puh, das sind wirklich ganz schön viele.«

»Da kommen noch mehr«, lachte Günther. »Viel mehr. Ich hoffe, Sie kriegen mir keine Sehnenscheidenentzündung. Bereit?«

Morell nickte.

»Sascha Regner war mal Gärtner und wurde gefeuert, weil er anscheinend geklaut hat. Cecilia von Leimen …«

Als Günther endlich fertig war, hatte Morell eine ganze DinA4-Seite mit über 30 Namen vollgeschrieben. Das war dann wohl das Ende seiner Ermittlungen. Es würde Wochen, wenn nicht gar Monate dauern, so viele Menschen zu befragen, ihre Alibis zu überprüfen und Beweise gegen sie zu sammeln. So viel Zeit hatte er nicht. Immerhin warteten seine Freundin, sein Kater und sein eigentlicher Job in Landau auf ihn.

»Danke für Ihre Hilfe«, sagte er, wobei er die Resignation, die er empfand, nicht verbergen konnte. Er steckte die Liste ein und stand auf.

»Gerne.« Günther brachte ihn zur Tür. »Haben Sie die nächsten Tage schon was vor?«, fragte er. »Sie schauen so aus, als ob Sie ein bisschen Spaß vertragen könnten. Wollen Sie vielleicht mal ausgehen und sich amüsieren?«

»Danke«, winkte Morell ab, der kein großer Partytiger war, und verabschiedete sich.

»Wegen der Fotos, da lass ich nicht locker und melde mich bei Ihnen«, rief Günther ihm hinterher. »Ich sag nur: November.«

48

»In nomine Patris et Filii et Spiritus Sancti. Amen.« Pater Franz Pichler schlug ein Kreuzzeichen und quälte sich hoch. Knien war in seinem Alter und mit seiner Arthritis nicht mehr so einfach.

Der 26. Juli war in den letzten Jahren zu einer echten Herausforderung für ihn geworden. Der Annentag, neben Ostern und Weihnachten der Höhepunkt des Kirchenjahres, zog mehr Gläubige und Touristen in die Annakirche als jeder andere Tag. Als Priester war man solche Menschenaufläufe nicht mehr gewöhnt. Normalerweise war Pichler schon froh, wenn beim Sonntagsgottesdienst ein paar der Bänke besetzt waren, und heute war die Kirche fast aus allen Nähten geplatzt. So viele Menschen. So viele Fragen. Eigentlich eine wahre Freude, doch mit seinen 70 Jahren auch eine große Anstrengung.

Nun war der Tag zum Glück vorbei. Vor wenigen Minuten hatte er es geschafft, den letzten Besucher hinauszukomplimentieren, und konnte sich nun endlich in den redlich verdienten Feierabend verabschieden. »Gelobt sei Jesus Christus, unser Herr.«

Mit gichtigen Fingern nahm er die Reliquie der heiligen Anna und trug sie vorsichtig in die Sakristei. Dort öffnete er den Tresor, küsste das Heiligtum und stellte es hinein.

»Endlich«, murmelte er und streckte sich. Ein Gläschen Wein noch, und dann ab ins Bett.

Ein Geräusch, das aus dem Altarraum zu kommen schien, durchkreuzte seine Pläne. Hatte er etwa einen Besucher vergessen? Seine Sehkraft war nicht mehr die allerbeste, und in der Kirche war es dunkel. Es wäre nicht das erste Mal, dass er jemanden übersehen hatte.

»Ist da jemand?« Mit langsamen Schritten schlurfte er durch den Mittelgang und schaute in die Bankreihen zu beiden Seiten. »Hallo?«

Er bekam keine Antwort, dafür streifte ihn ein Windhauch, und er fuhr herum. Er kannte diese Kirche in- und auswendig. An dieser Stelle herrschte normalerweise kein Luftzug.

Pater Pichler kniff die Augen zusammen. Tatsächlich – eine der Seitentüren stand offen. Wie konnte das sein? Die war doch immer abgeschlossen. Sein Kopf arbeitete nicht mehr ganz so schnell wie früher, darum dauerte es einen Moment, bis er eins und eins zusammenzählte. »Die Reliquie. Gott bewahr«, murmelte er.

***

»Möglicher Einbruch in der Annakirche«, rief Inspektor Steiner seinem Kollegen zu, der gerade von der Toilette kam.

»Den Leuten ist auch nichts mehr heilig.« Römer setzte seine Polizeimütze auf, steckte die Dienstwaffe ein und begleitete Steiner nach draußen. »Vergreifen sich an Messkelchen und Kruzifixen.«

»Der Pfarrer glaubt, dass es die Diebe auf eine Reliquie abgesehen haben. Eine mumifizierte Hand, die anscheinend Wunder vollbringen kann.«

Römer blieb vor dem Dienstwagen stehen. »Haha«, sagte er trocken. »Guter Schmäh. Sehr lustig.«

»Das ist kein Schmäh«, beteuerte Steiner, stieg in den Wagen und ließ den Motor an. »Das Teil ist irgendwie heilig und mit Gold überzogen oder so.«

»Eine mumifizierte Hand«, murmelte Römer und stieg ein. »Die Welt ist eine grausliche.«

Während der kurzen Fahrt machte sich Römer per Smartphone über Reliquien schlau, was seine Abscheu noch mehr steigerte. »Hast du gewusst, dass sich in fast jeder Kirche in Österreich eine Reliquie befindet? Das reicht von einfachen Zähnen bis hin zu ganzen Körpern.« Er schluckte und folgte Steiner, der an der Kirche geparkt hatte. »Mir ist das Kirchengehen jedenfalls vergangen.«

»Psst.« Steiner deutete auf den alten Priester, der bereits vor der Annakirche auf sie wartete.

»Grüß Sie«, kam Pater Pichler auf sie zugeeilt. »Das ging ja schnell. Gott sei Dank.« Er zitterte vor lauter Aufregung. »Da drin ist wer. Bitte halten Sie ihn auf. Und sorgen Sie dafür, dass keiner die Hand klaut. Alles andere können wir verschmerzen und ersetzen, aber nicht die Hand. Nicht die Hand von der heiligen Anna.«

49

Nach einem langen, heißen Tag fand Morell, dass er sich ein Menü im ›Schwarzen Kamel‹ redlich verdient hatte. Nach reiflichem Studium der Speisekarte hatte er sich für eine grüne Minestrone mit Sommertrüffeln sowie Topfengnocchi mit Ofentomaten und Schnittlauch entschieden. Dazu hatte er sich vom Kellner einen ausgezeichneten Riesling empfehlen lassen.

Er ließ sich gerade sein Joghurt-Ingwer-Sorbet auf der Zunge zergehen und schwelgte in der dazu servierten Beerenauslese, als sein Handy klingelte. Sein Blick wanderte zwischen dem Handy und dem Sorbet hin und her. Wie gerne hätte er in Ruhe sein Dessert beendet. Er war kurz davor, den Anrufer wegzudrücken, dann sah er auf dem Display, dass es sich um Nina handelte.

»Otto, wie gut, dass ich dich erreiche, ich hätte dich schon früher anrufen sollen. Es geht um den Ring. Wir haben ihn gefunden, in der Annakirche.« Nina machte keine Atempausen.

»Toll! Wie …?«

»Erzähl ich dir später. Lange Geschichte. Im Moment beschäftigt mich was anderes. Da stand ein Typ mit Schirmmütze rum, der hat mich an diesen Harry erinnert. Ich hab ihn nur ganz kurz gesehen und es erst nicht ernst genommen, aber je mehr ich darüber nachdenke, desto sicherer bin ich mir, dass er es war. Was meinst du?«

»Möglich wär's«, entgegnete Morell. »Harry steht sicher unter großem Druck. Wenn Claus rauskriegt, dass ihm der Teppich abhandengekommen ist, gibt's Ärger. Er weiß ja nicht, dass es Willie war, der ihn zurückgestohlen hat. Vielleicht denkt er ja, dass du es warst und ist dir deshalb gefolgt.«

»Wenn er es wirklich war, dann weiß er jetzt, wo der Ring ist, und in der Kirche gibt es keine Sicherheitsvorkehrungen. Keine Alarmanlage, keine Kameras. Nix. Der Pfarrer ist gefühlte hundert Jahre alt und könnte nicht einmal ein Kleinkind davon abhalten, sich den Ring zu nehmen. Das lässt mir keine Ruhe. Ich glaube, ich fahr hin.«

»Halt. Nein.« Morell kannte Ninas aufbrausendes Temperament nur zu gut. Er schaute die fast leere Eisschale an. »Ich bin grad in der Bognergasse, also ganz in der Nähe. Ich mach das. Ich schau kurz nach dem Rechten.«

Nachdem er den letzten Löffel Sorbet gegessen hatte, bezahlte er die stolze Rechnung für das Menü, das jedoch jeden Cent wert gewesen war. Er drängte sich durch die Touristenhorden, die den Graben und die Kärntnerstraße verstopften, und kam gerade rechtzeitig zur Annakirche, um mitzukriegen, wie zwei Beamte in Uniform einen Mann zu ihrem Streifenwagen führten. Das Gegenlicht der tiefstehenden Abendsonne blendete ihn dabei so sehr, dass er nur Silhouetten erkennen konnte. Morell schirmte mit der flachen Hand seine Augen gegen das Licht ab und ging näher an das Auto heran.

»Vergelt's Gott. Warten Sie kurz.« Ein alter Priester kam im Schneckentempo auf die beiden Beamten zugeschlurft und wedelte mit zwei Andachtsbildchen in der Luft herum. »Ich hab noch was für Sie.«

Morell nutzte die Tatsache, dass die beiden abgelenkt waren, und trat vorsichtig an den Streifenwagen heran. Tatsächlich. Ninas Bauchgefühl hatte sie nicht getäuscht. Bei dem Verhafteten auf der Rückbank handelte es sich wirklich um Harry.

»Sie?« Harry starrte Morell durch die Scheibe, die einen Spaltbreit offen war, an. »Was tun Sie denn hier?«

»Ich schau nach dem Rechten«, sagte Morell. »Und wie ich sehe, ist alles so, wie es sein soll.« Er konnte sich ein hämisches Grinsen nicht verkneifen.

Harry rollte mit den Augen. »Sie sind Chefinspektor, wenn ich mich richtig erinnere, oder?«

Morell nickte. »Stimmt. Warum?«

»Dann haben Sie doch sicher einiges zu melden, bei der Polizei. Wie schaut's aus? Können Sie irgendwas für mich tun, wenn ich dafür gegen Claus aussage? Ich habe immerhin in seinem Auftrag gehandelt.«

Morell hielt inne. »Ich als Chefinspektor bin doch nur ein kleiner Fisch gegen die Beziehungen von Claus. Ich dachte, er hätte einen guten Draht in die ganz hohen Abteilungen.«

Harry rollte erneut mit den Augen. »Claus ist ein Golfkollege vom Polizeipräsidenten. Die beiden sind gut bekannt, aber das war's auch schon. Er kann dadurch Strafzettel loswerden, aber nicht mehr. So korrupt ist die Polizei dann auch wieder nicht.«

Morell fiel ein Stein vom Herzen, denn er hatte, was die Ehrlichkeit und Redlichkeit der österreichischen Exekutive betraf, doch einigermaßen recht gehabt. »Der Diebstahlversuch hier ist mir eigentlich egal«, sagte er. »Was mich interessiert, ist der Mord an Balthasar Szepan. Ich weiß, dass Sie es nicht waren, aber vielleicht haben Sie ja eine Idee.«

Harry dachte kurz nach. »Annemarie Sonntaler«, sagte er dann. »Als ich Szepan ausspioniert habe, ist mir aufgefallen, dass sie um den Laden geschlichen ist. Mehrfach. Die wollte dasselbe wie Claus – den Teppich. Sicher wollte sie Gabi damit eins auswischen. Die hat ihr nämlich nicht nur den Mann weggeschnappt, sondern auch den Laden. Und Sonntaler ist keine, die so was auf sich sitzen lässt.«

»Und woher wusste sie von dem Teppich?«

»Gabi hat so ein Trara darum gemacht, dass es jeder in ihrem Umfeld mitgekriegt hat.« Harry starrte auf die Handschellen, mit denen er gefesselt war.

»Sonntaler«, murmelte Morell. »Ich weiß nicht …«

»Vielleicht hat sie es ja nicht mit Absicht gemacht. Vielleicht war es Notwehr oder Mord im Affekt. Was weiß ich.« Harry seufzte. »Ich Depp habe Szepan viel zu viel für den Teppich geboten. Das Schlitzohr hat natürlich gleich den Braten gerochen und das gute Stück weggesperrt. Sonntaler hatte keine Chance, da auf legalem Weg ranzukommen. Wenn ich auf den Mörder wetten müsste, würde ich einen Tausender auf sie setzen.«

Morell kratzte sich am Kopf. Sonntaler. Mit ihr hatte er am allerwenigsten gerechnet.

»Und?«, insistierte Harry. »Können Sie irgendwas für mich machen?«

»Mal schauen«, blieb Morell vage. »Wenn Ihr Tipp zu einer Verhaftung führt, können wir vielleicht darüber reden.«

Er wollte schon wieder gehen, als ein schnelles ›Klick Klick‹ seine Aufmerksamkeit auf einen Pressefotografen lenkte, der – wie es für Vertreter seiner Branche üblich war – plötzlich aus dem Nichts aufgetaucht war und Bilder von der Szenerie machte. Das brachte Morell auf eine Idee.

»Entschuldigung.« Er zückte seine Marke und ging zu Römer und Steiner, die sich gerade vom Priester verabschiedet hatten und ihre Andachtsbildchen musterten, welche die heilige Anna im Vollbesitz all ihrer Gliedmaßen darstellten. »Ein Bekannter von mir sucht Models für einen Polizistenkalender, und Sie beide würden sich gut dafür eignen.«

»Models?« Römer riss die Augen auf, schaute an sich selbst hinunter und blickte dann Morell erstaunt an.

»Ist das auch seriös?«, warf sein Kollege Steiner ein.

»Hast du nicht gesehen? Er ist Chefinspektor«, flüsterte Römer.

»Sie kennen doch sicher das IN-Magazin.« Morell zeigte ihnen Günthers Visitenkarte. »Die organisieren das.«

Steiner nahm die Karte entgegen und konnte nun ein selbstbewusstes Grinsen nicht länger unterdrücken. »Wenn Sie meinen«, sagte er nicht ohne Stolz. »Sagt man eigentlich Models, oder heißt das Dressmen?«, fragte er.

Morell zuckte mit den Schultern.

»Ist doch egal«, sagte Römer. »Die Tina aus dem Schmauswaberl wird jedenfalls Augen machen.«

50

Wien, vor zwei Wochen

Ingeborg von Horak seufzte. Die Bilder der rumänischen Straßenkatzen, die sie letzte Woche in einem Dokumentarfilm gesehen hatte, wollten ihr einfach nicht mehr aus dem Sinn gehen: ausgemergelte Körper, räudiges Fell und hungrige Augen. Sie musste helfen, musste irgendetwas tun. Am liebsten hätte sie eine Stiftung gegründet, doch es gab da ein großes Problem: ihren Mann Heinrich.

»Wenn's den g'schissnen Katzen schlecht geht, dann bring sie mir. Ich kümmere mich schon darum, dass ihr Leid ein Ende findet«, hatte er gesagt und dabei auf seine Schrotflinte gezeigt. Sie würde die Mittel selbst auftreiben müssen.

Gerade als sie sich daran machen wollte, Bittbriefe an betuchte Bekannte zu schreiben, durchfuhr sie ein Geistesblitz: Auf dem Dachboden standen eine Menge alter Sachen herum. Sie würde ein paar davon verkaufen und mit dem Geld das Tierleid in Rumänien lindern. Voller Tatendrang lief sie nach oben.

»Puh«, entfuhr es ihr, als sie das Licht anstellte. Hier hatte

wohl seit zig Jahren niemand mehr gewischt. Die Vorstellung von Staubmilben, Motten und anderem Ungeziefer missfiel ihr, doch die Straßenkatzen brauchten sie.

Mit gerümpfter Nase inspizierte sie die vorhandenen Schätze. Die alte Standuhr und das Gemälde von Theresia von Horak konnte sie nicht verkaufen – das würde Heinrich merken. Auch die Jugendstil-Vitrine und der schöne alte Dielenschrank wären zu auffällig, doch das handbemalte Biedermeier-Porzellan würde gehen und auch die alte Spieluhr, das Meißner-Teeservice und die goldenen Girandolen.

»Huch!« Sie schreckte zurück, als ein fetter Falter ihr Gesicht streifte und gegen die Glühbirne flog. Dabei stolperte sie über eine alte Truhe und landete unsanft auf dem Hinterteil. Sie rappelte sich wieder hoch, klopfte den Staub von ihrem Kleid und hoffte, dass die Katzen den ganzen Aufwand auch wirklich wert waren.

Sie wollte gerade die Truhe öffnen und deren Inhalt unter die Lupe nehmen, als sie bemerkte, dass ihr Zusammenstoß nicht ohne Folgen geblieben war: An der Seite stand ein Brett weg. Ingeborg rieb sich den Oberschenkel und begutachtete den Schaden. Der Dachboden war nicht gut isoliert. Die Temperaturschwankungen hatten dem Holz zugesetzt und es spröde gemacht. Vorsichtig versuchte sie, das Brett zurück an seinen angestammten Platz zu drücken, stieß dabei aber auf Widerstand. Irgendetwas klemmte. Etwas Weiches. So wie es aussah, ein Stück Stoff.

Ihre Neugier siegte über das Unbehagen, in die dunkle Ritze zu fassen, und so hielt sie kurz darauf ein verlottertes Stück Leinen in ihren Händen. Neugierig faltete sie es auseinander und musterte die verblassten Bilder, die darauf gestickt waren. Ein komisches Ding. Billig. Ausgefranst. Schäbig. Und trotzdem hatte irgendjemand sich die Mühe gemacht, es in einem Geheimfach zu verstecken. Sehr interessant. Hoffentlich konnte der Antiquitätenhändler, den sie morgen herbestellen würde, Licht in die Sache bringen.

Sie legte das Leinen neben die Truhe und wandte ihre Aufmerksamkeit einem Grammophon zu. In ihrer Phantasie hörte sie schon das zufriedene Schnurren von glücklichen Katzen.

51

Als Morell am nächsten Morgen den Frühstückssaal betrat und zum Büfett ging, fing die Frau, die sich schon mehrfach über ihn beschwert hatte, aufgeregt an, mit ihrer Freundin zu tuscheln.

Die Verlegung in das hinterletzte Zimmer hatte also nichts gebracht. Peinlich berührt fasste er sich an die Nase und wäre am liebsten im Erdboden versunken. Doch dann rief er sich ins Bewusstsein, dass er gestern das verschollene Bild wiedergefunden hatte und heute vielleicht den Mord an Balthasar Szepan klären würde. Es gab keinen Grund, sich zu genieren.

»Es tut mir leid, wenn Sie nicht gut schlafen konnten«, trat er die Flucht nach vorne an. »Ich schnarche ja nicht mit Absicht. Glauben Sie mir, mir wäre es anders auch lieber. Also, wenn Sie mir was sagen wollen, dann bitteschön. Ich höre.«

Die beiden älteren Damen sahen sich erst gegenseitig und dann ihn an. »Ihr Hosentürl steht offen«, sagte die eine trocken und wandte sich wieder ihrem Frühstücksei zu.

Morell errötete, zog so unauffällig wie möglich den Reißverschluss hoch und holte sich etwas zu essen.

»Herr Morell, meine Güte, da sind Sie ja.«

Ein gemütliches, ungestörtes Frühstück war ihm wohl auch heute nicht vergönnt, denn kaum hatte er den ersten Bissen von seinem Croissant genommen, kam Herr Karlinger auf ihn zugeeilt.

»Die Hertha hat mir alles erzählt.« Die Überkämmsträhnen hingen ihm völlig verloren auf die Schulter und ein Schweißtropfen rann über seine Schläfe. »Das ist mir ja so unangenehm.« Er zog ein besticktes Stofftaschentuch aus der Hose und tupfte sich damit übers Gesicht. »Dass sie das war. Ausgerechnet die Hertha. Das hab ich ja nicht ahnen können. Ich hoff, Sie sind nicht bös deswegen.«

Morell hätte ihn gerne beruhigt, konnte aber nichts sagen, da er den Mund voll Croissant hatte. Stattdessen nickte er einfach nur.

»Danke. Vergelt's Gott. G'schamigster Diener. Und die Hotelrechnung geht natürlich auf uns.«

Morell wollte abwinken und steigerte sein Kautempo, doch Herr Karlinger war schon wieder auf dem Weg zurück zur Rezeption.

»Danke«, rief er ihm hinterher. »Das wäre aber nicht nötig gewesen.«

»Doch, doch«, murmelte Herr Karlinger. »Sie hatten so viele Scherereien. Und alles nur wegen unseres Hochzeitstags. Nächstes Jahr gibt's wieder Blumen und Pralinen.«

Annemarie Sonntaler wohnte nicht weit von den von Horaks entfernt und besaß (sofern es nicht nur schöner Schein und sie ebenfalls bis über beide Ohren verschuldet war) ein elegantes Haus, das durch eine hohe Betonmauer vor dem einfachen Volk und noch schlimmeren Gesellen geschützt wurde.

»Nobel geht die Welt zugrunde«, murmelte Morell und warf einen Blick durch das breite Gittertor, das einem erlaubte, einen Eindruck von dem Grundstück zu erhaschen: Pool, Saunahäuschen, Pavillon.

»Herr Morell. Was für eine Überraschung«, hörte er plötzlich Annemarie Sonntalers Stimme.

Morell drehte sich einmal um die eigene Achse, konnte sie aber nirgendwo sehen.

Sie lachte. »Schauen Sie doch mal nach oben.«

Morell legte den Kopf in den Nacken und blickte direkt in das schwarze Objektiv einer Überwachungskamera. Irgendein Bewegungssensor musste seine Ankunft angekündigt haben. »Grüß Gott«, sagte er leicht befremdet zu dem schwarzen Auge und winkte unbeholfen.

Ohne ein Geräusch von sich zu geben, glitt das schwere Eisengitter zur Seite, und Morell betrat die Auffahrt.

»So eine nette Überraschung.« Annemarie Sonntaler wartete bereits in der Haustür auf ihn.

»Ich hoffe, ich störe nicht«, sagte Morell, da sie ein figurbetontes Sommerkleid trug, ihr Haar kunstvoll auftoupiert und die Wimpern getuscht hatte, so als wollte sie gerade ausgehen.

»Aber nein«, winkte sie ab. »Ich hatte es mir gerade bequem gemacht und wollte ein bisschen lesen. Sie müssen meinen Aufzug entschuldigen – ich war nicht auf Besuch eingestellt.«

Eindeutiges fishing for compliments, doch Morell ging nicht darauf ein. »Wir müssen uns unterhalten«, sagte er und folgte ihr durchs Haus, das ganz in weiß gehalten war: weißer Teppichboden, weiße Wände, weiße Lampen, weiße Möbel. Hier drinnen ein Glas Rotwein zu trinken musste sich anfühlen wie Extremsport.

Sie führte ihn auf eine Gartenterrasse, die mindestens doppelt so groß war wie sein Wohnzimmer, und zeigte auf eine Rattansitzgruppe, die unter einem weißen Sonnensegel stand. »Was kann ich Ihnen anbieten? Ein Gläschen Champagner? Oder lieber einen Espresso?«

»Leitungswasser reicht völlig.«

Morell setzte sich auf einen Stuhl und wunderte sich, als Sonntaler ins Haus ging, um das Gewünschte zu holen. Er hätte ihr auch einen Butler oder ein Dienstmädchen zugetraut.

»Also, was verschafft mir die Ehre?« Sonntaler war zurückgekommen und stellte ein Glas Wasser für Morell und ein Glas Champagner für sich auf den Tisch, zündete sich eine ihrer langen dünnen Zigaretten an und inhalierte den Rauch.

»Es geht um die von Horaks …«, setzte er an, doch sie ließ ihn nicht ausreden.

»Apropos von Horaks. Wo waren Sie denn nur bei der Gartenparty?«, fragte sie. »Sie waren plötzlich weg. Ich hab Sie noch gesucht …«

»Sie wollten den Teppich«, kam er ohne weitere Vorreden zur Sache. Ihm war heiß, und der ganze Smalltalk nervte ihn. »Ich weiß, dass Sie nur so tun, als ob Sie Gabis Freundin wären. In Wirklichkeit wollen Sie ihr schaden. Gabi hat Ihnen vor Jahren den Mann ausgespannt, und jetzt hat sie Ihnen den Laden weggeschnappt. Das ist Motiv genug.«

»Teppich?«, mimte Sonntaler die Ahnungslose, doch ihre Mimik und Gestik sagten etwas anderes: Das Lächeln, das bis vor ein paar Augenblicken noch ein ehrliches gewesen war, war komplett eingefroren und die Zigarette in ihrer Hand zitterte.

»Ja, ich glaube, dass Sie den Antiquitätenhändler auf dem Gewissen haben. Sie hatten ein Motiv, Sie hatten die Gelegenheit.« Er betrachtete ihre Arme, die stark und trainiert aussahen. »Und Sie hatten die Fähigkeit.«

Das Zittern wurde stärker, und sie rang offensichtlich um Fassung. »Ich war es nicht«, sagte sie und nahm einen tiefen Zug von ihrer Bleistift-Zigarette. »Ich und Gabi sind ganz dicke. Ich würde ihr doch nicht schaden wollen. Die Sache mit Claus ist längst verjährt, und dass sie mir die Boutique weggeschnappt hat, habe ich ihr auch schon verziehen.«

»Ach ja?« Morell lehnte sich zurück und trank einen Schluck Wasser. »Warum haben Sie dann bei der Boutique-Eröffnung das teuerste Kleid ruiniert? Ich habe gehört, es war nicht mehr zu retten.« Er schämte sich zwar ein bisschen, so gemein zu lügen, aber der Zweck heiligte die Mittel.

Sonntaler lief vor lauter Zorn rot an. »Das war ich nicht«, zischte sie und kippte den Rest vom Champagner auf ex hinunter. »Ich weiß nicht, warum mir das alle anhängen wollen. Und jetzt kommen Sie daher und wollen mir nicht nur das, sondern auch noch einen Mord unterjubeln.« Sie fächerte sich mit der flachen Hand Luft zu. »Wenn Sie mir so daherkommen, können Sie gleich wieder gehen.«

»Es gibt einen Zeugen, der Sie in der Mordnacht am Tatort gesehen hat«, zog Morell seinen großen Trumpf aus dem Ärmel. »Der Zeuge ist glaubwürdig und sich ganz sicher. Also, warum musste Szepan sterben?«

Das hatte offenbar gesessen. Sonntaler wurde noch roter und hielt sich dann den Champagnerkelch an die Lippen und ließ die allerletzten Tropfen in den Mund rinnen. »Ich muss kurz nachfüllen«, sagte sie, als das Glas komplett leer war.

»Nein«, sagte Morell trocken. »Erst reden wir.«

»Na gut.« Sie setzte sich aufrecht hin, zog den Bauch ein und streckte die Brust raus. »Ich gebe zu, dass ich den Teppich wollte.« Anscheinend hatte sie sich für eine neue Strategie entschieden. »Aber Szepan hat ihn gehütet wie einen Schatz. Nicht einmal gezeigt hat er ihn mir. Dabei hätte Gabi es verdient. Seit wir uns kennen – und das ist eine sehr lange Zeit – ist es ihr Hobby herauszufinden, was ich will, nur um es mir dann wegzuschnappen. Claus, die limitierte Birkin Bag, den Vorsitz im Charity Club, die Gründung des Kunstvereins, die Ferienwohnung in Cannes und jetzt auch noch die Boutique.« Sie sah ihn mit großen Augen an, als würde sie seine Zustimmung suchen.

»Also sind Sie bei ihm eingebrochen«, setzte er die Befragung ungerührt fort.

»Ich wollte den Teppich nicht einmal stehlen, das schwöre ich Ihnen«, rechtfertigte sie sich. »Ich wollte einfach nur ein Foto davon machen. Sie wissen schon – für die Presse.« Ihre Augen wurden feucht, und Morell war nicht sicher, ob sie sich für ihre Tat schämte oder einfach nur zornig darüber war, dass ihr Plan nicht funktioniert hatte. Er tippte auf Letzteres. »Und weiter?«

»Es war furchtbar.« Sie versuchte es nochmal mit dem Rehblick und der Kleines-Weibchen-Tour. »Ich kriege allein von der Erinnerung eine Gänsehaut. Schauen Sie nur.« Sie hielt ihm einen Arm vor die Nase, und als er nicht reagierte, zog sie den Saum ihres Kleids ein wenig nach oben.

»Kein Drama. Fakten«, wehrte er ab und schaute ihr auf die Nase, da er das für das Unverfänglichste hielt. »Sie sind also in den Laden eingebrochen.«

»Es war dunkel. Alles war dunkel. Und er war schon tot. Lag auf dem Boden. Ich habe ihn nicht gesehen, bin über ihn gestolpert und hingefallen. Es war furchtbar. Überall Blut.« Sie wischte sich imaginäres Blut von den Armen. »So ekelhaft. Ich habe am nächsten Tag gleich einen AIDS-Test machen lassen.« Erschöpft lehnte sie sich zurück und zog das Kleid so weit nach oben, dass ihr Slip – ein edles Teil aus lila Spitze – hervorblitzte. »Ich verspreche, dass es so war«, sagte sie. »Ich schwöre es. Bei allem, was mir heilig ist.«

»Das wird wohl nicht reichen.« Morell holte sein Handy aus der Tasche, um die Polizei zu rufen, als sie sich nach vorn beugte – was ihm einen tiefen Blick in ihr Dekolleté erlaubte – und ihn am Arm fasste.

»Da ist etwas«, sagte sie. »Es ist zwar kein Beweis für meine Unschuld, aber vielleicht kann es Sie zum echten Täter führen. Warten Sie. Ich hole es schnell.« Sie sprang auf und ging ins Haus.

»Halt, hiergeblieben.« Morell folgte ihr ins Wohnzimmer, wo sie vor einer weißen Kommode stehen blieb. »Nicht so hastig«, sagte er, als sie eine Schublade öffnen wollte, hielt ihr Handgelenk fest und machte die Lade selbst auf.

»Da. Ich habe es in ein Taschentuch gewickelt.«

Er nahm das Objekt, auf das sie gezeigt hatte, und packte es aus: ein blutverschmiertes Streichholzbriefchen. »Und?«, fragte er.

»Als ich hingefallen bin, ist meine Handtasche aufgegangen,

und der Inhalt hat sich auf dem Boden verteilt. Portemonnaie, Lippenstift, Zigaretten, Handy, Schlüssel. Ich habe die Sachen panisch wieder eingepackt und bin weggerannt. Daheim habe ich alles in die Badewanne gekippt, um das Blut abzuwaschen, und da ist mir dieses Ding aufgefallen. Es ist nicht von mir. Es muss auf dem Boden gelegen haben, und ich habe es aus Versehen mit eingesteckt.«

»Und Sie sind nicht auf die glorreiche Idee gekommen, dieses potentielle Beweisstück der Polizei zu geben?«

»Dann hätte ich doch zugeben müssen, dass ich eingebrochen bin.«

Morell hätte sie am liebsten an den Schultern gepackt und Anstand in sie hineingeschüttelt. »Wegen Ihnen rennt ein Mörder frei herum.«

»Naja«, sagte sie nach kurzem Überlegen. »Szepan war eh schon tot, und der Mörder ist ja bestimmt kein Serienkiller oder so. Also ist wegen mir niemand gestorben.« Sie klimperte mit ihren Wimpern und fing plötzlich an, am Reißverschluss ihres Kleides herumzunesteln.

»Ich muss los«, sagte Morell schnell, bevor sie sich hier tatsächlich nackig machte. »Halten Sie sich zu meiner Verfügung.«

Als ihm die Zweideutigkeit dieser Bemerkung bewusst wurde, lief er rot an und verließ das Haus im Eiltempo.

Morell fuhr zurück in die Stadt und marschierte direkt in das Institut für Gerichtsmedizin. Er klopfte an Ninas Büro.

»Danke für gestern«, sagte sie, nachdem sie ihn hereingelassen hatte. »Dass du in der Annakirche nach dem Rechten geschaut hast.«

»Kein Thema. Dein Gefühl war ja richtig, und außerdem wäre ich sonst nie auf Annemarie Sonntaler gekommen, und auch nicht auf das.« Er legte das Streichholzbriefchen vor sie auf den Tisch. »Kannst du das Blut entfernen, ohne die Farbe darunter kaputt zu machen?«

»Ich kann es versuchen.« Sie zog sich Gummihandschuhe über, hob es vorsichtig hoch und betrachtete es von allen Seiten. »Gehört das dem Mörder?«

Morell zuckte mit den Schultern. »Es lag in der Blutlache neben der Leiche. Sonntaler hat es aus Versehen eingesteckt. Vielleicht gehörte es Szepan, vielleicht einem seiner Kunden. Vielleicht aber auch dem Mörder. Wir wissen mehr, wenn das Blut ab ist.«

Sie gingen ins Labor, wo Nina das Streichholzbriefchen vorsichtig mit einer Pinzette öffnete und es zwischen zwei Blätter legte, die so aussahen wie Löschpapier. Anschließend träufelte sie Wasserstoffperoxyd darauf.

»Und?« Morell trat von hinten an sie heran und schaute ihr über die Schulter.

»Schwarzer Grund mit goldenen Buchstaben. Irgendwas mit H.« Sie hielt das Briefchen unter eine Lampe.

»Geht das noch besser?« Morell beugte sich darüber, konnte aber auch nicht mehr als das goldene H erkennen. »Oder sagt dir das H vielleicht etwas? Erkennst du ein Logo?«

»Bis jetzt klingelt nichts.« Nina träufelte eine durchsichtige Lösung auf ein Wattestäbchen und fuhr damit behutsam über den Karton. »Da sind noch ein O und ein N. Der Rest ist leider ruiniert.«

»HON – was könnte das sein?«

»Fragen wir doch mal die Gelben Seiten«, schlug Nina vor. »So viel HONs wird es in Wien doch hoffentlich nicht geben.«

»Also«, sagte sie kurz darauf. »Da wären mal alle möglichen Honorarkonsule. Die von Horaks und ihre Society-Freunde haben doch sicher oft mit Diplomaten oder Botschaftern zu tun.«

Morell betrachtete das Streichholzbriefchen und schüttelte den Kopf. »Dafür wirkt es zu billig, und außerdem verteilen Honorarkonsulate keine Streichhölzer.«

»Honda?«

»Anderer Schriftzug.«

»Dann hätten wir da die Honeywell Haustechnik, das Honma Golfcenter, einen ›Honey Club‹ und das Chinarestaurant ›Hong‹«, zählte Nina auf und machte ihren Computer an. »Schauen wir uns doch mal ihre Homepages an. Vielleicht hat ja einer von denen ein goldenes Logo auf schwarzem Hintergrund.«

Als die Homepage des ›Honey Clubs‹ auf dem Bildschirm erschien, wussten sie, dass sie ins Schwarze, oder vielmehr ins Gold-Schwarze getroffen hatten.

»Genau die Farbe, genau die Schrift«, sagte Morell. »Was ist dieser ›Honey Club‹? Kennst du den?«

»Noch nie gehört. Ich bin aber auch nicht unbedingt eine Partymaus.« Nina klickte auf das Logo und hoffte, dahinter mehr Informationen über den Club zu finden – Fehlanzeige. »Da stehen nur die Adresse und die Öffnungszeiten«, sagte sie und startete eine Internetsuche, die auch keine weiteren Erkenntnisse brachte. »Muss neu sein oder ein Geheimtipp.«

»Dann wird es wohl nur einen Weg geben, mehr herauszufinden«, seufzte Morell. »Ich werd mich heute Abend ins Nachtleben stürzen müssen.«

52

Morell stand vor seinem Koffer und überlegte. Was zog man für einen Nachtclub nur an? Er wollte auf keinen Fall over- oder underdressed sein.

Am Ende entschied er sich für eine einfache schwarze Hose und ein weißes T-Shirt. Dezent und klassisch. Damit würde er hoffentlich nicht allzu sehr danebenliegen.

Mit leichter Skepsis fuhr er zu dem ominösen ›Honey Club‹, der sich in der Nähe des Naschmarktes befand. Wahrscheinlich gab es an der Tür eine Gesichtskontrolle, und er würde wieder blöd angemacht werden. Oder er kam zwar hinein, aber der Club war voller schöner und reicher Menschen, die die Nase über ihn rümpfen würden. Oder es war so ein schrecklicher Puff, in dem ein Glas Leitungswasser so viel kostete wie andernorts ein Mittagsmenü.

»Positiv denken«, sagte er zu sich selbst, als er vor einer unscheinbaren schwarzen Tür angekommen war.

Noch bevor er die Adressangabe anzweifeln konnte, wurde die Tür aufgerissen und ein Baum von einem Mann begrüßte ihn mit einem herzlichen Lächeln. »Willkommen«, sagte er und ließ Morell eintreten. »Ich wünsch dir einen tollen Abend.«

Morell war etwas überrumpelt von der freundlichen Begrüßung und ging ins Innere des Clubs, wobei seine Überraschung mit jedem Schritt noch größer wurde: Die Räumlichkeiten waren gemütlich eingerichtet. Warme Farben, bequeme Sofas, gedämpftes Licht, nette Musik in angenehmer Lautstärke. Keine dröhnenden Bässe, keine arroganten Blicke, kein Gedränge. Die Gäste saßen zu zweit oder in kleinen Grüppchen zusammen und plauderten, tranken und lachten.

Er wollte sich gerade ein Bier an der Bar bestellen, als ihm etwas auffiel: Hier drinnen waren nur Männer, und keiner von ihnen war, gemessen am allgemein vorherrschenden Schönheitsideal, übermäßig hübsch oder schick. Im Gegenteil. Fast alle sahen so aus wie … nein das konnte nicht sein … er ließ seinen Blick erneut durch den Raum wandern. Fast alle sahen so aus wie er. Groß. Üppig. Haarig.

»Entschuldigung«, sprach er den nächstbesten Kerl an, der an ihm vorbeiging. »Was ist denn das hier für ein Club?«

Der Mann, der locker als sein Bruder durchgegangen wäre, schien von der Frage etwas irritiert zu sein. »Na, ein Bärenclub. Darum bist du doch hier, oder?«

Nun war es an Morell, irritiert zu sein. »Bärenclub?«

»Ist das deine Masche, oder hast du echt keine Ahnung?« Der Mann lachte. »Wenn du mir ein Bier ausgibst, erklär ich es dir«, sagte er, als Morell, dem es schlicht und ergreifend die Sprache verschlagen hatte, nicht gleich antwortete.

Kurz darauf saßen sie auf einer gemütlichen Ledercouch, und Morell, dem die Tatsache, dass er sich mitten in einem Schwulenclub befand, gerade voll bewusst geworden war, kämpfte mit einer Mischung aus Neugier und Panik.

»Prost, ich bin übrigens der Martin.« Der Mann zwinkerte und trank einen Schluck Bier, wobei er sich die Bierflasche auffällig lasziv an die Lippen führte.

»Otto.« Martins Blicke fühlten sich unangenehm an, und Morell hätte sich, trotz der Hitze, am liebsten eine zweite Schicht Klamotten übergezogen. Jetzt wusste er, wie Frauen sich oft fühlen mussten. »Wir sind in einer Schwulenbar, so viel weiß ich – aber was ist ein Bärenclub?«

»Du willst die Show echt weiter durchziehen?« Martin glaubte offenbar immer noch daran, dass es Morells Aufreißertrick war, den unwissenden Naiven zu spielen. »Von mir aus: Bären und Admirer treffen sich einmal pro Woche hier im ›Honey Club‹. Bären sind Jungs wie du und ich – massig und haarig, und Admirer sind Männer, die selber keine Bären sind, aber auf Jungs wie uns abfahren. Ich kann mit denen nichts anfangen. Ich bin ein Gummy Bear, also ein Bär, der auf andere Bären steht.« Er zog seine rechte Augenbraue hoch und schenkte Morell einen eindeutigen Blick. »Du wohl auch, sonst hättest du mich nicht angesprochen.«

Morell, von der Situation völlig überfordert, trank sein halbes Bier auf ex. »Ich bin eigentlich gar nicht …«, setzte er an, als eine unerwartete Rettung aufkreuzte.

»Herr Morell! Wusste ich es doch.« Günther stand plötzlich mit einem wissenden Lächeln im Gesicht vor ihnen. »Mein Schwulenradar hat mich noch nie getäuscht.«

Günther! Morell wurde von so vielen Eindrücken, Emotionen und Erkenntnissen geflutet, dass er wortlos den Rest seines Biers hinunterkippte, während bei ihm ein Groschen nach dem anderen fiel. Klack. Klack. Klack. Ein Puzzlestein fügte sich nahtlos an den nächsten, und plötzlich ergab alles Sinn. Er starrte Günther mit offenem Mund an. »Sie?«, fragte er völlig konsterniert.

Günther grinste noch breiter. »War das denn nicht offensichtlich?«

»Ich rede nicht von Ihrer sexuellen Ausrichtung«, sagte Morell und stand auf. »Ich rede von etwas ganz anderem. Ich rede von Szepan.« Er ließ Martin links liegen, packte Günther am Oberarm und bugsierte ihn in eine Art Séparée.

Jetzt wirkte Günther ziemlich überrumpelt und setzte sich auf einen Sessel.

»Sie waren so nah an Gabi und Claus dran, dass Sie die Sache mit dem Teppich natürlich irgendwie mitgekriegt haben«, fing Morell an, laut zu überlegen. »Das wäre eine Riesenstory gewesen. Vielleicht sogar das Titelblatt. Vielleicht sogar die Beförderung zum Chefredakteur. Aber Szepan hatte den Teppich weggesperrt und wollte ihn nicht herzeigen, also sind Sie in der Nacht eingebrochen …«

»Es war ein Unfall!«, platzte es aus Günther heraus. Er wirkte so unglücklich, dass Morell einen Anflug von Mitleid unterdrücken musste. »Es ist mein Job, die Geheimnisse der Society aufzudecken. Da muss man hie und da mal zu unorthodoxen Methoden greifen und sich die Infos auf weniger legalem Weg holen.«

»Illegal herumschnüffeln und jemanden umbringen sind zwei Paar Schuhe.«

Günther sank noch tiefer in den weichen Sessel. »Ich bin kein Profieinbrecher. Ich war total nervös. Da kommt plötzlich Szepan von hinten und greift mich an. Ich hab mir vor lauter Schreck fast in die Hose gemacht. Der war besoffen und hat mich gewürgt. In meiner Panik hab ich mir den nächstbesten Gegenstand gegriffen und zugeschlagen. Ich wollte ihn nicht umbringen. Es war Notwehr. Ich schwör's!«

»Das wird wohl der Richter entscheiden müssen. Kommen Sie, gehen wir.«

»Bitte nicht. Sie haben ja keine Ahnung, was die im Gefängnis mit Leuten wie mir machen. Da überleb ich keine Woche.«

»Der Strafvollzug in Österreich ist …«, setzte Morell an, kam aber nicht dazu, Günther weiter zu belehren, da dieser urplötzlich aufsprang und losrannte. »Stopp«, schrie er ihm hinterher. »Weglaufen nutzt nichts. Wir kriegen Sie ja doch.«

Günther ließ sich davon nicht beirren und rannte in den Hauptraum des ›Honey Clubs‹.

»Halten Sie ihn auf!«, rief Morell in die Runde und rannte hinterher.

Martin, der mittlerweile an der Bar stand, trat in den Durchgang, um Günther den Weg zu versperren. »Das hast du jetzt vom Querbraten, du blöder Admirer.« Er holte mit der Faust aus, doch Günther war wendig und flink. Er duckte sich unter Martins Arm hindurch und rannte direkt auf den Ausgang zu. Morell, der ihm dicht auf den Fersen gewesen war, hatte weniger Glück. Er versuchte noch auszuweichen, landete aber direkt in Martins Faust und ging zu Boden.

Für ein paar Sekunden war die Welt um ihn herum einfach nur schwarz. ›Ein mittelalterlicher Teppich, ein Ring an einer mumifizierten Hand, ein Honigclub für schwule Bären – was für ein irrer Traum‹, dachte er, als er langsam wieder zu sich kam. Er musste sofort Valerie davon erzählen. Die würde sicher lachen.

»Otto.« Jemand tätschelte seine Wange. Valerie. Sie wollte ihn wecken. Hatte er verschlafen? Hatte er wieder geschnarcht? »Otto.« Er öffnete die Augen, aber anstatt in Valeries hübsches Gesicht, schaute er in die bärtige Visage von Martin. »Mensch, Otto, das tut mir so leid. Ich wollte noch abbremsen, aber …«

»Wo ist Günther?« Morell setzte sich auf.

»Meinen Sie den?« Der Türsteher zerrte Günther herein. »Der wollte die Zeche prellen. Hat er Ihnen was getan?«

»Nicht mir, aber einem Bekannten.« Morell setzte sich auf. »Bitte rufen Sie die Polizei.«

»Und einen Krankenwagen.« Martin reichte Morell ein Taschentuch und eine kühle Flasche Bier. »Ich glaub, die ist gebrochen.« Er zeigte auf Morells Nase. »Bitte sei mir nicht böse.«

Morell schüttelte den Kopf und wischte sich Bluttropfen aus dem Gesicht. »Prost«, sagte er. »Auf dass ich mit Honig zwar keinen Bären, aber dafür einen Mörder gefangen habe.«

53

Zurück in Landau war es einfach nur eines: nämlich herrlich. Herrlich kühl, herrlich ruhig und herrlich entspannt. Kein Straßenlärm, keine Hitze und vor allem keine von Horaks, kein Teppich und keine Morde.

Morell, dessen Gesicht durch Martins K.O.-Schlag immer noch lädiert war, stieg aus dem Bett und ging in die Küche. So gut wie in den letzten Nächten hatte er schon lange nicht mehr geschlafen.

Aber nicht nur er, auch Valerie war ausgeruht und munter. Mit einem Glas selbstgemachter Limonade saß sie am Küchentisch und blätterte in der Zeitung.

»Schau mal«, sagte sie und zeigte auf einen Artikel. »Die schreiben über den Teppich: *Neo-Stadtrat Claus von Horak zeigt sich erschüttert über die jüngsten Enthüllungen, die seinen Ahnherrn in ein völlig anderes Licht rücken. Adam von Horak galt bisher als unerschrockener Bote, der im Jahr 1683 maßgeblich an der Befreiung Wiens beteiligt war. Ein Teppich und ein Ring aus genau jener Zeit erzählen nun aber eine andere Geschichte. War der vermeintliche Held etwa nur ein gemeiner Mörder und Betrüger? Kunstexperte David Neumann und der Besitzer des skandalträchtigen*

Teppichs, Antiquitätenhändler Wilfried Uhl, glauben, genau dies beweisen zu können. »Uns geht es um Gerechtigkeit«, sagt Uhl. »Und um die richtige Darstellung historischer Fakten«, fügt Neumann hinzu.

Claus von Horak, dessen Vermögen auf die hohe Belohnung, die sein Urahn damals erhalten hatte, zurückgeht, versprach, sich um schnellstmögliche Klärung des Sachverhaltes zu bemühen. »Ich werde alles tun, was in meiner Macht steht, um der Wahrheitsfindung zu dienen«, bezog er zu der Sache Stellung. »Sollten sich die Anschuldigungen als wahr erweisen – was ich aber nicht glaube –, werde ich mich natürlich um eine Wiedergutmachung bemühen. Wir von Horaks sind und waren schon immer großzügige Philanthropen, die um das Wohlergehen unserer Mitmenschen bemüht sind.« Zur Untermauerung dieser Worte übereignete der neue Stadtrat dem Kunsthistorischen Museum die wertvolle von Horak'sche Ahnengalerie.

Kritische Stimmen, allen voran Dr. Sebastian von Hochleiten, sehen in dieser Schenkung ein billiges Ablenkungsmanöver, während die Museumsbesucher sich über die neuen Schaustücke freuen.

Held oder Halunke? Gutmensch oder Gernegroß? Wir bleiben dran und halten Sie auf dem Laufenden.«

»Ich bin ja gespannt«, sagte Valerie und schlug die Zeitung zu. »Glaubst du, dass dieser Claus sich aus der Sache wieder rauswursteln kann?«

Morell zuckte mit den Schultern. »Willie wird schon dafür sorgen, dass die Sache weiter an der Öffentlichkeit bleibt. Wenn der sich mal in irgendwas verbissen hat, dann ist er wie ein Bullterrier – man kriegt ihn nicht mehr weg. Und was ich so erlebt habe, können Presseleute auch ganz schön stur sein. Für eine gute Story gehen die über Leichen, im wahrsten Sinne des Wortes. Die von Horaks kommen also sicher nicht so einfach davon.« Er schaute auf den Einkaufskorb. »Ich geh kurz ins Bad und dann auf den

Markt. Heute Mittag gibt's Risotto. Ich hab ein neues Rezept, du wirst begeistert sein.«

Valerie lächelte. »Da freu ich mich schon drauf.«

»Ach ja.« Morell stand auf. »Was ist mit dem Schnarchen? Immer noch nichts?«

Sie schüttelte den Kopf. »Immer noch nichts. Die gebrochene Nase war das Beste, was uns passieren konnte.«

Morell griff sich an die Bandage in seinem Gesicht, grinste und ging zum Badezimmer.

»Danke, lieber Martin. Danke, lieber Teppich«, murmelte Valerie, als er außer Hörweite war.

54

Wien, vor zwei Wochen

Ingeborg von Horak hatte Balthasar Szepan zu sich eingeladen, damit er sich die Sachen vom Dachboden anschauen konnte. Ihre Freundin Waltraud hatte ihn als diskreten Barzahler empfohlen, der nicht viele Fragen stellte und den Handel auf Wunsch auch ohne Rechnung durchführte.

Sie nippte an einer Tasse Kamillentee und beobachtete ihn dabei, wie er die Sachen begutachtete, die sie extra hübsch arrangiert hatte. Eine gute Präsentation war die halbe Miete.

»Ich kann Ihnen 300 Euro für das Biedermeier-Porzellan, 80 für die Spieluhr, 300 für das Meißner-Service und 150 für das Grammophon geben«, sagte er, nachdem er fertig war.

Das waren 830 Euro, überschlug sie im Kopf. »Und die Girandolen?« Sie hatte genau gesehen, dass er die besonders behutsam behandelt hatte.

»Zweitausend.«

2830 Euro. Das war gut, aber noch nicht gut genug. »Und was ist mit dem Teppich?«

»Er hat absolut keinen Wert. Leider. Wenn Sie wollen, kann ich ihn für Sie entsorgen.«

Sie stellte ihre Teetasse ab und verschränkte die Arme. »Warum war er dann versteckt? Dafür muss es doch einen Grund geben.« Sie hatte so sehr gehofft, mindestens 5000 Euro zusammenzukriegen. Es waren ja so viele Katzen. »Sind Sie wirklich sicher?«

»Meine liebe Frau von Horak.« Szepan ließ einen Hauch von Kränkung in seiner Stimme mitschwingen. »Ich bin ein Experte. Vielleicht hatte der Teppich ja mal einen ideellen Wert. Einen monetären hat er jedenfalls nicht. Wenn Sie mir nicht glauben, können Sie gerne einen Kollegen konsultieren.«

»Entschuldigung.« Sie nahm die Tasse erneut zur Hand und nippte daran. »Dann habe ich mit dem Teppich wohl Pech gehabt.«

»Und mit den Girandolen viel Glück. Wissen Sie was? Weil Sie so eine charmante Dame sind, gebe ich Ihnen 3000 Euro für alles zusammen.«

Davon konnten viele Katzen viele Monate lang leben, also willigte Ingeborg von Horak mit einem Lächeln ein. Wie gut, dass Waltraud ihr diesen netten Mann empfohlen hatte.

Als er seine neuesten Errungenschaften in den Laden trug, hatte auch Balthasar Szepan ein Lächeln auf den Lippen. Er hatte der alten Schachtel gerade 3000 Euro für Antiquitäten bezahlt, die locker das Doppelte wert waren. Bis auf den Teppich war jedes Stück ein wahrer Glücksgriff.

»Money money money, must be funny, in a rich man's world«, sang er leise vor sich hin, während er seine Schätze fachgerecht reinigte und verstaute.

Als Letztes war der Teppich dran. Er begutachtete ihn erneut, kam aber zu demselben Schluss wie bereits vorhin. Wertlos. Trotzdem empfand er ungewohnte Hemmungen, als er ihn in den Müll befördern wollte.

Er legte den Teppich zur Seite. Im Laufe der vergangenen Jahre hatte er, was alte Dinge betraf, so etwas wie einen siebten Sinn entwickelt. Und der sagte ihm nun, dass an dem Teppich mehr dran war, als man auf den ersten Blick erkennen konnte. Er würde morgen David Neumann, einen Experten für barocke Textilien, und seinen Kollegen Wilfried Uhl anrufen – vielleicht konnten die ja Licht in die Sache bringen.

»Money money money, always sunny, in the rich man's world.« Oh ja, in seiner Welt schien auch die Sonne, und er freute sich schon sehr darauf, was die Zukunft so bringen würde.

Ausgeschieden
Büchereien der Stadt
Linz